U0107012

1984

喬治·歐威爾 著

孫仲旭 譯

商務印書館

1984

作　　者	喬治・歐威爾	
譯　　者	孫仲旭	
責任編輯	蔡柷音	
裝幀設計	黃鑫浩	
排　　版	周　榮	
校　　對	趙會明	
出　　版	商務印書館（香港）有限公司	

香港筲箕灣耀興道 3 號東滙廣場 8 樓

http://www.commercialpress.com.hk

發　　行　香港聯合書刊物流有限公司

香港新界荃灣德士古道 220-248 號荃灣工業中心 16 樓

印　　刷　美雅印刷製本有限公司

九龍觀塘榮業街 6 號海濱工業大廈 4 樓 A 室

版　　次　2024 年 4 月第 1 版第 5 次印刷

© 2019 商務印書館（香港）有限公司

ISBN 978 962 07 4604 8

Printed in Hong Kong

目　錄

關於喬治・歐威爾

George Orwell，英國作家、新聞記者及社會評論家。

原名艾里克・亞瑟・布萊爾（Eric Arthur Blair），1903 年生於英屬印度，父親為印度總督府的基層官員。1905 年隨家人移居英國，1917 年獲獎學金入讀英國著名學府伊頓公學，卻因窮學生身分備受歧視。畢業後成為英國在緬甸的殖民警察，服役五年，為英籍警官。在緬甸體會殖民地人民的悲慘生活，建立反對極權主義的立場。1927 年辭去公職，立志成為作家，唯生活困難，四處流浪打工，並意識到工人階級的存在。

文學生涯方面，歐威爾四、五歲開始撰詩，十一歲首次在地區報紙發表愛國詩作。1933 年，首次以「喬治・歐威爾」的筆名發表處女作《倫敦巴黎落難記》（*Down and Out in Paris and London*）。1945 年及 1949 年分別出版兩部小說《動物農莊》（*Animal Farm*）及《一九八四》（*Nineteen Eighty-Four*），宣揚其反對極權主義、推崇民主社會主義的理念，亦奠定其著名文學家地位。1950 年於倫敦因肺結核病逝，終年四十六歲。

生前共出版九部小說及非小說著作，除以上三部，還包括《緬甸歲月》（*Burmese Days*）、《牧師的女兒》（*A Clergyman's Daughter*）、《讓葉蘭飄揚》（*Keep the Aspidistra Flying*）、《通往威根碼頭之路》（*The Road to Wigan Pier*）、《向加泰隆尼亞致敬》（*Homage to Catalonia*）及《上來透口氣》（*Coming up for Air*）。

第一部

1

這是四月裏的一天，天氣晴朗而寒冷，時鐘敲了十三下。溫斯頓‧史密斯快步溜進勝利大廈的玻璃門。他低垂着頭，想躲過陰冷的風，但動作還是不夠快，沒能把一股捲着沙土的旋風關到門外。

門廳裏有股煮椰菜和舊地墊的氣味。門廳那頭釘着一張彩色海報，大得不適合釘在室內，上面只有一張巨大的面孔，寬度超過一米。那是個四十五歲左右的男人，蓄着濃密的黑色八字鬍，面相粗獷而英俊。溫斯頓朝樓梯走去。想坐電梯是沒希望的，即使在最好的時候也很少開。如今白天會停電，這是為迎接「仇恨週」的一項節約措施。溫斯頓所住的單位在七樓，他現年三十九歲，右腳腳踝上方有一處因靜脈曲張形成的潰瘍，所以只能緩慢地走樓梯上去，中途還需歇幾次。每層樓梯正對電梯門的牆上，那張有着巨大面孔的海報凝視着每個人，它是那種設計得眼神能跟着你到處移動的肖像畫。「**老大哥在看着你**」，下方印着這樣的標題。

在公寓裏，有一把洪亮的聲音正在唸一連串數字，跟生鐵產量有關。此聲音來自一塊長方形金屬板，它像一面毛玻璃的鏡子，嵌在右牆上。溫斯頓扭了一下開關，聲音多少低了一點，

但仍清晰可聞。這個裝置（叫做電幕）的聲音能調小，然而沒辦法完全關掉。他走到窗前。他的體形偏小、瘦弱，作為黨員制服的藍色工作服只是讓他更顯單薄。他長着淡色頭髮，面色紅潤自然，由於寒冷的冬天剛過去，加上長期使用劣質肥皂和鈍剃鬚刀，他的皮膚變得粗糙。

即使隔着關閉的窗戶，外面看來仍然一副寒意。下面街道上，小股的旋風捲動塵土及碎紙螺旋上升。雖然出了太陽，天空也藍得刺眼，但是除了到處張貼的海報，似乎一切都沒了顏色。那張蓄着黑色八字鬍的臉在各處居高臨下地盯着每個角落。正對面那棟房屋前就貼了一張，印有標題「老大哥在看着你」，那雙黑眼睛死盯着溫斯頓。下面臨街處還有另外一張海報，一角已破，隨風一陣陣拍打着，一會兒蓋住，一會兒又露出一個詞：「英社」。遠處，一架直升機從屋頂間掠過，像蒼蠅般在空中盤旋一會兒，然後劃了道弧線疾飛而去。那是警察巡邏隊，正在窺視人們的窗戶。但巡邏隊還不足為懼，思想警察才最可怕。

在溫斯頓身後，電幕傳出的聲音仍在喋喋不休地播報有關生鐵產量和超額完成第九個三年計劃的消息。電幕能同時接收和發送溫斯頓所發出的任何聲音，只要高於極低的細語，就能被接收到。而且不僅如此，只要他待在那塊金屬板的視域之內，他就不僅能被聽到，而且也能被看到。當然，你無法知道自己哪時正在被監視。思想警察以哪種系統接駁上每條頻度，有多頻繁，都只能靠臆測，甚至有可能他們每時每刻都在監視着每個人。但無論如何，他們可以隨時接上你那條電線。你只能生活 —— 確實是生活，一開始是習慣，後來變成了本能 —— 可以設想，除非你

處在黑暗中，否則你所發出的每個聲音都會被偷聽，每個舉動都會被細察。

溫斯頓保持着背對電幕的姿勢，這樣比較安全些，不過他也知道，即使是背部，也可能暴露出甚麼。一公里之外是真理部，那是他上班的地方，是幢在一片不堪入目的地帶拔地而起的白色大型建築。這裏 —— 他略帶幾分厭惡地想道 —— 這裏就是倫敦，第一空降場的主要城市。第一空降場本身是大洋國人口第三大的省份。他絞盡腦汁，想找回一點童年記憶，以便讓他記起倫敦是否一直就是這個樣子：滿眼都是搖搖欲墜的建於十九世紀的房屋，側牆靠木頭架子撐着，窗戶用紙板擋着，屋頂是波紋鐵皮，破舊的院牆東歪西斜。是否一直就是這樣？在捱過炸彈的地方，空中飛揚着灰泥和塵土，野花在一堆堆瓦礫上蔓生，還冒出許多齷齪的聚居區，也就是雞舍一樣的木板屋。是否一直就是這樣？可是沒用，他想不起來，他的童年除了一系列光亮的靜態畫面，甚麼也沒留下，而那些畫面都缺少背景，大部分也不可理解。

真理部 —— 用新話[1]來說就是「真部」—— 跟視野中能看到的其他建築明顯不同。它是座巨大的金字塔形建築，白色水泥熠熠發亮。它拔地入雲，一級疊一級，高達三百米。從溫斯頓所站的地方，剛好能看到黨的三句標語，用漂亮的美術字體鐫刻在真理部大樓正面：

1　新話是大洋國的官方語言，相關結構和語源請參考附文〈新話的原則〉。

戰爭即和平

自由即奴役

無知即力量

　　據說真理部在地面上的房間就多達三千間，另外還有相應的地下附屬建築。此外只有三座外表及規模類似的大樓分散坐落在倫敦，周圍的建築徹底被那三座大樓比了下去，所以站在勝利大廈頂上，同時可以看到這四座大樓，分別為四個部的所在地，政府的所有職能就分工到這四個部。真理部負責新聞、娛樂、教育和美術，和平部負責戰爭，仁愛部負責維持法律和秩序，富足部負責經濟事務。這四個部的名稱用新話來說，分別是「真部」、「和部」、「愛部」和「富部」。

　　仁愛部是真正令人心驚膽戰的地方，那裏根本沒有窗戶。溫斯頓從未去過仁愛部，也未曾進入過它的方圓半公里之內。那裏閒人莫入，進去時，還要經過一段佈滿帶刺鐵絲網的錯綜複雜的道路、一道道鋼門以及機關槍暗堡。甚至在通向它外圍屏障的街道上，也有面目猙獰的警衛在遊蕩。他們身穿黑色制服，手持兩節警棍。

　　溫斯頓突然轉過身，臉上已經換上了一副從容而樂觀的表情。面對電幕時，這樣做是明智的。他穿過房間，走進那間很小的廚房。這個時間離開部裏，就放棄了在食堂的一頓午餐，他也知道廚房裏除了一大塊黑麵包別無他物，得把它留到明天早上當早餐。他從架子上拿了個裝有透明液體的瓶子，上面簡單的白標籤上印着「勝利杜松子酒」。如同中國的米酒，它散發的也是一

股令人作嘔、油一般的氣味。溫斯頓倒了快有一茶杯，鼓了鼓勇氣，然後像喝藥一樣一口氣灌了下去。

馬上，他的臉變得通紅，眼裏流出了淚水。那玩意像是硝酸，不僅如此，喝的時候還給人一種後腦勺捱了一下膠警棍的感覺。過了一會兒，他胃裏的灼熱感消退了一點，一切好像沒那麼難受了。他從印有「勝利香煙」的壓扁了的煙盒裏抽出一根煙，不小心把它拿倒了，煙絲掉到地上。他又抽出一根，這次好了點。他回到起居室，在位於電幕左側的一張小桌子前坐下來。他從桌子抽屜裏取出一支筆桿、一瓶墨水和一本四開大的空白厚本子，它的封底是紅色的，封面壓有大理石紋。

不知為何，起居室裏的電幕安裝的位置不同尋常。它通常在最遠的牆上，這樣可以監視到整個房間，這張電幕卻安裝在較長的那面牆上，正對窗戶。電幕一側有個淺凹處，溫斯頓就坐在這裏。建這幢公寓樓時，這地方很可能原意是用來擺書櫃的。溫斯頓坐在這個凹處，儘量把身子往後靠，這樣可以保持在電幕的視域範圍之外。當然，他的聲音仍會被聽到，不過只要待在目前的位置，他就不會被看到。正是因為這房間那不一般的佈局，他才想到正想做的事。

同樣讓他想到做這件事的，還有他從抽屜裏拿出來的本子，這是本異常漂亮的本子，紙質光滑細膩，因為歲月久遠而變得有點泛黃。那種紙至少已經停產了四十年，因而他估計那本本子的年份遠不止四十年。他在一間骯髒的小雜貨舖的櫥窗裏看到它，那間舖子位於市內某個貧民區（究竟是哪個區，他現在不記得了），當時他馬上有了種不可遏制的衝動想擁有它。黨員不應

該進入普通店舖（被稱為「在自由市場買賣」），但這一規定未被嚴格執行，因為許多東西——如鞋帶和剃鬚刀片——除非去那裏，否則就買不到。他往街道左右兩個方向迅速瞄了瞄，然後溜進去花兩元五角買下了它，也沒想它能派甚麼用場。他有罪疚感地把它放在公文包裏帶回家，上面就算甚麼也不寫，擁有它也算是有違原則。

　　他準備要做的，是開始寫日記，這不算是件非法的事（沒甚麼是非法的，因為不再有法律），然而被發現的話，有理由可以肯定懲罰會是死刑，或者至少二十五年勞改。溫斯頓把鋼筆尖裝到筆桿上，用嘴吸掉上面的油脂。鋼筆是種過時的東西，就連簽名時也很少用，他偷偷摸摸，而且是費了些事才得到一桿，只是因為他感覺那種漂亮細膩的紙張配得上用真正的鋼筆尖在上面書寫，而不是拿蘸水筆寫畫。其實他還不習慣用手寫字，除了寫很短的便條，他通常甚麼都對着口述記錄器口授，對目前想做的這件事而言，當然不可能那樣做。他把鋼筆蘸在墨水裏，然後躊躇了僅僅一秒鐘。他感到全身一陣戰慄，落筆是件決定性行為。他以笨拙的小字體寫道：

　　　　一九八四年四月四日。

　　他往後靠着坐在那裏，陷入一種完全無助的感覺中。首先，他對是不是一九八四年完全沒把握，不過可以肯定的是那年前後，因為他對自己是三十九歲這點很有把握，而且相信自己是出生於一九四四年或一九四五年。不過如今在確定年份時，不可能

沒有一兩年誤差。

突然，他想起一個問題，他寫日記是為了誰？為了未來，為了未出生的人。他的心思圍繞那可疑的年份轉了一會兒，心裏忽然略噔一下，想起新話裏的「雙重思想」一詞。他第一次想到此舉的艱巨性：你怎樣跟未來溝通？從根本上說這是不可能的。要麼未來與現在相似，在此情況下，未來也不會聽他說；要麼未來跟現在不同，他的預言便將毫無意義。

他對着那張紙呆看了一會兒。電幕裏已經換播刺耳的軍樂。奇怪的是，他似乎不僅失去了表達自我的力量，甚至忘了他本來想說甚麼。在過去幾週裏，他一直在為這一刻做準備，從未想到除了勇氣還需要別的甚麼。真正動筆不難，需要做的，只是將他大腦裏沒完沒了、焦躁不安的內心獨白轉移到紙上就行了。這種情況實際上已經持續了好幾年，然而在這一刻，就連這種獨白也枯竭了。另外，那處靜脈曲張的潰瘍又癢得難受，可是他不敢搔，因為一搔就會紅腫發炎。時間一分一秒過去，除了面前紙上的空白、腳踝上方的皮膚癢、電幕裏尖銳刺耳的音樂和喝酒造成的一絲醉意，他別無感覺。

突然，他在一片恐慌中寫起來，但他對正在寫下的東西並非全然心裏有數。他用兒童式的小字體在紙上隨意寫着，一開始漏了大寫，到最後連標點也不用了：

一九八四年四月四日。昨天晚上去看了電影，全是戰爭片。很好看的一部是關於一艘滿載難民的船在地中海某處被轟炸的事。觀眾很開心地看到一個胖男

人奮力游泳逃離一架直升機追趕的鏡頭。一開始看到他像頭海豚一樣在水裏撲騰，然後是通過直升機上的瞄準器看到他，接着他全身都是槍眼，他身體周圍的海水都變成了粉紅色，他突然沉下去，好像槍眼導致進水，觀眾在他下沉時大聲哄笑。然後看到的是一條坐滿兒童的救生艇，上面有架直升機在盤旋。有個可能是猶太人的中年婦女坐在船頭，抱着個大約三歲的小男孩。小男孩嚇得尖叫，把頭深深埋進她懷裏，似乎想在她身上鑽個洞而那個女人把胳膊圍繞着他安慰他儘管她自己也已經害怕得臉色發青，一直在儘量掩護着他似乎她以為她的雙臂能為他擋住子彈。然後直升機往他們中間投下一枚二十公斤重的炸彈一道強光小艇變成了碎片。接着是個拍得很清晰的鏡頭是個小孩的手臂往空中飛得高高安在直升機前端的攝影機肯定在追着它拍從黨員座位那裏傳來一片鼓掌聲但在觀眾席那裏有個女人突然無故喧嘩起來嚷叫着說他們不該放給孩子看他們做得不對別放給小孩看直到警察去把她架了出去我不認為她會有甚麼事誰也不關心無產者說甚麼無產者的典型反應他們從來不會……

溫斯頓停下筆，部分原因是肌肉痙攣。他不知道是甚麼讓他的筆尖流淌出這些垃圾東西。然而奇怪的是，寫這些東西時，他腦子裏清清楚楚記起了另外一件事，以至於他幾乎也想把它寫下來。他意識到就是因為另外一件事，他突然決定回到家裏並從

這天開始寫日記。

如果那樣模糊的一件事也能稱為發生過,那麼它是發生在那天上午,在部裏。

當時快到十一點了,在溫斯頓所在的檔案司,人們開始從小間隔裏往外拉椅子,擺在大廳中間,正對着大電幕,這是為兩分鐘仇恨會做準備。溫斯頓正要在中間一排某個位置就座,有兩個他只是面熟,但從未説過話的人出乎意料地來了。其中一位是個女孩,他經常在走廊裏跟她擦肩而過。他不知道她的名字,只知道她在小説司工作,可能 —— 因為她有時兩手都沾着油,還拿了個扳手 —— 她負責某部長篇小説寫作機的機械維修工作。她是個樣子大膽的女孩,二十七歲左右,長着一頭濃密的黑髮,臉上有雀斑,動作像運動員那樣敏捷。一條窄窄的鮮紅色飾帶 —— 那是青少年反性同盟成員的標誌 —— 在她工作服的腰帶上纏了幾圈,鬆緊程度剛好能顯現出她臀部的優美線條。從第一次看到她的那刻起,溫斯頓就討厭她,他也知道是甚麼原因:因為她隨時隨地營造的那種代表着曲棍球場、冷水浴、集體遠足和完全心無雜念的氛圍。他幾乎仇恨所有女人,特別是年輕貌美的。女人 —— 特別是所有的年輕女人 —— 總是黨最死心塌地的信徒、輕信宣傳口號的人、業餘偵探和異端思想的諂媚者。但這個女孩給了他一種印象,就是她比絕大多數女人更危險。有一次,他們在走廊擦肩而過,她迅速瞟了他一眼,那眼神好像刺進他體內,並注入一種黑色的恐懼感。他腦子裏甚至想到,她有可能是思想警察的特務,不過事實上,這種機會微乎其微,但每次只要她在附近,仍會讓他感覺特別不自在,這種感覺混合了敵意,還有恐懼。

　　另外一位是個男的，名叫歐布朗，是名內黨黨員。溫斯頓只知道他的職務重要而不可測。看到一名身穿黑色工作服的內黨黨員走過來，椅子旁的那羣人中出現了片刻的肅靜。歐布朗高大結實，頸很粗，有一張粗糙、可笑而冷酷的臉。雖然外表讓人望而生畏，但他的舉止有一定的魅力。他有一招，就是推一推架在鼻上的眼鏡，這個動作很奇怪，能讓人消除戒心——説不上為甚麼，但是奇怪地給人開明的感覺。如果還有人這樣想的話，這個動作也許能讓人想起一位十八世紀的貴族在邀請別人用他的鼻煙。十幾年來，溫斯頓見過歐布朗的次數可能也就是十幾次。歐布朗對他來説很有吸引力，不僅因為他溫文爾雅的舉止與如職業拳擊手塊頭的反差讓他覺得很有趣，更因為他有個秘密信念——也許根本不是信念，而是一絲希望，即歐布朗在政治正統性方面並非完美無瑕，他的表情無疑説明了這一點。話又説回來，也許他臉上表現出的根本不是非正統性，只不過是智慧。但不管怎樣，從外表上看，他是那種可以跟他談談心的人，如果有辦法躲過電幕跟他單獨在一起的話。溫斯頓從未付出一點努力去證實這種猜測，確實，也沒辦法證實。那時，歐布朗看了一眼手錶，看到馬上快十一點了，決定留在檔案司，直到兩分鐘仇恨會結束。他跟溫斯頓坐在同一排，中間隔了幾張椅子，一個泥土色頭髮的矮小女人坐在他們中間，她在溫斯頓隔壁的小間隔工作。那個黑頭髮女孩正好坐在溫斯頓身後。

　　這時，大廳那頭的電幕裏突然傳出一陣令人難受的刺耳講話聲，如同一台巨大的機器在缺少潤滑油的情況下運作時發出的聲音，這種聲音能讓人咬牙切齒、義憤填膺。仇恨會開始了。

　　照例，當艾曼紐・戈斯坦——這個人民公敵的面孔閃現在電幕上時，觀眾發出此起彼伏的鄙夷之聲，泥土色頭髮的矮小女人帶着恐懼和厭惡發出一聲尖叫。戈斯坦是叛徒和墮落者，很久以前（誰也記不清有多久）是黨的主要領導人之一，幾乎跟老大哥平起平坐，後來參加了反革命活動，被判處死刑，然而又神秘地逃走並藏匿起來。兩分鐘仇恨會的進程每天都不一樣，但無一例外，每次都以戈斯坦為主角。他是頭號賣國賊，是最早破壞黨的純潔性的人，所有後來對黨所犯的罪行、變節、破壞活動、異端邪說以及越軌行為都直接出自他的煽動。在某個地方，他仍活在人世並策劃着陰謀：也許在大洋彼岸，在豢養他的外國主子的保護之下，也許甚至——時不時會傳出這種謠言——就潛伏在大洋國本國的某處。

　　溫斯頓感覺胸口發悶。每次看到戈斯坦的面孔，他都會有百感交集的痛苦感覺。這是一張瘦削的猶太人面孔，頭頂有一圈濃密的白頭髮，毛茸茸的，下巴蓄着一小撮山羊鬍——這是一張聰明人的面孔，但不知為何，從本質上讓人覺得可鄙。靠近他又細又長的鼻尖處，架着一副眼鏡，給人一種年邁昏庸的感覺。這是一張類似綿羊的臉，就連聲音也像綿羊。戈斯坦一如既往惡毒地攻擊黨的各種教義——這種攻擊誇張而荒謬，連小孩子都能看穿，但又剛好貌似有理得會讓人警惕，即其他頭腦沒那麼清醒的人有可能會上當受騙。戈斯坦侮辱老大哥，譴責黨的獨裁，要求馬上與歐亞國和談，他鼓吹言論自由、出版自由、集會自由、思想自由，他歇斯底里地叫囂革命已被背叛——全是以快速和多音節的方式講出來，是對黨的演講家那種慣常風格的拙劣

模仿，甚至也包含新話——沒錯，比任何黨員在日常生活中通常使用的新話還要多。而且自始至終，為避免人們可能對戈斯坦那貌似有理、譁眾取寵的講話所掩蓋的事實有所懷疑，電幕上他的腦袋後面，有無數排着縱隊的歐亞國軍隊在前進——那是一排又一排長得很壯實的人，有着缺乏表情的亞洲人面孔。他們湧現到電幕上，然後消失，代之以其他長相完全類似的軍人出現。單調而有節奏的沉重軍靴聲成了戈斯坦那咩咩叫聲的背景音。

　　仇恨會進行了還不到半分鐘，房間裏有一半人發出了不可遏制的怒吼。那張自鳴得意、綿羊臉一般的面孔以及這張面孔後歐亞國軍隊那可怕的力量令人無法忍受；再者，看到或甚至想到戈斯坦，就能讓人們不由得感到恐懼和憤怒。他比歐亞國或東亞國更經常成為仇恨對象，因為大洋國跟這兩大國中的一個進行戰爭時，一般跟另一大國處於和平關係。然而奇怪的是，儘管戈斯坦被所有人仇恨、鄙視，儘管一年三百六十五天，他的理論每天上千次在講台、電幕、報紙、書本上被批駁、被粉碎、被嘲笑、被一般人認為是可鄙的垃圾，然而這一切似乎從來沒讓他的影響力降低，總會有一些新的上當受騙者在等着被他誘惑，每天都有奉其指令的間諜和破壞分子被思想警察挖出來。他是一支巨大的影子部隊的司令，那是由力圖顛覆國家的陰謀製造者所組成的地下網絡，這個網絡的名稱據說叫兄弟會。另外，還有一些悄悄流傳的說法，是關於一本可怕的書的。它彙集各種異端邪說，由戈斯坦所寫。這本書到處秘密流傳，沒有名字，人們在不得已提到它時，簡單稱之為「那本書」。不過人們都是通過不清不楚的謠言得知這些事情，凡是一般黨員，都會儘量避免談及兄弟會和

「那本書」。

進入第二分鐘，仇恨會達到了狂熱狀態。人們在座位上跳上跳下，用最大的嗓門叫喊着，想蓋過電幕裏傳來的發狂的咩咩叫聲。泥土色頭髮的矮小女人臉色通紅，嘴巴一張一合，像條離水的魚。就連歐布朗那張嚴肅的臉龐也漲紅了。他在椅子上坐得筆直，健碩的胸膛氣鼓鼓的，還在顫抖，似乎正在忍受波浪的衝擊。溫斯頓後面的那個黑頭髮女孩開始喊：「豬玀！豬玀！豬玀！」突然，她撿起一本厚厚的《新話詞典》擲向電幕，打中戈斯坦的鼻子反彈回來，但那個聲音仍然無情地響着。很快，溫斯頓發現自己在和別人一起呼喊，用腳後跟猛踢所坐椅子的橫擋板。兩分鐘仇恨會的最可怕之處，並非你被迫參與其中，恰恰相反，避免參與才不可能。過上二十秒，任何裝扮都變得毫無必要。一種出於恐懼和報復心理的可怕情緒，一種去殺戮、拷打、用大錘去砸人臉的渴望像電流般通過所有人羣，將一個人甚至是違背其個人意願地變成面容扭曲、尖叫不止的瘋子。但他們感到的那種憤怒是種抽象而盲目的感情，因此有那麼一陣子，溫斯頓的仇恨根本沒轉向戈斯坦，恰恰相反，而是向着老大哥、黨和思想警察。那一刻，他的心向着電幕上那個孤獨的、被嘲笑的異端分子，他是在充滿謊言的世界上真理與理智的唯一守護者。然而就在接下來的一刻，他跟周圍的人們站在一起，對他來說，他們所說的關於戈斯坦的一切全都屬實。那些時候，他對老大哥私下的厭惡變成了崇拜，而老大哥好像高高屹立，是位所向無敵、無所畏懼的保護者，如岩石般矗立着，對抗亞洲的羣氓。而戈斯坦，儘管他孤立無援，甚至他本人是否存在都尚存疑問，但他仍像個

陰險的巫師，僅僅憑藉話語的力量，就能將文明的架構摧毀。

　　有時，溫斯頓甚至故意將個人的仇恨目標轉換，就像突然在噩夢中猛然在枕頭上扭過頭來一樣，溫斯頓會將對電幕上那張面孔的仇恨轉移到他身後那個黑髮女孩的身上。他的腦海裏出現了生動的幻覺：他會用膠警棍把她毆打至死，會把她脱光衣服綁到一根木椿上，然後向她射滿一身的箭，正如那些人對聖塞巴斯蒂安[2]所做的；他會強姦她，然後在高潮之際割斷她的喉嚨。另外，他也比以前更清楚地意識到自己為甚麼會恨她。他恨她，是因為她年輕漂亮卻毫不性感，因為他想和她上牀卻永遠無法做到，因為她那可愛的柔軟腰部——像是在請人去摟——圍着的卻是一條可惡的鮮紅色飾帶，那是代表貞潔的咄咄逼人的標誌。

　　仇恨會達到了高潮。戈斯坦的聲音變成真正綿羊的咩咩叫聲，有那麼一陣子，那張臉也變成了綿羊臉。接着綿羊臉漸隱於一個似乎在衝鋒的歐亞國士兵形象之上。他身材高大，面目兇惡，手裏的衝鋒槍在吼叫着，整個人似乎要從電幕裏跳出來，以至於前排有幾個人真的在座位上往後縮。然而正當此時，每個人都如釋重負地呼了一口氣，敵軍形象隱沒在老大哥的面孔裏，黑頭髮，黑色八字鬍，充滿力量和神秘的安詳感，它大得幾乎佔據了整張屏幕。誰都沒聽見老大哥説甚麼，無非是幾句鼓舞士氣的話，這種話在一片嘈雜聲中説出來，人們聽不清楚他説了甚麼，然而僅僅説出這些話，就能恢復他們的信心。

2　聖塞巴斯蒂安（Saint Sebastian）：羅馬警官，早期基督教徒，引導許多士兵信奉基督教。事發後皇帝命令以亂箭射之，僥倖不死，最後被亂棍打死。

　　然後老大哥的面孔又漸漸隱去，黨的三句標語以醒目的大寫字母出現了：

　　　戰爭即和平
　　　自由即奴役
　　　無知即力量

　　但老大哥的面孔似乎在電幕上又持續出現了幾秒鐘，似乎對每個人的眼球所造成的衝擊過於強烈，不能馬上消失。泥土色頭髮的矮小女人撲在她前面的椅子靠背上，雙手向電幕張開，嘴裏還咕咕噥噥地顫聲説些甚麼，聽來似乎是：「我的大救星啊！」接着，她用手捂住臉，顯然在祈禱。

　　就在此時，整羣人發出了低沉緩慢而又有節奏的呼喊：「B—B！……B—B！」[3] 一遍又一遍，非常緩慢，兩個「B」中間有長長的停頓，不知為何，很奇怪，有點野蠻的味道。在這樣的背景聲中，似乎能聽到赤腳踩地和手鼓的咚咚響聲。在大概有半分鐘的時間裏，他們一直這樣呼喊着。這是種情緒極其強烈時經常能聽到的壓抑聲音，從一定程度上説，它類似對老大哥的智慧和威嚴的頌歌，然而更重要的是，這是種自我催眠行為，是製造有節奏的噪聲令人失去知覺的故意行為。溫斯頓似乎感到五內俱寒。兩分鐘仇恨會時，他無法控制自己不和大家一起瘋狂，但這種不似正常人所發出的「B—B！……B—B！」的呼喊聲總讓他十分

3　「B—B」代表老大哥（Big Brother）兩詞的首個字母。

驚駭。當然，他也跟別人一起呼喊，不這樣做不可能。掩蓋自己的感覺，控制自己的表情，做別人在做的事，這些都屬於本能反應。然而有那麼一兩秒鐘，他的眼神有可能泄露了感情，這可想而知。正好就在那一刻，那件具有重要意義的事情發生了——如果説它的確發生過。

就在那時，他和歐布朗四目相望。歐布朗已經站起身，剛才他把眼鏡取了下來，那時正以他特有的動作戴眼鏡，然而就在他們四目相望那不到一秒鐘的時間裏，溫斯頓就在那一刻知道了——對，他知道了！他知道歐布朗在跟他想着同樣的事。一個確鑿無誤的信息已經傳遞過來，似乎兩人的大腦都貫通了，通過眼睛，思想從一個人的大腦流入另一個人的大腦。「我跟你一樣，」歐布朗似乎在對他説，「我完全了解你的感受。你的蔑視，你的仇恨，你的嫌惡，我全知道。不過別擔心，我站在你這邊！」接着那心領神會的片刻轉瞬即逝，歐布朗的臉色變得和別人一樣，不可測知。

全部經過就是這樣，可是他已經開始對這件事是否曾發生而感到沒有把握。這種事情永遠沒有後續，所起的全部作用，不過讓他在內心保持一種信念或希望，即除了他自己，還有別的人也與黨為敵。也許關於大規模地下串聯活動的謠言説到底確有其事——也許兄弟會真的存在！雖然總有沒完沒了的逮捕、招供和處決，但要想確定兄弟會是否確實存在仍屬不可能，有時他信其有，有時他信其無。沒有證據，只有星星點點之事，可能其中有文章，也可能沒有甚麼意思：無意聽到的談話片斷，廁所牆上語焉不詳的塗鴉，可能被當做接頭信號的一個不起眼的手勢。全

是臆測而已，很可能一切都是他的想像。他回到他的小間隔室，沒有再看到歐布朗，他幾乎從未產生要延續他們那一瞬間的接觸的念頭，即使他知道怎樣進行，也會危險之至。他們含含糊糊地對望一眼，只有一秒鐘或者兩秒鐘，全部經過就此而已。但縱然不得不活在困守的孤寂中，那也值得銘記。

溫斯頓把身子坐直了一些。他打了個嗝，酒氣從胃裏泛了上來。

他又定睛看看那張紙，發現在無助的沉思的同時，他也在寫字，像是種自動行為，而且寫得也不像剛才那樣歪歪斜斜、難以辨認。他的鋼筆在光滑的紙上寫下了漂亮的印刷體大字，字母全部為大寫：

　　打倒老大哥
　　打倒老大哥
　　打倒老大哥
　　打倒老大哥
　　打倒老大哥

一遍又一遍，寫滿了半張紙。

他無法不感到一陣恐慌，又自覺無稽，因為寫下那些字和開始記日記比較起來，也沒有更危險，可是有那麼一陣子，他想撕掉寫了字的那幾頁，徹底放棄寫日記這危險舉動。

但他沒有這樣做，因為他知道沒用。不管他是寫下了「打倒老大哥」還是忍着沒寫，不管他是繼續寫日記還是停寫，都沒有

區別，思想警察一樣會抓到他。他已經犯下了 —— 即使他從未寫到紙上，他仍是犯下了 —— 包括其他一切罪行的基本罪行，他們稱之為思想罪。思想罪是無法永遠掩蓋的，你可以成功地躲過一時甚至幾年，但他們仍然注定會抓到你，遲早而已。

總是在夜裏 —— 逮捕無一例外在夜裏執行。睡覺時突然被驚醒，粗暴的手搖晃着你的肩膀，電筒照着你的兩眼，一圈冷峻的面孔出現在牀的周圍。絕大多數情況下，沒有審訊，沒有關於逮捕的報道，人們只是失蹤了，總是發生在夜裏。你的名字被取消，你做過一切事情的記錄都被清除，不承認你一度存在過，然後就被遺忘。你被剷除了，消滅了 —— 人們通常用的詞語是「被蒸發」。

有一陣子，他陷入一種歇斯底里的情緒，開始潦草地寫道：

> 他們會槍斃我我無所謂他們會從我的頸背後開槍
> 我無所謂打倒老大哥他們總是從你的頸後開槍我無所
> 謂打倒老大哥 ——

他又往後靠坐着，有點為自己感到慚愧，於是放下鋼筆。這時候他猛然一驚：有人敲了一下門。

這就來了！他像隻老鼠一樣坐着一動不動，徒勞地希望不管那是誰，就讓他敲一下便走。然而沒有，敲門聲還在繼續。最壞的做法就是拖延。他的心臟像鼓一樣敲打着，不過臉上很可能沒有表情，那是長期習慣使然。他站起來，沉重地走向大門。

2

抓到門把手時，溫斯頓看到自己把日記攤開放在桌子上，上面寫的全是「打倒老大哥」等字，字體之大，幾乎從房間這頭望去也能認出。做此事真蠢不可及，但他意識到那是因為就算在最倉皇失措的時刻，他仍不想在墨跡未乾時合上本子，以致弄髒那細膩的紙張。

他吸了口氣，打開房門，心頭馬上蕩漾着如釋重負的暖意。站在門外的是個臉色蒼白、萎靡不振的女人，頭髮稀疏，臉上滿是皺紋。

「哦，同志，」她用一種悲切的疲憊聲音說，「我聽到您進房間了，您看能不能過來看看我家廚房的洗滌盤？塞住了，還⋯⋯」

那是帕森斯太太，是同層一個鄰居的妻子。（黨多少反對使用「太太」這個詞，認為應該稱每個人為「同志」，但人們還是會不由自主地對某些女人使用這個詞。）她是個三十歲上下的女人，樣子卻老得多。她給人一種臉上的皺紋裏藏有灰塵的印象。溫斯頓跟隨她順過道走去。這種業餘維修工作幾乎成了每天必做的煩心事。勝利大廈是幢老公寓，建於一九三〇年左右，正處於搖搖欲墜的狀態。天花板和牆壁上的灰泥經常剝落。每逢嚴寒，

水管都會爆裂；每逢下雪，屋頂都會漏水。供暖系統如果不是為了節約而完全關掉，就是只開一半蒸汽量。維修的事如果不想自己動手，就得向某個高高在上的委員會提出申請。然而就連換塊窗玻璃這種事，該委員會都很可能甚至拖上兩年才會批准。

「當然是因為湯姆不在家。」帕森斯太太含含糊糊地說。

帕森斯家的公寓比溫斯頓住的要大一些，是另一種形式的骯髒。每樣東西都有種曾被擊打和踐踏的樣子，似乎剛有一頭兇猛的動物造訪。體育用品——曲棍球棒、拳擊手套、一個踢爆了的足球、一條翻過來有汗味的短褲——全都在地板上，桌子上還有一堆髒碟子和摺了角的練習簿。牆上是幾面青年團和偵察隊的鮮紅旗幟，還有張老大哥的全幅海報。那裏跟整幢樓一樣，有股常有的煮椰菜氣味，但還是掩不住一股更濃烈的汗臭味，那汗味——一聞可知，只是難以說明白怎麼會那樣——來自另外一個當時不在場的人。在另一間房間裏，有誰正在用梳子和一片廁紙，正跟着電幕播放的軍樂聲和唱。

「是孩子們，」帕森斯太太說着，有點憂慮地往門口看了一眼，「他們今天沒出去，那當然……」

她有個習慣，就是話只說一半。廚房洗滌盤裏發綠的髒水滿得幾乎要溢出，氣味比煮椰菜味還要難聞許多。溫斯頓跪下來查看水管的曲頸接口。他很不願意動手幹這種工作，也很不願意彎下身子，那樣總讓他咳嗽起來。帕森斯太太幫不上忙，在旁邊看着他。

「當然，湯姆在家的話，他一會兒就能弄好。」她說，「他喜歡幹這個，他的手總是很巧，湯姆真的是。」

　　帕森斯是溫斯頓在真理部的同事，他長得有點胖，是個蠢不可及的活躍分子，一腔弱智的熱情——是那種完全聽話、忠心耿耿、乏味無趣的人，黨的穩固統治對這種人的依賴有甚於對思想警察。他三十五歲，前不久才很不情願地被青年團趕出來，而早在升上青年團之前，他在規定年齡已滿後仍賴在偵察隊多待了一年。他在部裏擔任某個次要職務，智力方面無要求，但另一方面，在體育委員會和別的負責組織集體遠足、自發遊行、節約運動和義務勞動的委員會裏，他可是個重要人物。他會在抽煙斗時，語氣平靜而自豪地告訴你，過去四年裏，他每晚必到集體活動中心。他走到哪兒，就會把一股強烈的汗味帶到哪兒，那可是他精力充沛的佐證，但他卻並非刻意為之。有時即使他走後，那汗味仍經久不散。

　　「你們家有沒有扳手？」溫斯頓問道，一面摸索曲頸接口的螺絲帽。

　　「扳手，」帕森斯太太說，馬上變得有氣無力，「我不知道，說不準。也許孩子們⋯⋯」

　　隨着一陣噔噔的靴子響和又一聲敲梳子的聲音，孩子們衝進起居室。帕森斯太太拿來了扳手。溫斯頓把水放掉，忍着作嘔取出一團堵塞了水管的頭髮。他用水龍頭的冷水儘量把手指洗乾淨，然後回到另一個房間。

　　「舉起手來！」一把氣勢洶洶的聲音大叫道。

　　一個漂亮卻面目冷酷的九歲男孩從桌子後跳出來，手持一把玩具自動手槍向溫斯頓比畫着，比他小兩歲左右的妹妹也拿一塊木頭做着同樣的動作。他們兩個都穿着灰襯衫、藍短褲，戴着

紅領巾，那是偵察隊的制服。溫斯頓把手舉過頭頂，然而心裏有種不安的感覺。男孩的動作惡狠狠的，感覺不完全是鬧着玩。

「你這個賣國賊！」男孩大叫道，「你這個思想犯！你這個歐亞國的間諜！我要槍斃你！我要將你蒸發！我要把你送到鹽場去！」

突然，他們兩個開始圍着他跳躍，嘴裏還喊着「賣國賊」和「思想犯」。小女孩的一招一式都在模仿她哥哥。他們就像不久便會長成食人獸的老虎崽子一樣嬉戲着，不知怎的，那有點令人恐懼。男孩的眼裏，有種狡猾而殘忍的神色。另外顯然，他想對溫斯頓又踢又打，也意識到自己很快就到能做這種事的年齡。幸好他手裏握的不是一支真正的手槍，溫斯頓這樣想。

帕森斯太太的眼睛不安地在溫斯頓和自己的孩子之間掃來掃去。在起居室較亮的光線下，他注意到她臉上的皺紋裏真的有灰塵，覺得頗有趣。

「他們鬧得真厲害，」她說，「因為不能去看絞刑，所以不高興，就是為了這件事。我忙得沒時間帶他們去，湯姆又不能按時下班回家。」

「為甚麼我們不能去看絞刑？」男孩用他的特大嗓門嚷着。

「我要看絞刑！我要看絞刑！」小女孩還在蹦來跳去地喊。

溫斯頓想起來了，有幾個歐亞國的俘虜因為犯了戰爭罪，將於這天晚上在公園被處以絞刑。這種事情每月進行一次，是大家都想一睹的盛事，小孩子總鬧着要大人帶他們去看。他向帕森斯太太告別，就往門口走去，但在過道上還沒走幾步，就有甚麼東西打中他的頸背，打得他疼痛難忍，好像有根燒得通紅的鐵絲戳

進去了。他一轉身，剛好看到帕森斯太太拉着兒子進了房門，男孩正把彈弓放進口袋裏。

「戈斯坦！」男孩被關進房內時吼了一聲，然而讓溫斯頓印象最深的，是那個女人發灰的臉上那種無助而驚駭的神情。

回到自己的單位後，他快步走過電幕，又坐在那張桌子面前，手還在揉頸。電幕已經停止播放音樂。一個吐字清晰、代表軍方的聲音正以狂喜的語氣描述新浮動堡壘的武器裝備，該堡壘不久前在冰島和法羅羣島之間的地方下錨。

他想，養那樣的孩子，那個可憐的女人一定過着提心吊膽的生活。再過一兩年，他們會日夜監視她，以圖發現任何異端思想的徵兆。如今，幾乎所有孩子都是可怕的。最糟糕的是通過偵察隊這種組織，他們被系統化改造成無法管教的小野人，然而又不會在他們身上產生對黨的紀律的反抗傾向。恰恰相反，他們崇拜黨以及與黨有關的一切。唱歌、列隊前進、打旗幟、遠足、拿木頭步槍操練、喊口號、崇拜老大哥 —— 對他們來說，都屬於光榮之事。他們所有的殘暴行徑都是對外的，針對國家的敵人、外國人、叛國者、破壞分子、思想犯等。年過三十的人會害怕自己的孩子，這幾乎已經變成一種普遍現象。很合理的是，《泰晤士報》幾乎每星期都會登出一篇文章，關於某個偷聽別人說話的小告密者 —— 一般用的是「小英雄」這個詞 —— 如何無意聽到父母的某句不敬言論，然後去思想警察那裏告發的事跡。

彈弓子彈造成的刺痛逐漸消退了。溫斯頓心不在焉地拿起鋼筆，不確定他還能不能想到更多東西可寫。突然，他又想起了歐布朗。

　　幾年前——有多久？一定有七年了——他夢到他正穿過一個漆黑的房間，有個坐着的人在他走過時説：「我們會在沒有黑暗的地方見面。」説這句話的語氣很平靜，幾乎是家常的，是個陳述句，不是命令句。他沒有停下腳步，而是繼續走着。奇怪的是，在當時，在夢裏，這句話並未給他留下甚麼印象，只是後來，那句話似乎逐漸具有意義。他現在記不清楚他第一次見到歐布朗是在做那個夢之前還是之後，也不記得他甚麼時候第一次辨認出那是歐布朗的聲音。但是不管怎樣，他的確辨認出來了，在黑暗中跟他説話的是歐布朗。

　　溫斯頓從來沒有把握，甚至在這天上午看到他的眼神一閃之後，仍然無法確定歐布朗是朋友還是敵人。但這似乎沒有太大關係，他們之間有互相理解的連繫，比友愛或黨派之情更重要。「我們會在沒有黑暗的地方見面。」他這樣説過了，溫斯頓不知道那是甚麼意思，只知道它會以某種方式實現。

　　電幕裏的説話聲暫停了，一陣嘹亮悦耳的小號聲迴盪在不流通的空氣中，然後説話聲又刺耳地響起：

　　　「注意！請注意！現在插播從馬拉巴爾[4]前線收到的新聞。我們在印度南部的部隊取得了一場輝煌的勝利。我受權宣佈，我們報道的是次戰役將大大推動戰爭向結束的方向發展。這是新聞插播……」

4　馬拉巴爾（Malabar）：位於印度東南部。

　　壞消息來了，溫斯頓想。果然，在播完一段描述如何駭人聽聞地消滅一支歐亞國軍隊以及報告斃敵、俘敵的驚人數字之後，通告就來了。從下星期開始，巧克力的定量供應將從每天三十克降到二十克。

　　溫斯頓打了個嗝。酒勁正在過去，留下一種泄氣的感覺。電幕裏——或許為了慶祝勝利，或許為了淹沒關於失去巧克力的記憶——雄壯地奏響了《大洋國，這是為了你》。播放這首歌曲時理應要立正，但在他目前所處的位置，電幕看不到他。

　　《大洋國，這是為了你》之後是輕鬆一點的音樂。溫斯頓走到窗前，保持背對電幕。天氣仍然寒冷而晴朗。遠方某處，一顆火箭彈爆炸了，迴盪起沉悶的轟鳴聲。目前，倫敦每星期要捱上二、三十顆火箭彈。

　　在下面的街上，風把破角的海報吹得啪啪作響，「英社」一詞正好時而出現，時而蓋着。英社。英社的神聖原則。新話、雙重思想、過去的易變性。他覺得自己似乎正在海底森林中漫步，迷失在一個怪異的世界裏。在這個世界中，他就是怪物。他孑然一身。過去已死去，未來不可想像。他又怎能肯定某個活着的人是跟他站在一起的？又如何能知道黨的統治不會千秋萬代？真理部大樓白色前牆上，黨的三句標語又映入他的眼簾，像是對他回答：

　　　戰爭即和平
　　　自由即奴役
　　　無知即力量

他從口袋裏掏出一枚二角五分的硬幣，上面以小而清晰的字母壓鑄着同樣的標語。硬幣的另一面則是老大哥的頭像，即使在硬幣上，那雙眼睛也緊盯着你。硬幣上、郵票上、書本封面上、旗幟上，還有煙盒包裝上 —— 無處不在。總是那雙眼睛在盯着你，還有那聲音在包圍着你。不管睡覺還是醒着，工作還是吃飯，室內還是室外，洗澡還是在牀上 —— 無處可逃。除了頭顱之內的幾立方厘米，一切都不屬於你自己。

太陽轉過去了，真理部的無數窗戶因為沒有光線照耀而顯得可怕，如同一座堡壘上的射擊孔。在這座巨大的金字塔形的建築前，他感到恐懼。它太堅固了，它無法被攻佔，一千顆火箭彈也炸不掉它。他又琢磨起他是在為誰而寫日記。為了未來，為了過去 —— 為了一個可能是子虛烏有的時代。擺在他面前的不是死亡，而是毀滅。日記將被燒成灰，他自己也將被蒸發。只有思想警察會讀到他所寫的東西，然後他們會把它銷毀，接着又從記憶中把它清除。當你的一切痕跡，甚至紙上寫下的任何一個字都不可能實際存在時，你又怎能因未來而欣喜？

電幕裏響了十四下鐘聲，他必須在十分鐘內離開，他一定要在十四點三十分前趕回去工作。

奇怪的是，報時鐘聲似乎讓他換了種心情。他是個孤獨的幽靈，正在講述一個誰也不會聽的真理，然而只要他說出來，那種連貫性就以某種不明顯的方式保存下來。不是通過讓別人聽到你的話，而是通過保持清醒，將人性傳統延續下去。他回到桌子前，用筆蘸了墨水寫道：

　　致未來或過去，致思想是自由的、人們相互各異
而且並非孤獨生活着的時代 —— 致事實存在不變、
發生過就不會被清除的時代：

　　從一個千篇一律的時代、一個孤獨的時代、老大
哥的時代、雙重思想的時代 —— 向您致意！

　　他已經死了，他沉思道。對他來說，好像只是現在，在開始
把自己的想法系統化時，他才邁出了決定性的一步。每個行動的
結果都包含於行動本身。他寫道：

　　思想罪並不導致死亡；思想罪就是死亡。

　　現在他既然已經自認死定了，保持儘量活得長久就變得重
要。他右手有兩個指頭沾上了墨水，一點沒錯，這是可能暴露自
己行為的細節。部裏某個愛打聽的狂熱分子（很可能是個女人，
像那位泥土色頭髮的矮小女人或是小說司裏那個黑頭髮女孩）也
許會琢磨他為甚麼在午餐休息時間寫東西，為甚麼要使用一桿老
式鋼筆，在寫些甚麼，然後暗示有關部門注意。他到廁所裏小心
翼翼地用粗砂般的黑褐色肥皂將手指擦洗乾淨。這種肥皂能像砂
紙一樣打磨你的皮膚，因此用來洗掉墨漬倒挺合用。

　　他把日記放進抽屜，要想藏起它純屬徒勞，但他至少可以確
認是否已被發現有這麼一本日記。夾根頭髮就太明顯了。他用指
尖夾起一粒能辨認出的白色灰塵放在封面一角。有人動本子的
話，它肯定會被抖掉。

3

溫斯頓夢到了母親。

他想，母親失蹤時，他肯定有十歲或十一歲了。她身材高大，姿態優美，宛如雕像，説話很少，動作緩慢，有一頭漂亮的金髮。對父親，他的記憶更模糊，只記得他又黑又瘦，總穿着整潔的深顏色衣服（溫斯頓特別記得他父親的鞋底很薄），戴着眼鏡。顯然，他們兩人一定是在五十年代最早幾次大清洗中的某一次被吞噬的。

夢中，母親正坐在他以下一個很深的地方，懷裏抱着妹妹。他對妹妹根本沒有多少印象，只記得她是個長得很小、身體虛弱的小孩，總是不出聲，有一雙警覺的大眼睛。她們兩人都抬頭看着他，她們在地下某處，例如井底或者很深的墓穴裏 —— 然而是那種雖然已經在他以下的深處，卻仍在往下墜落。她們正在一艘下沉的船上的大廳裏，在水色漸深的環境中看着他。大廳裏仍有空氣，她們能看到他，他也能看到她們，但她們一直往下沉，往綠色的深處沉去。再過一會兒，綠色的水定會讓她們永遠消失。他在有光有空氣的地方，她們卻正被死亡吞噬。她們之所以在那裏，是因為他在她們之上。他明白這一點，她們也明白，他能從她們的臉上看出來。無論在臉上還是心裏，她們都毫無責備

之意，只是明白她們必須死，使他可以繼續活下去，這也是事情發展過程中不可避免的。

他不記得發生了甚麼事，然而他在夢中明白，從某種意義上說，母親和妹妹的生命是為了他而犧牲的。這樣的夢是那種，在保留夢境情節，而人的思維仍繼續進行的同時，夢中會意識到一些事實及想法，讓人醒後依然覺得新鮮而珍貴。這時，溫斯頓突然想到，他母親在差不多三十年前的死是悲劇，令人悲痛，如今已屬不可能的事。他意識到悲劇只屬於遙遠的舊時代，在那個時代，仍然存在私隱權、愛和友誼，家庭成員會互相扶持而不需要問原因何在。想起母親令他心如刀絞，因為她至死都愛他，而他當時年齡太小，太自私，不懂得以愛回報愛，而且不知何故——他不記得為甚麼——她因忠誠而犧牲自己，那種忠誠是個人的，且不可改變的。他認識到這類事情不可能發生在今天。今天有恐懼、仇恨和痛苦，但失去了高尚的情感，不再有深沉或者複雜的悲痛。所有這些，他好像都從母親和妹妹那睜大的眼睛裏看出來，那兩雙眼睛在透過綠色的水看着他，在幾百英尋[5]以下，而且還在往下沉。

突然，他站在平整而且富有彈性的草地上，在一個夏日的傍晚，斜陽將這片土地鍍上金色。他正看着的那片風景經常出現在他的夢境中，以至於他從來不確定是否在現實世界裏見過。醒後回想時，他稱之為黃金鄉。那是個被野兔啃咬的老牧場，一條步行小徑蜿蜒穿過，鼴鼠丘處處可見。在牧場對面參差不齊的樹籬

5　英尋（fathom）：海洋深度的單位，1 英尋約 1.83 米。

那邊，榆樹枝在和風中極其輕微地晃動，大簇大簇的樹葉像女人的秀髮般抖動着。在近處看不見的位置，有條緩緩流動的清澈溪流。在那柳樹下，鱗魚在池塘裏游着。

那個黑頭髮女孩穿過牧場向那幾棵柳樹走去，悄悄一動，就脫下衣服並高傲地扔到一旁。她的軀體潔白光滑，卻絲毫未能引起他的慾望，他甚至沒看她。那一刻，能牽動他情緒的，倒是他欣賞她把衣服扔到一旁那動作。這個動作優雅隨便，好像摧毀了整個文化和思想體系，好像牽動一下手臂，便能掃去老大哥、黨和思想警察於無形。同樣，那動作也屬於遙遠的舊時代。溫斯頓醒來時，嘴裏還在唸着「莎士比亞」這名字。

電幕發出一聲刺破耳膜的哨音，並以同一調子持續了半分鐘。那時是七時十五分，是辦公室工作人員的起牀時間。溫斯頓掙扎着起牀——他光着身子，因為一個外黨黨員每年只有三千張服裝配給券，一套睡衣就需要六百張了——抓起搭在椅子上的一件骯髒背心和一條短褲。三分鐘後是體操時間。就在此時，他因一陣猛烈的咳嗽而彎下身子，幾乎每天起牀後，他都要這麼咳上一陣子。咳嗽完全清空了他的肺部，以致他需要仰面躺下並喘半天氣後才能正常呼吸。他的靜脈因為咳嗽用力而腫脹，靜脈曲張的潰瘍處又癢起來。

「三十到四十組！」一把刺耳的女人聲音像狗叫一樣，「三十到四十組！請站好位置！三十到四十組！」

溫斯頓一躍而起，在電幕前立正站好。電幕上已經現出一個年輕女人的圖像，儘管很瘦，卻肌肉發達，穿的是束腰外衣和帆布運動鞋。

「伸曲手臂，拉展！」她厲聲喊道，「一起跟我來。一、二、三、四！一、二、三、四！快點，同志們。提起精神來！一、二、三、四！一、二、三、四……」

咳嗽發作時造成的痛苦不能將夢境留下的印象消除，早操時的節奏運動還多少把那印象恢復了一點。他機械地把手臂揮前揮後，臉上掛着十分快樂的表情，這種表情被認為是做體操時合適的表情，同時他在盡力回想童年早期那段模糊時日。非常困難，五十年代後期再往前的一切記憶都淡化了。當可作資料參考的外部檔案並不存在，連自己的生活輪廓也不清晰。你記得的驚天動地的大事可能根本從未發生過，你記得某事情的細節，卻無法重溫那種氣氛，還有一些很長的空白期，根本不記得發生過甚麼事情。那時一切都不一樣了，甚至國家的名字，地圖上的地形都不一樣了。例如，第一空降場當時並不叫這名字，而是叫英格蘭或大不列顛。不過倫敦一直就叫倫敦，溫斯頓對此很有把握。

溫斯頓記不清楚甚麼時候他的國家不是處於戰爭狀態，不過在他童年時，顯然有過相當長一段和平時期，因為他的早期記憶片段之一是關於某次空襲的，它似乎讓所有人措手不及，也許是原子彈炸了科爾徹斯特[6]那次。他不記得那次空襲，但記得父親緊攥着他的手往下走啊走，走到一個在地下很深的地方，繞過一圈又一圈螺旋樓梯。最後，他累得走不動了，嗚嗚哭了起來，他們只得停下來休息一下。他的母親緩慢而精神恍惚地遠遠跟在後面，懷裏抱着他的妹妹 —— 也許那只是個裝着毛毯的包袱，

6　科爾徹斯特（Colchester）：位於英格蘭東部。

他不能肯定當時妹妹是否已經出生。最後，他們到了一個人聲嘈雜、擁擠不堪的地方，他意識到那是地鐵站。

鋪着石頭的地板上坐滿了人，另外有些人一個挨一個坐在鐵製鋪位上，是上下鋪。溫斯頓和父母在地板上找到處容身，他們旁邊是一個老爺爺和一個老太太，他們挨着坐在一個鋪位上。那個老爺爺穿了一身質地不錯的黑色套裝，花白頭髮，頭頂偏後處戴着一頂黑布帽子。他臉色通紅，藍眼睛裏噙着淚水。他渾身散發着濃烈的杜松子酒味，似乎他皮膚上冒的是酒而不是汗，也讓人猜想他眼裏湧出的純粹是酒。雖然他稍微有點醉了，但他同時還在為某件真實而無法忍受的事情傷心。溫斯頓以他小孩子的理解方式，明白剛剛發生了一件可怕的事情，一件無法原諒、無法補救的事情。似乎對他來說，他也知道那是甚麼事：一個被老爺爺愛着的人 —— 也許是他的小孫女 —— 被炸死了。每隔幾分鐘，那個老爺爺都重複說：

「我們不該信任他們。我不是說過了嗎，孩子媽？這就是相信他們的下場，我全都說過了，我們不該信任那些混蛋。」

但溫斯頓想不起來他們不該相信的，是哪些混蛋。

差不多從那時起，戰爭的確一直在持續，不過嚴格說來，它並非一直是同一場戰爭。在他的童年時代，倫敦就有過街頭混戰，持續好幾個月，他對某些方面記得很清楚。然而想要描述那一整段歷史，或是說出某時間誰跟誰在打仗，則完全不可能，

因為沒有任何文字檔案，也沒有任何講話裏提到除了目前的盟國還曾有過別的盟國。例如當前，在一九八四年（如果這一年是一九八四年），大洋國在跟歐亞國打仗，跟東亞國結盟。無論在公開場合還是私下講話裏，從未有人承認三大國之間曾組成不同的戰線。事實上，溫斯頓清清楚楚記得大洋國跟東亞國作戰、跟歐亞國結盟只是四年前的事情。但這只是他碰巧暗中知道的事，因為他還未能完全理想地控制自己的記憶。官方說法是從未發生過改換盟國的事，大洋國在跟歐亞國打仗——因此大洋國一直在跟歐亞國打仗，目前的敵國總代表着絕對的邪惡，因而過去或者未來與其達成任何協議都屬不可能的。

他將肩膀盡力往後仰時（手放在臀部，腰部以上的軀體做旋轉運動，這被認為對背部肌肉有好處），他第一萬次想到令人恐懼的是，這有可能全是真的。如果黨能插手過去，說這件事、那件事從未發生——那不是肯定比單是拷打和死刑更可怕嗎？

黨說大洋國從未跟歐亞國結盟，而他溫斯頓知道短短四年前，大洋國在跟歐亞國結盟。但這種知識存在於何處？僅僅在他自己的意識裏，而不管怎樣，這種意識肯定不久將被消除。如果其他所有人都接受了黨強加的謊言——如果所有檔案上都記錄着我們同樣的說法——那麼謊言就進入歷史並成為事實。黨的標語這樣說，「誰控制歷史，誰就控制未來；誰控制現在，誰就控制歷史。」但是過去從來沒被篡改，即使其性質可以被篡改，現在真實的，永永遠遠都是真實的。那便很簡單。需要的只是不間斷地一次一次戰勝自己的記憶。「現實操控」，這是他們的說法，在新話裏叫「雙重思想」。

「稍息！」女教練大聲喊道，語氣稍微緩和了一點。

溫斯頓把手垂到身邊，緩慢地將肺部又吸滿空氣，他的大腦滑向一個雙重思想的迷宮世界。知道又不知道；對全然事實保持清醒，卻說着精心編造的謊言；同時擁有兩種針鋒相對的意見，一方面知道兩者之間的矛盾，一方面又兩者都相信；利用邏輯來反邏輯；一方面批判道德，一方面又自認為有道德；相信不可能有民主，另一方面又相信黨是民主的保衛者；忘掉一切需要忘記的，然後隨時在需要記起時再回想起來，接着馬上再忘掉 —— 最重要的是，對這個過程本身，也要照此過程處理。最奧妙之處在於：要清醒地誘導自己進入不清醒狀態，然後再次意識不到剛剛對自己實行的催眠行為。甚至理解「雙重思想」這個詞，也要用到雙重思想。

女教練又叫他們立正。「現在看看我們中間誰能摸到腳趾！」她熱情洋溢地說，「請把上身往下彎，同志們。一、二！一、二……」

溫斯頓很討厭做這節練習，這讓他從腳後跟到臀部一路劇痛上去，而且經常以咳嗽再次發作而結束。他原先在沉思時所感到的多少算是愉快的心情完全沒有了。他想到過去豈止被篡改，實際上是被消除了，原因在於，當除了自己的記憶別無任何檔案存在時，你又怎能確定一件事情呢，即使它顯而易見？他努力回憶他首次聽說老大哥這個名字是在哪一年，覺得肯定是在六十年代的某一年，然而想確定究竟在哪一年則屬不可能。當然，在黨史裏，老大哥從革命最早期就是黨的領袖和保衛者。他最早建立功勳的時間一直在被逐漸往前推，一直推到了令人難以置信的

三、四十年代。當時資本家仍然戴着奇特的圓筒形禮帽，乘坐閃亮的豪華汽車或者有玻璃窗的馬車來回於倫敦街頭。這種傳說有幾分屬實又有幾分憑空杜撰不得而知。溫斯頓甚至不記得黨本身成立於哪一年，他不認為他在六十年代之前就曾聽說「英社」這個詞，然而有可能它以舊話方式 —— 即「英國社會主義」—— 在那之前就流行起來。一切都變得模糊不清，然而確實，有時候你能指出哪一則絕對是謊言。例如，在黨的歷史書上，聲稱是黨發明了飛機，可是他記得自己很小的時候就有飛機了。但你甚麼都無法證明，因從未有過任何證據。他一輩子裏只有一次手裏曾拿到確鑿無疑的文件證據，可以證明某件歷史事實是偽造的。那一次 ——

「史密斯！」電幕裏那個潑婦般的聲音尖聲喊道，「六七九號史密斯‧W！對，說你呢！請把身子彎低一點！你可以做得更好，你沒努力！請彎低一點！這樣還好點，同志。現在全體注意，稍息，看着我。」

溫斯頓全身一下子冒出一陣熱汗。他保持着完全不可解讀的表情，永遠別表現得沮喪！永遠別表現出憎恨！眼神的一閃，就可能暴露自己。他站在那裏看着女教練把手舉過頭頂，然後 —— 不能說是很優雅，但特別靈巧利索 —— 彎下身子並把手指第一關節墊到了腳趾下。

「嘿，同志們！這就是我希望看到你們能做的，再看我做一次。我三十九歲了，還生了四個孩子。看着我。」她又彎下身子，「你們看我的膝部沒有彎曲，你們想的話都能做到。」她在伸直身子後又說：「凡是年齡四十五歲以下的人，都完全能摸到腳趾。

我們並非每個人都有幸在前線打仗，但至少我們能做到保持身體健康。想想我們在馬拉巴爾前線的小伙子！還有在浮動堡壘的水兵！想想他們要忍受多少！現在再試一次。好點了，同志，好得多了。」她又對溫斯頓鼓舞道，溫斯頓這時把身子猛地往下一彎，兩手成功地摸到了腳尖，膝部也沒彎，這是幾年來的第一次。

4

開始這天的工作時，溫斯頓不由自主地長嘆一口氣，即使距電幕那麼近，也未能讓他控制住自己。他把口述記錄器拉過來，吹去話筒上的灰塵，戴上眼鏡，然後把辦公桌右邊的氣力輸送管裏吹送來的四個紙卷展平，而且別在一起。

小間隔的牆上有三個洞口。口述記錄器右邊是個小氣力輸送管，輸送的是書面通知，左邊大一點的送來的是報紙，在側牆上伸手可及的地方還有個大的四方口，用鐵絲網罩着，供處理廢紙之用。這種洞口在整幢大樓裏有成千上萬個，不僅每個房間裏都有，走廊上每隔一段距離也有。不知為何，這些洞的綽號是記憶洞。你明白某份文件應當被銷毀時，甚至在看到一張躺在地上的紙片時，就會自動掀開最近一個記憶洞的蓋子把它投進去。它馬上就會被一股暖空氣捲走，捲到位於大樓某個隱秘處的巨型爐子裏。

溫斯頓看了一下展開的紙條，每張上只有一兩句通知，以行話簡寫——並非真正的新話，然而包含大量新話詞語——是部裏內部使用的。這些通知是：

泰晤士報 17.3.84bb 講話誤報非洲改正

　　泰晤士報 19.12.83 預報三年計劃四季度八十三處
錯印核實最新一期

　　泰晤士報 14.2.84 富部錯報巧克力定量改正

　　泰晤士報 3.12.83bb 當日指示加加不好提到非人
全面重寫登檔前提交

　　溫斯頓略微有了種滿足感，他把第四則通知放在一旁。那是件複雜且責任重大的工作，要留到最後做。另外三則都是一般性的，雖然第二則通知可能意味着要單調乏味地整理一大串數字。

　　溫斯頓在電幕上撥了「過期」，要求送來相應那期的《泰晤士報》，沒過幾分鐘，它就從氣力輸送管裏滑落出來。收到的通知跟文章或新聞有關，出於這樣那樣的原因被認為需要篡改，或者套用官方說法是需要修改。例如，從三月十七日的《泰晤士報》看來，老大哥在此前一天的講話是預言南印度前線將保持平靜，歐亞國軍隊不久將在北非發動進攻。結果是歐亞國最高司令部在南亞發起進攻，而在北非沒動作，因此需要將老大哥講話裏的那段重寫，以使他的預言跟實際情況相吻合。又如，十二月十九日的《泰晤士報》上，發表了一篇對一九八三年第四季度——也就是第九個三年計劃的第六個季度——各種消費品產量的官方預測。今天出版的這一期報紙上有實際產量的綜述，可以看出預測在各方面顯然都錯了。溫斯頓的工作是修改原來的數字，以使

其跟後來的一致。至於第三條通知，所指的是個很簡單的錯誤，可以在一兩分鐘內改好。距離現在很近的二月份，富足部曾許諾（官方用語是「絕對保證」）一九八四年內不再削減巧克力定量供應。實際上正如溫斯頓所知，這一星期過後，巧克力定量供應將從三十克降到二十克。需要做的，只是用一則警告代替原來的許諾，警告很可能需要在四月的某個時候降低定量。

溫斯頓一處理完這幾則通知，就把口述記錄器記下的更正紙條別在一起放進氣力輸送管。然後，他在做接近無意識的動作，把原來的通知和他自己所寫的草稿筆記一起扔進記憶洞，它們將被火焰吞噬。

氣力輸送管會通向那看不見的迷宮中，而當中將發生甚麼，他並不清楚，但的確大體上知道。在對某期《泰晤士報》需要做的所有改正件集中一起並做過比較後，那一期將被重印，原來那期則會被銷毀，改正的報紙被放回原來那期所在的檔案。這種一刻不停的篡改步驟不僅用於報紙，還適用於書籍、期刊、小冊子、海報、傳單、電影、錄音、漫畫、相片——就是可以想像到的每種具有政治或意識形態重要性的印刷品或文件。每一天——幾乎也是每一分鐘——過去被改動得跟現在一致。通過這種方式，黨所做的每項預言都一貫正確，並有文件為證，凡是與目前需要相抵觸的新聞或者發表的意見，都不允許在檔案中存在。所有的歷史都是可以多次重新書寫的本子，只要需要，隨時可以擦乾淨重新書寫。行為一旦完成，無論怎樣都不可能證明發生過任何篡改之事。在檔案司人數最多的處裏——人數比溫斯頓所在的處要多得多——那些人的唯一職責，就是追查並收回

所有不合時宜，因而需要被銷毀的書籍、報紙和其他文件。因為政治結盟的變化或者老大哥的預言出錯，有許多期《泰晤士報》可能已被篡改達十幾次，但檔案裏的日期卻仍是原來的，也不存在與其矛盾的其他報紙。書籍也被一遍遍收回並重寫。無一例外地，重新發行時不會承認做過任何改動。甚至在溫斯頓收到的，並在處理完之後被一律銷毀的文字指令上，也不會說明或暗示要進行偽造活動，提到的總是筆誤、錯誤、錯印或錯誤引用，為準確起見，需要對其進行改正。

但實際上 —— 他在重新調整富足部的數字時想 —— 那根本算不上偽造，無非是用一句廢話代替另一句廢話。所處理的絕大多數材料跟現實世界毫無關聯，甚至不具有某個赤裸裸的謊言與現實世界之間的那種關聯。修改前和修改後的統計數字都是異想天開的產物，絕大多數情況下，那些數字都是指望你在腦子裏杜撰出來的。例如，富足部預測本季度的靴子產量為一億四千五百萬雙，而實際產量為六千兩百萬雙，但溫斯頓在重寫預測數字時，將其降至五千七百萬雙，這樣就可以照例聲稱超額完成定額。可是無論如何，六千兩百萬或五千七百萬或一億四千五百萬跟真實數字比起來，在離譜程度上都是一樣的，很有可能一雙靴子也沒有生產出來，更有可能的是誰也不知道生產了幾雙，更不用說關心了。你所知道的，只是每季度在紙上生產出天文數字的靴子，而在大洋國，可能一半人都打着赤腳。每一類被記錄下來的事實都是如此，無論重要與否。一切褪色成一個影子世界，最後，連年份也變得不確定了。

溫斯頓掃了一眼大廳。坐在對面小間隔裏的，是個長相謹

慎、下巴微黑的矮小男人，名叫提洛森。他在不緊不慢地工作
着，膝蓋上放了張疊起來的報紙，嘴巴離口述記錄器的話筒很
近。他的樣子像是儘量不讓別人聽到他所說的話，除了電幕。他
抬起頭，眼鏡向溫斯頓的方向敵意地反了一下光。

溫斯頓對提洛森了解極少，不知道他幹的是甚麼工作。檔
案司的人不怎麼談論他們的工作。那條長長的、沒有窗戶的大廳
裏有兩列小間隔，總是能聽到紙頁的沙沙聲和對口述記錄器說話
的嗡嗡聲。在那些小間隔裏工作的人中，有十幾個溫斯頓連名字
都不知道，雖然他也能在走廊看到他們來去匆匆，或者在開兩分
鐘仇恨會時揮舞雙手。他知道隔壁小間隔裏，那個泥土色頭髮的
矮小女人一天到晚辛辛苦苦地工作，只是從報章上查找並刪去已
被蒸發掉，因而被認為從未存在過的人們的名字。安排她做這種
工作正合適，因為她自己的丈夫幾年前就被蒸發掉了。在隔了幾
個小間隔的那一間工作的，是個性情溫和、樣子窩囊、心不在焉
的傢伙，名叫安普福斯，他耳朵上的汗毛長得很濃密，在把玩押
韻和格律方面天分驚人。他的工作是為在意識形態方面有違礙之
處，但出於這樣那樣的原因，需要保留在選集中的詩歌創作出篡
改版本 —— 他們稱為定版本。這間大廳和在此工作的五十個左
右的工作人員僅僅是某處下的一個科，是檔案司龐大而複雜的機
構中的一個細胞而已。往上往下，有一羣羣工作人員在幹着種類
多得無法想像的工作。有一些大型印刷廠，配有助理編輯、排版
專家和一些製作假照片的設備精密的照片室；有電幕節目科，其
中有工程師、製作人和許多演員，這些演員之所以被特別挑選出
來，是因為他們有模仿別人說話的技巧；還有許多提供諮詢的工

作人員，他們的工作，只是列出應當被收回的書籍和期刊清單；有巨大的倉庫以存放篡改了的文本，還有看不見的爐子用來焚毀原件。在某個地方，有一些決策者，他們制定政策，確定過去的這部分需要保留，那部分需要偽造，另外的部分要完全清除，使其不復存在。

說到底，檔案司本身僅是真理部的一個部門而已。真理部的主要工作不是重建過去，而是向大洋國公民提供報紙、電影、課本、電幕節目、比賽、小說——也就是每種可以想像到的信息、指示或娛樂，從雕像到標語，從抒情詩到生物學論文，從小孩子用的拼寫書到《新話詞典》。真理部不僅要滿足黨各種各樣的需求，而且在較低層次上為了服務無產者，各種工作也在全力進行。有一系列的司負責無產者文學、音樂、電影、戲劇以及一般娛樂，在這裏製造出垃圾報紙，除了體育、罪案、占星學幾乎別無其他，還有內容聳人聽聞的五分錢一本的中篇小說和色情電影。另外還有些傷感歌曲，完全是通過一種名為作曲機的特製攪拌機以機械方法譜寫出來的。甚至有整整一個科——新話名字是「色情科」——從事最粗俗的色情作品的創作，發行時用的是密封包裝，連黨員——除了參與製作的黨員——也不允許閱讀。

溫斯頓工作時，有三則通知從氣力輸送管裏滑了出來，不過都是些簡單的事情，兩分鐘仇恨會開始之前就處理完了。仇恨會結束後，他回到小間隔，從架子上取下《新話詞典》，把口述記錄器推到一邊，擦了擦他的眼鏡，然後開始着手幹這天上午的主要工作。

溫斯頓在生活中的最大樂趣來自他的工作，其中多數都是

枯燥的常規工作，但也有一些困難而且複雜，能讓人像解數學難題一樣沉浸其中——那是些精細的偽造工作，除了對英社原則的了解，以及對黨希望你寫甚麼有所估計之外，別無其他指南。溫斯頓擅長做這種事，有時，他甚至受命修改《泰晤士報》的頭版文章，那完全是用新話所寫的。他展開早些時候放在一邊的通知，其內容是這樣的：

泰晤士報 3.12.83bb 當日指示加加不好提到非人全面重寫登檔前提交

這則通知用舊話（或標準英語）可以這樣寫：

一九八三年十二月三日的《泰晤士報》對老大哥當日指示的報道極其不妥，其中提到不存在的人。全部重寫並在放入檔案前把草稿提交上一級。

溫斯頓通讀了一遍那篇違礙文章。老大哥的當日指示似乎主要為表彰一個名為 FFCC 的機構的工作，該機構負責向浮動堡壘裏的水兵提供香煙及其他改善生活條件的用品。某位名叫威瑟斯的同志——他是內黨要員——特別被點名並授予獎章，即二等卓越功勳獎章。

三個月後，FFCC 突然被解散，原因不得而知。可以猜到的是威瑟斯及其同僚如今失寵了，但這件事未曾在報刊或電幕上報道。這也在意料之中，因為政治犯通常不加審判，甚至通常也

不會被公開批判。在牽涉到成千上萬人的大清洗運動中，叛國者和思想犯被公審，他們在卑躬屈膝地坦白罪行後被處決，但那只是幾年才進行一次，而且是特地做給人看的。更常見的是，黨所不滿的人只是失蹤了，此後再無消息，從未有人知道他們被怎麼樣了。有些情況下，他們可能根本沒死。不包括他的父母，溫斯頓自己就認識可能有三十個左右先後失蹤的人。

溫斯頓用萬字夾輕輕刮着鼻子。對面小間隔裏，提洛森同志仍在詭秘地向口述記錄器彎着身子。他把頭抬起一會兒，眼鏡片又是敵意地反了一下光。溫斯頓懷疑提洛森同志是否在做跟他一樣的工作。完全有可能。像這種棘手工作永遠不會交給單獨一個人去做；另一方面，把它交給一個委員會去做，就等於公然承認進行偽造工作。很有可能有多達十幾人這時正在編寫老大哥實際講話的相反版本，不久，內黨裏的某位高級參謀會選擇這個或那個版本，對之進行再編輯，接着進入必要的相互參照的複雜程序，然後被選中的謊言將被載入永久檔案，並成為事實。

溫斯頓不知道威瑟斯為何失寵，也許因為腐敗，要麼是無能，也許老大哥只是除掉一個過於受歡迎的下屬，也許威瑟斯或者他身邊的某人被懷疑有異端傾向，要麼也許 —— 這最有可能 —— 此事之所以發生，無非是因為清洗和蒸發是政府機制中的必要部分。通知中唯一一條真正的線索是「提到非人」，説明威瑟斯已經死了。人們被逮捕時，你不能每次都假定是這種情況，有時候他們會被釋放，並在被處決前享有多達一兩年的自由。有那麼很少幾次，某個被認為已死了很久的人在一次公審時，像鬼魂一樣現了身，因為他的證詞，導致另外幾百人受到株

連，然後他再次消失，那次是永久的。但威瑟斯已是個「非人」，他不存在，他從未存在。溫斯頓想好了，單是改變一下老大哥講話的傾向還不夠，最好讓其談及的是跟原來的講話主題毫無聯繫的事情。

他可以把講話變成常見的對叛國者和思想犯的譴責，不過那有點過於明顯，而另編出一次前線的勝利，或是第九個三年計劃中成功超額生產，又可能把檔案弄得太複雜，需要的是完全異想天開地編造。突然，他腦子裏冒出似乎是現成的某位奧吉維同志的形象，他最近在戰場上英勇犧牲了。有時老大哥會在發出的每日指示中，紀念某個地位低下的普通黨員，他的生和死被認為是學習的榜樣。這一天他會紀念奧吉維同志，幾行印刷字和幾張偽造的照片將讓他馬上認為實有其人。

溫斯頓想了一會兒，然後將口述記錄器拉向自己，開始以老大哥的熟悉風格口授：那既好戰又學究般，先提出問題，接着馬上回答的招數（「同志們，從這件事中我們得到甚麼教訓呢？這個教訓──就是英社的基本原則──這個⋯⋯」等等，等等），很容易模仿。

三歲時，奧吉維同志除了一面鼓、一枝衝鋒槍、一個直升機模型，便不玩別的玩具。六歲時──提前了一年，屬破格──他加入偵察隊。九歲時，他當上了中隊長。十一歲時，他偷聽到叔叔的談話似乎具有犯罪傾向，就去思想警察那裏告發叔叔。十七歲時，他是青少年反性聯盟的地方組織者。十九歲時，他設計的一種手榴彈被和平部採用，首次試用就炸死三十一個歐亞國的戰俘。二十三歲時，他在戰鬥中失蹤，帶着重要公文飛越印度

洋時，被敵方噴氣機追擊，他把自己和機關槍綁在一起，躍出直升機跳進大海，帶着公文——老大哥說這種結束方式讓人想起來不能不羨慕。對奧吉維同志一生的純潔和心無雜念，老大哥還另外提了幾句。他煙酒不沾，除了每天在健身房度過一小時，別無任何消遣。他發誓要過獨身生活，認為結婚及照顧家庭跟一天二十四小時盡職盡責的生活相矛盾。除了英社的原則，他跟別人無話可談。生活中除了打敗歐亞國的軍隊和深挖出間諜、破壞分子、思想犯以及所有叛國者，別無其他內容。

　　溫斯頓對要不要授予奧吉維同志卓越功勳獎章猶豫不決，最後決定不授予，因為那會導致不必要的相互參照的工作。

　　他又掃了一眼坐在對面小間隔裏的那位競爭者，似乎有甚麼讓他很肯定地知道提洛森正在忙碌的工作跟他的一樣。無法查明最後會用誰的工作成果，不過他確信無疑會是他的。奧吉維同志，一小時前還未被想像出來，現在已是項事實。溫斯頓突然想到，死人可以被創造出來，活人卻不行，這稱得上是一椿奇事。奧吉維同志，在現實中從未存在，如今卻存在於過去，一旦偽造行為被忘掉後，他能像查理大帝[7]或凱撒大帝[8]那樣實實在在地存在，而且有同樣的證據可以證明。

7　　查理大帝（Charlemagne）：法蘭克王國加洛林王朝國王。
8　　凱撒大帝（Caesar）：羅馬共和國的軍事統帥。

5

食堂在地下很多層,天花板很低,領午餐的隊伍緩慢地向前挪動。食堂裏人滿為患,極為嘈雜。燉菜的熱氣從櫃枱上的鐵柵冒出,帶着一股酸酸的金屬味,然而仍未能完全壓過勝利杜松子酒的氣味。食堂一頭有個小酒吧,只是牆上開了個洞,花一角,就能在那兒買一大口杜松子酒。

「找的就是你。」有人在溫斯頓背後說。

他轉過身,是他的朋友塞姆,在研究司工作。也許「朋友」一詞用得不是很準確。人們如今不會有朋友了,只有同志,但是跟有些同志在一起,比跟別的同志在一起會愉快些。塞姆是位語言學家,是新話方面的專家,事實上,他是如今正從事《新話詞典》第十一版編撰工作的龐大專家隊伍的成員之一。他是個身材特別矮小的傢伙,比溫斯頓還矮。他長着黑頭髮,眼睛大而暴突,眼神既悲哀,又具有嘲弄性。跟你說話時,他的眼睛似乎在仔細研究你的臉。

「我想問問你還有沒有剃鬚刀片。」他說。

「一片也沒有了!」溫斯頓急忙而有點心虛地說,「我到處都找過,全用完了。」

人們總來問你有沒有剃鬚刀片,其實溫斯頓還存起了兩片

沒用。過去幾個月裏，剃鬚刀片特別緊缺。某一時間，總會有哪種必需品在黨的店舖裏無法供應，有時是鈕釦，有時是織補毛線，有時是鞋帶，目前是剃鬚刀片。實在想找一片的話，只能多少算是偷偷摸摸地去「自由」市場那裏購買。

「我的那片已經用了六個星期。」他又不誠實地加了一句。

隊伍又往前挪了一點。他們再次停下腳步時，溫斯頓又轉身和塞姆面對面。他們兩人都從櫃枱上那堆油膩的托盤裏取了一個。

「你昨天有沒有去看絞死俘虜？」塞姆問道。

「在工作，」溫斯頓冷淡地説，「我想我會從影片上看到的。」

「那可差得太遠了。」

他那雙嘲弄的眼睛在溫斯頓的臉上掃來掃去。「我了解你，」那雙眼睛似乎在説，「我看透了你，我很清楚你為甚麼沒去看絞死俘虜。」從思維上説，塞姆正統到了惡毒的程度，會以幸災樂禍的滿足感談論直升機對敵方村莊的襲擊和思想犯先被審訊，然後招供，在仁愛部的地下室裏被處決這種事，讓人聽得不舒服。跟他談話時，主要是把他從這些話題上岔開，然後有可能的話，用一些新話的技術性細節纏住他，他在這方面意見權威，而且聽來有趣。溫斯頓把頭轉開一點，以避開那雙黑眼睛的審視。

「絞得不錯，」塞姆回味道，「不過我覺得美中不足的是，他們把俘虜的腳綁在一起，我喜歡看他們蹬腳的樣子。最主要的是到了最後，他們的舌頭往外伸得很長，顏色發藍 —— 藍得發亮。我喜歡看的就是這些細節。」

「下一位，請！」那個繫着白色圍裙的無產者手持長柄勺子喊道。

溫斯頓和塞姆把他們的托盤塞到鐵柵之下，一份午餐很快就放到上面：一小鐵杯裏有點粉紅兼蒼白色的燉菜，一大塊麵包，一小塊芝士，一杯沒放牛奶的勝利咖啡和一片糖精。

「那邊有張桌子，電幕下。」塞姆説，「我們順路打點酒。」

酒盛在無把瓷杯裏。他們一路繞着走，穿過了擁擠的人羣，到了食堂另一頭，然後把托盤放在金屬面的桌子上。在桌子一角，有人留下一攤燉菜，骯髒的稀稀一團，看上去像是吐出來的東西。溫斯頓拿起他那杯酒，頓下來鼓了鼓勇氣，然後把那帶着油味的東西嚥下去。把眼裏的淚珠眨掉後，他突然覺得飢腸轆轆，開始一勺勺地吞下燉菜。除了總體上爛糟糟的感覺，燉菜裏還有些粉紅色的軟四方塊，很可能是肉製品。吃完小杯子裏的燉菜前，他們都沒再説話。溫斯頓左邊身後不遠的一張桌子上，有人在急促而不間斷地説話，刺耳的絮絮叨叨的説話聲幾乎像鴨子在嘎嘎叫，在食堂裏的一片喧嘩中，倒是直達耳膜。

「詞典編得怎麼樣了？」溫斯頓問道，聲音提高得蓋過了喧嘩聲。

「不算快。」塞姆説，「我編的是形容詞，極有意思。」

一提到新話，他的精神馬上為之一振。他把燉菜杯推到一旁，用細長的手拿起麵包，另一隻手拿着酒杯，把身子在桌子上傾過來，免得嗓門太大。

「第十一版是定本，」他説，「我們正在讓語言最終定型 —— 是人們不再説其他語言時的定型語言。等到我們完成後，像你這種人就必須重新學習一遍。我敢説，你以為我們的主要工作是創造新詞，可是根本不沾邊！我們在消滅單詞 —— 幾十個幾百個

地消滅，每天都在消滅，我們把語言剔得只剩骨頭。二〇五〇年前會變得過時的單詞，第十一版裏一個也不收。」

他狼吞虎嚥地吃了幾口麵包，然後繼續説話，帶着有點學究式的熱情。他那張又瘦又黑的臉龐變得生動了，眼神裏沒了嘲弄，幾乎是神馳天外的樣子。

「消滅單詞是件很美妙的事。當然，動詞和形容詞裏的多餘詞最多，不過名詞裏也有幾百個可以去掉，不僅是同義詞，還有反義詞。説到底，那些只是其他一些詞相反意義的詞，有甚麼理由存在下去呢？一個詞本身就包含了它的相反意義。比如説『好』，有了像『好』這樣的詞，還有甚麼必要存在另一個詞『壞』嗎？『不好』一樣管用嘛──而且還更好，因為它是更準確的反義詞，另一個則不是。再比如，要是你需要比『好』語氣強一些的詞，有甚麼道理存在一連串像『很棒』、『一流』這樣含義不明的無用詞？『加好』就能涵蓋這個意義，如果你需要語氣更強一點，就用『加加好』。當然，我們已經在使用這些詞形，但在最終版本的新話裏，不會再有別的詞。到最後，只用六個詞，就能全部涵蓋好和壞的意義──實際上只是一個詞。你難道看不出這有多妙嗎，溫斯頓？當然，這是老大哥最先想到的。」他想了想又補充道。

聽到他提起老大哥的名字，溫斯頓的臉上掠過一絲並非很熱心的神色，可塞姆還是馬上察覺到他有點缺乏熱情。

「你沒有真正意識到新話的好處，溫斯頓。」他幾乎是難過地説，「甚至在你用新話寫作時，你仍是用舊話思考。我有時候在《泰晤士報》上讀到你寫的文章，還算不錯，不過是翻譯性的。

你心裏寧願抱着舊話不放,儘管它含糊,而且毫無用處地在含義上有許多差別。你沒理解消滅單詞的妙處。你知不知道新話是世界上唯一一種詞彙總量在日趨縮小的語言?」

當然,溫斯頓的確知道這一點。他笑了,希望那是種表示贊成的笑,他不敢亂開口説話。塞姆又咬了口黑麵包,嚼了幾下後接着説:

「你難道看不出新話的全部目標就是窄化思想範圍嗎?到了最後,我們將會讓思想罪變得完全不可能再犯,因為沒有單詞可以表達它。每種必要的概念將被一個單詞精確地表達出來,這個單詞的意義有嚴格規定,其他次要意義將被消除,然後被忘掉。在第十一版裏,我們離這個目標已經不遠了,但是這個過程在你我死後仍會繼續進行。年復一年,詞彙量一直越來越小,意識的範圍越來越窄。當然,即使是現在,也沒甚麼理由或者藉口去犯思想罪,這是個自律和現實控制的問題。但是到了最後,就連這點也沒必要。語言變得完美時,革命就算完成了,新話就是英社,英社就是新話。」他以一種神秘的滿足感又説:「溫斯頓,你有沒有想到過,最遲到二○五○年,沒有一個活着的人會聽懂我們現在的這種談話?」

「除了⋯⋯」溫斯頓懷疑地開口説道,然而又打住了。

「除了無產者。」那是他到了嘴邊卻沒説出來的話,他控制住自己,不肯定這句話從某種意義上説,算不算異端意見,然而塞姆猜到了他想説甚麼。

「無產者不是人。」他隨隨便便地説,「到二○五○年,很可能還要早一點,所有舊話中真正的知識都將消失,過去所有的文

學作品都將被消滅。喬叟[9]、莎士比亞[10]、彌爾頓[11]、拜倫[12]——他們的作品只會以新話版本存在,不只是變成了不一樣的東西,而且實際上變成了跟以前意義相反的東西。甚至黨的文獻也會改變,連標語也會。當自由的概念已經被取消後,怎麼會有『自由即奴役』這種標語?整個思想氛圍將不一樣了。照我們現在看來,實際上將不再有思想了。正統意味着不去思考——不需要思考,正統就是無意識。」

或早或晚,塞姆會被蒸發掉,溫斯頓忽然想到並深信不疑。他太聰明了,他看得太明白,説得太露骨。黨不喜歡這種人,總有一天他會失蹤,這明明白白地寫在他臉上。

溫斯頓已經吃完了麵包和芝士,他向旁邊稍微側了點身子來喝他那杯咖啡。左邊的桌子上,那個尖嗓門男人仍在沒完沒了地説話。一個背對溫斯頓坐着、可能是那男人的秘書的年輕女孩在聽他説話,好像在熱切地對他所講的一切都表示贊同。不時,溫斯頓能聽到像「我覺得您説得太對了,我太贊同您了」這種話,女孩的嗓門既年輕,又愚蠢。但是另一個嗓門根本從沒停下來,甚至在那個女孩説話時也是。溫斯頓只認得那男的,知道他在小説司裏擔任某要職。他三十歲左右,喉頭突出,一張大嘴巧舌如簧。他頭有點往後仰着,而且由於他坐的角度,令他的眼鏡片反射着亮光,在溫斯頓看來,只有兩個空圓盤,看不到眼睛。微微

9　喬叟(Geoffrey Chaucer):英國中世紀作家及詩人。
10　莎士比亞(William Shakespeare):英國戲劇家及作家。
11　彌爾頓(John Milton):英國詩人及思想家。
12　拜倫(George Gordon Byron):英國詩人及革命家。

有點可怕的，是他那張嘴裏流瀉出的聲音，幾乎一個詞也分辨不出來。只有一次，溫斯頓聽到一組短語——「完全徹底剷除戈斯坦主義」——很快地一口氣全迸出來，像是鑄成一行的鉛字。其餘僅僅是噪音，是一片嘰嘰嘎嘎之聲。然而，儘管你無法聽清楚他在說甚麼，但對他話裏的基本內容，還是能猜個八九不離十。他可能在譴責戈斯坦，要求對思想犯及破壞分子採取更嚴厲的措施，可能在猛烈抨擊歐亞國部隊的暴行，可能在歌頌老大哥或者馬拉巴爾前線的英雄——都沒關係，不管他說的是甚麼，可以肯定的是，他所說的每個字都絕對正統、絕對英社。溫斯頓看着那張沒有眼睛的臉，一上一下地移動的下巴，突然有種奇特的感覺，這不是個真正的人，而是個假人。不是那個人的大腦，而是他的喉嚨在控制他說甚麼。從他嘴裏冒出的玩意有字也有詞，可那不是真正意義上的講話，而是無意識狀態下發出的噪音，就像鴨子的嘎嘎叫。

塞姆沉默了一會兒，他用勺子柄在那攤燉菜上畫着圖案。來自鄰座的聲音仍在很快地嘎嘎叫，儘管周圍一片喧嘩，卻仍清晰可聞。

「新話裏有個詞，」塞姆說，「不曉得你知不知道：『鴨講』，就是像鴨子那樣嘎嘎叫着說話。它是那種具有兩種相反意義的詞，挺有意思。用在敵人身上是辱罵，用在與你意見一致的人身上，就是讚揚。」

毫無疑問，塞姆將被蒸發，溫斯頓又想道。他想着想着，感到一絲悲哀，儘管他很清楚塞姆輕視他，還有點不喜歡他，有理由的話，也完全有可能把他溫斯頓當做思想犯揭發。塞姆身上有

點隱隱約約不對勁的地方，他缺少某種東西：謹慎、超脫、一種藏拙的能力。不能說他不正統，他信仰英社的原則，對老大哥懷有崇敬之心，聽到打勝仗就歡欣鼓舞，痛恨異端分子，不僅是真心實意，而且有種不可遏制的熱情，消息也頗靈通，為一般黨員所不及。但他隱隱約約有種不可信任的樣子，有些最好不說的話他會說出來，讀書讀得太多，經常光顧栗樹咖啡館，那是畫家和音樂家出沒的地方。沒有法律，甚至也沒有不成文的法律規定不可以時常光顧栗樹咖啡館，但那裏不知為何，是個不祥之地。那些名譽掃地的黨前領導人被清洗前，經常在那裏相聚。據說幾年或幾十年前，戈斯坦有時也在那裏露面。塞姆的命運不難預見，然而仍然存在這一事實：要是塞姆掌握了他的，也就是溫斯頓的秘密想法哪怕只有三秒，就會馬上向思想警察揭發他。就此而言，誰都會那樣做，但塞姆會最積極。光有熱情還不夠，正統是無意識。

塞姆抬起頭。「帕森斯來了。」他說。

他似乎話裏還有話：「那個混蛋的蠢貨。」帕森斯，也就是與溫斯頓同住勝利大廈的鄰居，確實正從食堂那邊走過來。他身體發福，中等個頭，淡色頭髮，臉長得像青蛙。他現年三十五歲，頸和腰已堆上一團團脂肪，然而動作卻活潑輕快得像個小伙子。他的整個外貌只是一個變大了的小男孩，儘管他穿的是普通工作服，但你幾乎不能不想像他穿的是偵察隊那種藍短褲、灰襯衫，戴着紅領巾的服裝。想到他的模樣時，總會想到一對胖得起皺摺的膝蓋和短胖的小臂上那捲起的衣袖。確實，只要遇到集體遠足或者其他活動，能讓他有理由穿短褲時，帕森斯總是無一例

外地再次穿上短褲。他向他們兩位喜氣洋洋地說了聲「你好，你好」，就在這張桌子前坐了下來，身上散發着濃烈的汗臭。他那張粉紅色臉龐上掛滿了汗珠。他的出汗能力真是令人咋舌，在集體活動中心，總能根據乒乓球拍把手的潮濕程度，判斷出他何時打了球。塞姆已經拿出一張紙條，上面有一列單詞。他用手指夾着一桿蘸水筆在研究。

「你瞧他吃飯時間還用功呢，」帕森斯用肘部頂了一下溫斯頓說，「熱情萬丈啊，是不是？你在幹甚麼，老兄？有些事讓我有點困擾。史密斯，老兄，我跟你說為甚麼我要追着你，你忘了交捐款。」

「甚麼捐款？」溫斯頓問道，下意識就去摸摸錢包。大家工資的四分之一必須主動捐出，名堂多如牛毛，很難每項都記得清楚。

「為仇恨週的，你知道 —— 每家都要出。我是我們那棟的司庫。我們可是在全力以赴，要大張旗鼓地表現一番。我跟你說，要是勝利大廈掛的旗幟數量在整條街上拿不了第一，你可別怪到我頭上。你答應過捐兩塊錢。」

溫斯頓找到兩張皺巴巴、髒兮兮的鈔票遞給帕森斯，帕森斯用文盲的那種整潔字體記到一本小筆記本上。

「還有，老兄，」他說，「聽說我那個小崽子昨天用彈弓打你，為這事我把他狠狠修理了一頓，真的。我告訴他再那麼幹，就沒收他的彈弓。」

「我想他是因為看不到處決而有點不開心。」溫斯頓說。

「呀，對了 —— 這就是我想說的意思，思想正確，對吧？雖

然他們是淘氣的小崽子，兩個都是，不過他們的熱情可真沒法說！他們想的只是偵察隊，當然還有戰爭。你知不知道我那個小女孩上星期六，也就是在她們的中隊去伯克翰斯德方向遠足時幹了件甚麼事？她叫另外兩個女孩跟她一起從遠足隊伍裏偷走出來，花了整整一個下午去跟蹤一個陌生人。她們跟了他兩小時，一直穿過森林，到了阿默夏姆後，向巡邏隊揭發了那個人。」

「她們幹嘛要這樣做？」溫斯頓多少有點吃驚地問。帕森斯又洋洋自得地說：

「我的小孩認定他是個敵軍探子甚麼的 —— 比如說可能是空投下來的。但是關鍵在這兒，老兄。你猜猜她一開始是怎麼注意上他的？她看到他穿了雙古怪的鞋子，所以有可能是個外國人。對七歲的小孩子來說夠聰明的了，對不對？」

「那人後來怎麼樣了？」

「哦，那個嘛，我當然不知道囉。可要是這樣了，我可一點兒也不會吃驚。」他做了個步槍瞄準的動作，嘴裏還發出開槍聲。

「好。」塞姆心不在焉地說。他仍在看那張紙條，頭也沒抬一下。

「當然，我們不能掉以輕心。」溫斯頓忠貞地表示贊同。

「我的意思是如今還在打仗呢。」帕森斯說。

像是為了確認這一點，他們頭頂的電幕正好傳出一陣小號聲。但這次不是宣佈一次軍事勝利，只是來自富足部的一則通知。

「同志們！」一個慷慨激昂的年輕聲音高聲說，「注意，同志們！我們有喜訊要宣佈！我們生產上又打了勝仗！根據剛剛完成的對各種消費品的統計，過去一年裏，生活水平提高了百分之

二十以上。今天上午，在大洋國各地都有無法勸阻的自發遊行。勞動者邁出工廠和辦公室，在街道上舉旗遊行，以表達對老大哥的感激之情。他的英明領導帶給了我們嶄新的幸福生活。這裏有一些統計數字：食品……」

「我們嶄新的幸福生活」這幾個詞出現了好幾次，這是富足部最近喜歡使用的詞語。帕森斯的注意力也被小號聲吸引過去。他坐在那裏聽着，表情嚴肅，張着嘴巴，也有點聽明白後不耐煩的樣子。他聽不懂數字，但是他明白在某種意義上，那些數字是帶來滿足的原因。他早已掏出一個骯髒的大煙斗，裏面填了一半焦黑的煙絲。一星期的煙絲定量供應只有一百克，很少可以將煙斗裝得太滿。溫斯頓在吸一根勝利煙，小心翼翼地水平拿着。新定量供應到明天才有，而他只剩四根。他暫時閉上眼睛，對遠處的喧嘩充耳不聞，而是在聽電幕裏連續播放的聲音。似乎甚至還提到，因為老大哥把巧克力定量提高到二十克而舉行了向他表示感謝的遊行。他想到不過是昨天才宣佈定量被降至一星期二十克，有沒有可能才過了二十四小時，他們又輕易相信了？沒錯，他們又相信了。帕森斯以他那種畜牲般的蠢勁很容易就相信了，那個看不到眼睛的傢伙狂熱地相信了，而且懷着滿腔怒火，要把會上提出上星期的定量是三十克的任何人挖出來，批判他，令他蒸發。塞姆通過某種更複雜的方式也相信了，那需要用到雙重思想。如此說來，他是不是獨一無二地擁有那種記憶？

離奇的統計數字繼續從電幕裏湧出來。跟去年相比，有了更多衣服、更多房屋、更多傢具、更多飯鍋、更多燃料、更多輪船、更多直升機、更多書籍、更多嬰兒——除了疾病、犯罪

和精神病，一切都更多了。每一年，每分鐘，所有人和事都在颼颼地快速向上發展。跟塞姆剛才那樣，溫斯頓拿起勺子，點在桌上流淌的蒼白色肉汁裏，把原來的一灘長形的汁塊隨意亂畫成一個圖案。他帶着恨意沉思物質生活的狀況。是不是一直就是這樣？是不是食物一直就是這個味道？他環顧食堂。這是一間天花板很低、人頭擁擠的房間，牆壁因人的身體經常觸碰而變得骯髒；金屬桌椅破破爛爛，間隔近得坐下會互相碰到手肘；彎了柄的勺子、變形的托盤、粗糙的白杯；所有東西的表面都油膩，所有裂縫裏都有污垢；還有劣酒、劣質咖啡、金屬味燉菜以及髒衣服那酸臭的混合氣味。在你的胃和皮膚裏，總有種抗議的感覺，你被騙走了一些有權擁有的東西。確實，他對所有事物的記憶都沒有太大差別。他能夠清楚記得無論哪個時候，從來吃的都不夠，內衣或襪子總是到處有破洞，傢具總是陳舊不堪，或搖搖晃晃的，房間裏暖氣供應不足，地鐵擁擠，房屋搖搖欲墜，麵包黑糊糊的，茶葉成了稀缺之物，咖啡嚐來像是髒東西，香煙供應不足——除了合成的杜松子酒，甚麼都不便宜，甚麼都缺乏。缺乏舒適感，灰塵瀰漫，所用不足，冗長的冬季，黏糊糊的襪子，從來不開的電梯，冰涼的水，粗砂般的肥皂，散落開來的香煙，味道奇差的食物。當然，隨着年紀增長，事情還要變得更糟，儘管如此，如果上述一切能讓人心生厭惡，難道不說明了正常的發展不應該是這樣嗎？為甚麼一定需要一些年代久遠的記憶，讓人記起以前並非如此時，才會覺得如今這些是不可忍受的？

　　他又環顧了食堂一周。幾乎每個人都長得醜陋，就算穿的是藍色工作服之外的其他衣服，也仍然醜陋。房間遠處的一張桌

子前，只有一個人坐在那兒，是個矮個子，長得特別像甲蟲。他在喝一杯咖啡，一雙小眼睛猜疑地掃來掃去。溫斯頓心想，不往周圍看一看，太容易就會相信黨所樹立的完美體格形象 —— 身材高大、肌肉發達的男青年和胸部豐滿的少女，頭髮金黃，生氣勃勃，曬足太陽，無憂無慮 —— 不僅存在，甚至佔大多數。實際上依他所見，第一空降場的大部分人都身材矮小、皮膚發黑、長相難看。奇怪的是，那種長得像甲蟲的人在部裏的數量激增：又矮又胖的男人，沒多大年紀就發福，腿短，走路動作奇快，胖臉上的表情高深莫測，眼睛小之又小。似乎在黨的主宰下，最盛產這種體型的人。

富足部的通知播報完了，又響起一聲小號，接下來播放的是又尖又細的音樂。因為受到數字的轟炸，帕森斯被喚起了一點隱約的熱情，取下嘴裏的煙斗。

「富足部今年幹得確實不錯。」他說着還會意地點了點頭，「順便問一句，史密斯老兄，我估計你也沒有剃鬍刀片可以讓給我用？」

「一片也沒有，」溫斯頓說，「我自己的刀片都用了六星期。」

「噢，這樣啊……只是隨便問問，老兄。」

「對不起。」溫斯頓說。

鄰桌那個像鴨子般嘎嘎叫的聲音剛才在播報富足部通知時暫停了一會兒，這時又再響起來，跟以前一樣吵。不知為何，溫斯頓突然想起帕森斯太太，想着她稀疏的頭髮和她臉上皺紋裏的灰塵。不到兩年，她的孩子會向思想警察告發她。帕森斯太太會被蒸發。塞姆會被蒸發。溫斯頓會被蒸發。歐布朗會被蒸發。不

過，帕森斯永遠不會被蒸發，那個看不到眼睛、嘴裏嘎嘎叫的傢伙將永遠不會被蒸發，那些甲蟲一樣在部裏迷宮般的走廊裏敏捷穿行的男人也永遠不會被蒸發。那個黑頭髮女孩，也就是小説司的那個女孩──她也永遠不會被蒸發。他好像本能地知道誰會活下來，誰會被消滅，只不過至於甚麼是活下來的原因，有點不容易説出來。

此時，他突然從遐思中被拉回現實。鄰桌的女孩半轉身，原來是那個黑頭髮女孩。她在斜視他，但奇怪的是她看得很專心。在他們眼光接觸的剎那，她又望向別處。

溫斯頓的背上冒出汗來，一種極度恐懼的感覺掠過他的心頭。這種感覺幾乎轉瞬即逝，然而留下一種讓人不得安寧的難受感覺。她為甚麼在注視他？為甚麼總在跟蹤他？不幸的是，他記不清楚他到這裏坐的時候，她是已經坐在那張桌子前，還是後來才到的。但不管怎樣，在那次兩分鐘仇恨會裏，她無緣無故地坐在他身後。很有可能，她真正的目的是想聽清楚他喊得夠不夠響亮。

早前的想法又回來了，很可能她並非真的是思想警察的一員，然而還是那句話，正是業餘警察才最危險。他不知道她看了他多久，但有可能多達五分鐘，有可能他的表情沒法完全控制得宜。在公共場合或電幕視域之內，讓心思隨意蹓躂是危險之至的，最細微的事情都可能會暴露出來，一次不由自主的痙攣、一個下意識的焦慮表情、一種自言自語的習慣──就是那種暗示不正常或有所隱瞞的小細節。不管怎樣，臉上帶着不當的表情（例如在聽到宣佈某個勝利消息時露出懷疑的表情），本身就是件

應該受到懲罰的罪過。新話裏甚至有「表情罪」一詞，指的就是這種。

那個女孩又轉過身。也許她並非真的在跟蹤他，也許她連續兩天和他坐得那樣近只是碰巧。他的香煙已經熄滅，他小心翼翼地把它放到桌子邊上，讓煙絲不掉出來，可以在下班後再吸。鄰桌那個男人很可能是個思想警察，很可能他三天內就會被關進仁愛部的牢房，但是煙頭不可浪費。塞姆疊起那張紙片放進口袋。帕森斯又滔滔不絕起來。

「老兄，我有沒有跟你說過，」他嘴裏叼着煙斗，格格笑着說，「就是那次我的兩個小傢伙點火燒了市場上那個老女人的裙子？他們看到她用一張老大哥的海報裏香腸。他們悄悄溜到她身後，用一盒火柴把她的裙子點着了。我想她被燒得夠慘了。還是小崽子啊，是不是？可真是熱情萬丈！那就是他們如今在偵察隊裏接受的一流訓練——甚至比我那時候接受的訓練還要好。你知道他們最近發了甚麼給孩子嗎？能隔着鑰匙孔聽聲音的助聽器！我那個小女孩有天晚上拿回家在我們的廳試用，還說比她單用耳朵在鑰匙孔聽，要多聽一倍的聲音。當然，我跟你說，那只是個玩具，不過仍然能培養他們的正確思想，對不對？」

就在這時，電幕裏發出一聲刺耳的哨聲，是該回去工作的信號。他們三個人都一跳而起去搶乘電梯，溫斯頓那根香煙的煙絲掉了出來。

6

溫斯頓在寫日記：

　　那是三年前的事了。一個漆黑的夜晚，在某個大火車站附近一條窄窄的小街上。她站在牆邊的門口，就在一盞幾乎一點也不亮的路燈下。她面容年輕，脂粉塗得很厚，事實上是脂粉吸引了我，白得像面具，還有鮮紅的嘴唇。女黨員從不塗脂抹粉。街上別無一人，沒有電幕。她說兩塊錢，我……

　　他一時覺得太難寫下去。他閉上眼，用手指壓迫眼球，想擠出那幅不斷出現的畫面。他幾乎有種不可遏止的衝動，想扯着嗓子喊出一連串髒話，或者以腦袋撞牆，用腳踢桌子，把墨水瓶扔出窗外 —— 也就是做任何一種要麼激烈，要麼聲音大，要麼會帶來疼痛的事，好讓他有可能不再去想那些折磨他的記憶。

　　他想，你最大的敵人是自己的神經系統，你內心的緊張隨時可能會以可見的徵狀反映出來。他想到幾週前在街上碰到一個男人。那是個其貌不揚的男人，黨員，年齡在三十五到四十歲之間，長得又高又瘦，手裏拿了個公文包。他們相距幾米時，他注

意到那個男人的左臉突然像因痙攣而扭曲了一下，他們擦肩而過時又是一下。僅僅扯動了一下，一絲顫動，就像照相機的快門喀嚓一下那樣迅速，顯然是習慣使然。他還記得當時是怎樣想的：那個可憐鬼完蛋了。而可怕的是，那舉動很可能是無意識下發生的。然而最致命的是說夢話，在溫斯頓看來，那是防不勝防的。

　　他吸了口氣，繼續寫道：

　　　　我跟着她進了門，穿過後院進到一間地下室廚房。那裏靠牆處有張牀，桌子上有盞燈，撐得很暗。她……

　　他咬緊牙關，有種想嘔吐的感覺。想到地下室裏那個女人的同時，他還想到凱瑟琳，他的妻子。溫斯頓是已婚的 —— 不管怎麼說，他結過婚，很可能仍屬已婚，因為據他所知，他的妻子還活着。他好像又聞到地下室裏那種不新鮮的氣味，它混合着臭蟲、髒衣服和廉價的劣質香水味，但仍然誘人，因為女黨員從來不用香水，也不可能想像她們會用，只有無產者才用。在他看來，香水味與私通密不可分地混在一起。

　　跟着那個女人進去時，那是他大約兩年來首次行為不檢。當然，和妓女發生關係是被禁止之列，不過它是那種你間或會鼓起膽量想去違反的規定。危險，但也不是事關生死。被抓到和妓女在一起，可能意味着要在勞改營待上五年，未犯其他罪行的話，不會判得更多。這件事也很容易，前提是別被當場抓到。貧民窟那裏，到處是願意出賣自己肉體的女人，甚至有些女人的索

價只是一杯杜松子酒而已，無產者不允許喝的。黨雖然沒有明確表示，卻傾向鼓勵賣淫，以使未能完全壓制的本能有途徑發泄。單純的放蕩並無太大關係，只要是在偷偷摸摸和缺乏樂趣之中進行，而且只涉及底層被鄙視階層的女人。不可饒恕的罪行乃是黨員之間的亂搞，但是，儘管在大清洗中，被告都無一例外坦白犯了這種罪，很難想像真的會發生這種事。

黨的目的不全然是為了阻止男人和女人形成相互忠誠的關係，即使這種關係可能是黨無法控制的，黨真正的也未曾講明的目的，是要令性行為變得完全沒有愉悅感。不管婚內或婚外，真正的敵人不是愛，而是性慾。所有黨員之間的婚姻必須得到某個特立的委員會批准，即使指導原則從未明確列出，但如果那兩個人讓人覺得他們在肉體上相互吸引的話，他們總是不獲准許結婚的。婚姻唯一被承認的目的，是生出為黨服務的後代。性交被視為一種有點讓人噁心的小手術，就像灌腸。同樣，這也從未被明明白白地寫出來，但它是以間接方式，從每個黨員的孩童時期便開始灌輸的想法。甚至還有像青少年反性聯盟的那類組織，它鼓吹男女完全獨身，所有孩子都由人工受精得來（新話裏叫「人受」），然後由公家撫養。溫斯頓明白他們並非絕對說到做到，然而不管怎樣，這與黨的主要意識形態一致。黨正在試圖扼殺性本能，或者說如果不能完全扼殺，就扭曲它，醜化它。他不知道怎麼會這樣，但好像這是自然而然的事。至少在女性身上，黨的努力大體上是成功的。

他又想起了凱瑟琳。他們分居已有九、十，接近十一年了。奇怪的是他極少想到她，他會一連好幾天忘了自己是已婚的。他

們在一起才過了十五個月。黨不允許離婚，不過如果沒有孩子，傾向於鼓勵分居。

凱瑟琳身材高挑，淡色頭髮，很嚴肅，舉止極為得體。她的臉部輪廓分明，老鷹一般，如果不了解這張臉背後幾乎是空洞無物，就可能認為這是一張尊貴的臉。他們剛結婚不久，他就認定了——或者說他熟悉她的程度要比熟悉其他大部分人高罷了——她毫無疑問是最愚蠢、最俗氣、頭腦最空洞的一個。她的腦子裏除了標語，沒有別的想法，無論甚麼樣的蠢話，只要出自黨，她一概，絕對是一概接受。他在內心給她起了個外號，叫她「人體錄音帶」。但如果不是純粹為了某件事，他還是能忍着和她一起生活的，那就是性。

他每次一碰她，她就好像往後縮，而且繃緊了身體，抱着她就像抱着一個有關節的木頭人。奇怪的是，即使在她緊摟他時，他還是有種她同時也在用盡全力推開他的感覺，她緊繃的肌肉給他造成了這種印象。她會閉着眼躺着，不反抗，不合作，只順從。這點特別讓人難堪，一陣子過後就感到恐怖。但即使那樣，假如雙方都同意保持禁慾，他還是能忍着和她一起生活的，但是凱瑟琳拒絕。她說如果能夠，他們必須生出一個小孩，所以要繼續有房事，得有規律地每星期一次，除非是在不可能懷孕期間。她甚至常常早上就提醒他，把它作為一件當天晚上一定要做、不可忘記的事情。她對這件事有兩種說法，一是「做寶寶」，二是「我們對黨的義務」——沒錯，她真的那樣說。不久，當指定的那天即將到來，他便開始感到恐懼。幸好未能生出孩子來，最後她同意放棄嘗試，不久便分居了。

溫斯頓無聲地嘆了口氣。他再次撿起筆寫道：

　　她一下子就躺在牀上，然後沒任何的客套行為，
以你能想像到的最粗鄙、最醜陋的動作撩起裙子。
我……

　　他好像看到自己站在暗淡的燈光下，鼻孔裏充滿臭蟲和廉
價香水的氣味，他心裏有種失敗和憎恨的感覺，同時，又想到凱
瑟琳那白色的軀體，那具被黨的催眠力永遠冰封的軀體。為甚麼
總是這樣？為甚麼他無法擁有自己的女人，而是隔幾年一次來做
這種齷齪事？但是說來真正的戀愛更幾乎不可想像。女黨員都
很相像，在她們心裏，禁慾像對黨的忠誠一樣根深蒂固。通過小
心的早期培養，通過比賽和洗冷水澡，通過在學校、偵察隊和青
年團裏沒完沒了地向她們灌輸的垃圾，通過演講、遊行、歌曲、
口號和軍樂，自然的感情已從她們的內心清除。理性告訴他肯定
有例外，然而他心裏不肯相信。她們一概從不動心，黨也正想讓
她們那樣。他想做的，比想被人愛的願望更強烈的，是摧毀這道
貞操之牆，一輩子哪怕就只成功一次。帶來歡娛的性行為就是反
抗。慾望是思想罪。儘管凱瑟琳是他的妻子，如果他真能做到喚
醒她的慾望，也算是勾引。

　　但是這件事的剩餘部分還是要寫下來。他寫道：

　　我撐亮了燈。我在燈光下看到她……

在陰暗中待過後，煤油燈的燈光好像很明亮。他第一次看
清那個女人的樣子。他向她走近一步，然後停下來，心裏充滿慾
望和恐懼。他痛苦地意識到在這種地方的危險性，巡邏隊極有可
能會在他出去時抓住他，或者，他們已在門口等着。但他怎麼可
能來到，卻甚麼也沒幹便走了？

一定要寫下來，一定要坦白。在燈光下，他突然看到那是個
老女人。她臉上的脂粉厚得像紙板面具般要裂開。她頭上有縷縷
白髮，但真正可怕的，是她剛張開了口，當中除了深深的黑洞別
無他物，她的牙齒全掉光了。

他倉促寫着，筆跡潦草不堪：

> 燈光下看到她，她是個很老的女人，至少五十歲
> 開外，但是我還是上前，如常地幹了。

他用手指壓着眼皮。他終於把它寫下來了，但是感覺沒甚
麼不同。這個辦法沒奏效，那種想扯開嗓子喊髒話的衝動跟以前
一樣強烈。

7

「如果有希望，它就在無產者身上。」溫斯頓寫道。

如果有希望，它一定是在無產者身上，因為只有在那裏，在那些被漠視的大批人身上，在佔大洋國人口百分之八十五的人身上，才有可能產生將黨摧毀的力量。黨無法從內部推翻，其敵人 —— 如果有敵人的話 —— 無法走到一起並互相確認。即使傳言中的兄弟會存在，有可能而已，其成員碰頭也只可能是以三三兩兩的方式。反抗代表一個眼神、聲音裏的一點變化，或最多只是一個偶爾耳語的字詞。然而如果無產者能意識到自身的力量，他們不需要密謀，只需奮力而起，像馬擺脫蒼蠅那樣抖動身軀。願意的話，他們明天早上就能把黨粉碎。或早或晚，他們肯定會想到去做那件事，難道不是嗎？但是……

他想起有一次，他正在一條擁擠的街道上走着，突然極其喧囂的女人吵聲，從前邊不遠處的一條小街上傳來。那是種憤怒和絕望的聲音，一種低沉而大聲的「噢—噢—噢—噢—噢」聲，嗡嗡的聲音像是一座鐘的迴響。他的心臟猛烈跳動起來。開始了！他想。暴亂！無產者終於掙脫羈絆了！走到那條小街後，他看到的是兩、三百個女人正圍着街邊市場的一個攤檔。那些女人一臉

悲痛，好像自己正身處下沉的船上那些劫數已定的乘客。就在那時，普遍的絕望一下子又變成許多張嘴巴在爭吵。好像是某個攤檔在賣平底鍋，是種質量很差、易損壞的貨色，但是不管怎樣的煮食工具都很難買到，那時更出乎意料地停止供應。成功買到平底鍋的女人在費勁地走去，卻被別的人推推撞撞。還有幾十人圍着那個攤檔吵鬧，指責那個攤主看人賣貨，還暗暗藏起平底鍋。接着又響起一陣大吵大嚷聲。有兩個身材臃腫的女人，其中一個披頭散髮，正在爭奪鐵鍋，她們都在用力想從對方手裏扯過來。一會兒，兩個人同時用力拉，結果鐵鍋的把手掉了。溫斯頓厭惡地看着她們。儘管只有那麼一陣子，但那幾百個嗓子吼出的聲音聽起來力量駭人！他們為甚麼從來不為值得一吼的事也像剛才那樣大吼起來？

　　他寫道：

　　　　除非他們覺醒，否則永遠不會反抗，但除非他們
　　反抗，否則不會覺醒。

　　他想到那幾乎像是從黨的教科書上抄來的。當然，黨聲稱是自己把無產者從奴役中解放出來。革命前，他們被資本家殘酷壓迫，吃不飽飯，還要捱打。女人也被迫在煤礦幹活（事實上現在還有），兒童長到六歲就被賣進工廠。但同時，完全按照雙重思想的原則，黨教導說無產者天生低人一等，必須用一些簡單的規定把他們置於服從的地位。事實上對於無產者，人們了解得很少，也沒必要了解很多。只要他們繼續幹活、繁衍，他們別的行

為就無關緊要。他們被放任自流，就像阿根廷平原上沒有籠轡的牛羣。他們過着似乎是返璞歸真、類似他們祖先所過的生活。他們在貧民窟出生、長大，十二歲開始幹活，度過蓬勃卻短暫的健美和性衝動期，二十歲結婚，三十歲就步入中年，然後死去，多數壽命不超過六十歲。他們腦子裏想的全是重體力勞動、養家糊口、跟鄰居為雞毛蒜皮之事爭吵、電影、足球、啤酒，還有最主要的賭博。控制他們不算困難。思想警察的特務總在他們中間出沒，傳播謠言，瞄上並消滅被認為有可能變得危險的個別人。然而沒有人努力向他們灌輸黨的意識形態，對無產者來說，不需要很強的政治感，需要他們擁有的，只是一種初級的愛國主義感情，用得上時，可以隨時喚起他們的這種感情。讓他們接受更長工作時間和更少定量供應。甚至他們有時確實會變得不滿，但那種不滿不會帶來甚麼後果，因為他們缺乏普遍的概念，他們只會專注於一些細枝末節的不如意之事，從來看不到還有更大的罪惡。絕大多數無產者家裏甚至沒有電幕，連民警也很少管他們的事。倫敦的犯罪率極高，有一個充斥着小偷、強盜、妓女、毒品小販和形形色色騙子的天地，但是因為犯罪事件都發生在無產者自己中間，因而無關緊要。在所有道德問題上，他們也被允許繼承其先輩的規範。黨在性問題上的禁慾主義並未強加給他們。亂交不受懲罰，允許離婚。甚至如果無產者表露出有宗教信仰的需求或者願望，也能得到許可。他們不配被懷疑，正如黨的標語所稱：「無產者和動物是自由的。」

溫斯頓的手往下探，小心地撓了撓靜脈曲張的潰瘍處，那裏又癢了起來。有件事他每次都會想起，就是不可能知道革命

前生活的真正情形如何。他從抽屜裏拿出一本小孩用的歷史課本，是從帕森斯太太那裏借來的。他開始把課本上的一段抄進日記裏：

　　過去（課本上寫道），在偉大的革命之前，倫敦並非是我們如今所知的美麗城市，而是個黑暗、骯髒、無比糟糕的地方，只有極少數人能吃飽飯，而成千上萬的窮人腳上沒有靴子穿，頭上無片瓦遮身。年齡不比你大的兒童每天必須為兇殘的主人工作十二個小時，他們動作太慢的話，就會被主人用鞭子抽打，只有不新鮮的麵包皮和水來填腹。然而在一片赤貧狀態下，還有幾幢華美大屋，裏面住的是富人，有多達三十個僕人服侍他們。這些富人被稱為資本家。他們長得肥胖而醜陋，面相邪惡，就像本頁後面的插圖那樣。你可以看到，他身穿長長的黑色大衣，那被稱為大禮服，頭上戴的是頂古怪而發亮的帽子，樣子像是煙囪，被稱為高頂禮帽。這就是資本家的統一服裝，其他任何人都不允許穿。資本家擁有世界上的一切，其他所有人都是他們的奴隸。他們擁有一切土地、一切房屋、一切工廠和一切金錢。任何人不服從他們，他們可以把他投進監獄，或者讓他失去工作而餓死。凡是普通人跟資本家說話時，必須向他鞠躬作揖，取下自己的帽子並稱他為「先生」。全體資本家的頭領被稱為國王，而且……

　　他已經知道下文將如何發展。還會提到身披細麻法衣的主教、身披白鼬皮長袍的法官、足手刑具、懲罰踏車、九尾鞭、市長老爺的宴會和親吻教皇的腳尖等。另外還有種叫做「初夜權」的名堂，那大概不會在給兒童用的課本上提到，它是一條法律，每個資本家都有權跟在他工廠裏幹活的女工睡覺。

　　你怎能判斷出以上有多少是謊言？有可能人們如今的平均生活水平確實比革命前提高了一點，唯一相反的證據，是你骨頭裏的無聲抗議，那是種本能的感覺，即你對現在的生活狀況無法忍受，而在別的某個時期肯定不一樣。他突然想到，現代生活真正獨具特色之處，並非它的殘酷和不安全，而只是一無所有、骯髒和倦怠。看看周圍吧，生活不僅跟電幕裏喋喋不休的謊言毫無相似之處，跟黨想努力達到的理想境界比較起來，更是天差地別。生活中的最大部分，都是中性和非政治性的，甚至對黨員來說也是如此，也就是辛辛苦苦幹着枯燥的工作，蹭別人的糖精，縫補破破爛爛的襪子，節省下一個煙頭等等。黨所描繪的理想世界是個巨大、可怕而光彩奪目的世界，一個充滿鋼筋水泥、龐大的機器和嚇人的武器的世界；一個由戰士和狂熱分子統一步伐前進，擁有相同的想法，呼喊相同的口號，永遠在工作、戰鬥、打勝仗、迫害別人的國家。三億人有着同樣的面孔。現實卻是個衰敗而骯髒的城市，飢餓的人們穿着破爛的鞋子拖着腳步走動，住在修修補補、於十九世紀建造的房屋，裏面總有股煮椰菜味和廁所的那種臭味。他似乎看到了倫敦的景觀，遼闊而破敗，是座擁有上百萬垃圾筒的城市，跟這一景觀混合在一起的，還有帕森斯太太的形象，她臉上佈滿皺紋，頭髮稀疏，正在徒勞地搗弄堵塞

了的下水管。

他又探手撓了撓腳踝。電幕日以繼夜往你的耳朵裏塞滿統計數字，證明如今人們有更多的食物、更好的房屋、更好的娛樂。所以他們跟五十年前的人們比起來更長壽，工作時間縮短了，更魁梧，更健康，更強壯，更快樂，更聰明，所受的教育更好。沒有任何一項能被證明或推翻。例如，黨聲稱如今有百分之四十的無產者識字，而據說革命前的識字率為百分之十五。黨還聲稱如今的嬰兒死亡率只有千分之一百六十，革命前的數字則為千分之三百，諸如此類，那如同一條有兩個未知數的方程式。在歷史課本上的每個詞，即使是那些毋庸懷疑的東西，都完全出於空想。據他所知，可能根本從來沒有甚麼「初夜權」的法律，也沒有被稱為資本家的人和高頂禮帽這種服裝。

一切都隱沒在迷霧中。過去被清除，連清除行為也被忘卻，謊言變成了事實。僅僅有那麼一次，他在那件事發生之後，曾擁有具體而確鑿無疑的證據，可以證明曾有偽造行為。關鍵是他在事情發生後才得悉的，而他曾拿着那項證據長達半分鐘之久。那是一九七三年，一定是，他和凱瑟琳那時已經分居。然而真正與該事件相關的日子，則再往前七八年。

真正說起來，此事要從六十年代中期說起。大清洗時，革命時期黨的首批領導人被徹底剷除了。到一九七〇年時，除了老大哥，其他領導人一個不剩，都被揭露為叛國者和反革命分子。戈斯坦逃掉了，匿藏到一個不為人知的地方。至於其他人，有幾個失蹤了，而多數人在場面宏大的公審中坦白所犯的罪行後就被處決了。最後剩下的三個人叫鍾斯、艾朗森和魯瑟福，他們被捕

的時間肯定是一九六五年。跟往常發生的一樣，他們消失了一年多，不知道是生是死。然後突然如平常那樣，他們被帶出來亮相並坦白自己所犯的罪行，承認曾經通敵（當時的敵國也是歐亞國）、貪污公款、謀殺黨的負責人以及密謀推翻老大哥的領導等，這些都是在革命開始前很久就計劃的。另外他們還進行破壞活動，導致成百上千人死亡。承認這些罪行後，他們得到赦免並被恢復黨內地位，被安置到聽起來很重要，實則只是掛名的職位。他們三個人都寫了冗長而語氣可憐的文章，發表在《泰晤士報》上，其中分析了自己變節的原因，並保證改過自新。

他們被釋放後不久，溫斯頓的確在栗樹咖啡館見過他們。他還記得當時用眼角瞪他們時那種又害怕又着迷的心態。他們三人都比他年長，是遠古世界的遺物，幾乎是黨早期崢嶸歲月留下來的最後幾個大人物，他們身上依稀仍有地下鬥爭和內戰留下的風采。儘管那時，真相和年代已經變得模糊，他還是覺得自己得知他們的名字比得知老大哥的還要早。但他們是罪犯、敵人、不可接觸者，注定要在一兩年內身名俱滅。任何人只要落到思想警察手裏，最後總劫數難逃。他們只是行屍走肉罷了，等着被送進墳墓。

他們旁邊的桌子都沒有人坐，被看到距離這種人太近也屬不智之舉。他們都默不作聲地坐着，面前放了幾杯加上丁香的杜松子酒，是這間咖啡館的特製酒。三個人中，令溫斯頓印象最深的是魯瑟福的外貌。魯瑟福一度是位著名的諷刺畫家，他那一針見血的諷刺畫在革命前和革命過程中都起了鼓動輿論的作用。即使如今，每隔一段長時間，仍能在《泰晤士報》上看到他的漫

畫，不過只是模仿他的早期風格，奇怪地缺乏活力，也沒有説服力，而且總是在炒冷飯，畫貧民窟的住戶、飢餓的孩子、巷戰、戴高頂禮帽的資本家 —— 甚至街頭的資本家仍堅持要戴高頂禮帽 —— 他們不斷努力想重回往昔，卻毫無指望。他身材魁梧，一頭濃密而油膩的花白頭髮，臉皮鬆弛，滿是疤痕，嘴唇像黑人的那樣厚。他肯定曾經健壯無比，但在當時，他龐大的軀體正在鬆弛、歪斜、發脹，向四面八方鬆散。他似乎正在別人的眼前潰散，像一座正在崩塌的山。

那是十五點時的人少時間，溫斯頓想不起自己當時怎麼會到那間咖啡館。裏面幾乎沒甚麼人，電幕裏播放舒緩的音樂，叮叮咚咚的。那三個人坐在角落幾乎一動不動，從不説話。服務員又主動拿來幾杯酒。他們旁邊的桌子上有個棋盤，棋子已經擺好，但是沒有人下。然後可能才過了半分鐘，電幕裏又換播內容，播放的音樂調子變了，變成一種難以形容的響脆、刺耳、嘲弄的音符，溫斯頓在心裏稱之為預警調。接着，電幕裏傳出一個人的歌聲：

> 在綠蔭如蓋的栗子樹下，
> 我背叛了你，你背叛了我。
> 他們躺在那兒，我們躺在這兒，
> 在綠蔭如蓋的栗子樹下。

他們三人一動也不動。溫斯頓又看了看魯瑟福那張破了相的臉龐，他的眼眶裏充滿淚水。他第一次看到艾朗森和魯瑟福的

鼻樑都被打斷了，他心裏有種驚恐的感覺，卻不知道自己為甚麼驚恐。

此後不久，他們三人再次被捕，似乎從上次被釋放的那一刻起，他們馬上開始了新的陰謀活動。在第二次審訊中，他們除了承認所有舊的罪行，還承認了一連串新的罪行。他們被處決，下場被寫進黨史以昭後世。差不多五年後，在一九七三年的一天，溫斯頓展開了一疊剛從氣力輸送管吹送到他桌上的文件時，看到一小片報紙，顯然和其他文件混夾在一起，而忘了拿走。他攤開那張紙，便意識到它的重要性。它是從約十年前的一期《泰晤士報》上撕下來的半頁 —— 是上半頁，因此有日期 —— 在這片報紙上，登了一張在紐約參加某個黨務活動的代表團照片，在中間佔據顯著位置的是鍾斯、艾朗森和魯瑟福。絕不可能弄錯，他們的名字還印在照片下方的説明。

問題是兩次審訊中，三個人都供認就在那天，他們在歐亞國的國土上。他們從位於加拿大的一個秘密機場飛到西伯利亞的某個接頭地點，去跟歐亞國總參謀部的人會面，並向其泄露重要的軍事秘密。那個日期之所以印在溫斯頓的腦海裏，因為那天剛好夏至，而且這件事也會記錄在無數文件中。只可能有一個結論，他們招供的全是謊言。

當然，這件事本身稱不上甚麼發現。甚至在當時，溫斯頓也從未想像過清洗運動中被消滅了的人會真的犯下被指控的罪行。但這件是實實在在的證據，是被消滅了的過去的一片碎片，如同在某個地層出現了一塊不該出現的骨化石，因此打破了一個地質學理論。如果能以某種方式將其公佈天下，並讓人們明瞭其意

義，就足以將黨摧毀於無形。

他馬上繼續工作。當他看到那張照片，明白其意義何在時，他馬上用另一張紙蓋着它。幸好，他打開它時，從電幕的角度看來，是上下顛倒的。

他把便條簿放在膝蓋上並把椅子往後推，這樣可以儘量離電幕遠些。保持臉部沒有表情不難，努力一點，甚至也能控制呼吸，但你無法控制心跳，而電幕已經靈敏到能夠監聽心跳聲。他覺得好像度過了十分鐘，一直擔心會發生甚麼事而備受煎熬，比如說突如其來的一陣冷風，可能便出賣了他。他也沒有再打開那張照片，把它和別的廢紙一起丟進記憶洞。也許再過一分鐘，它便會化為灰燼。

那是十年，不，十一年前的事了。也許他本來可以將那張照片保存至今。奇怪的是，他用手拿過那張照片這件事，直到現在，對他來說仍別具意義，雖然那張照片及它所記錄的事件都只是記憶。他想知道的是，因為一件曾經存在的證據不再存在，黨會不會因此對過去的控制沒那麼強橫了？

然而今天，假如那張照片能從灰燼裏復原，也可能根本不能成為證據。他發現那張照片時，大洋國已經不再跟歐亞國打仗，那三個已死的人肯定是向東亞國的特務背叛自己的國家。在那以後，戰爭的對象還有變化 —— 兩次還是三次，他不記得了。很有可能的是，招供材料被一再重寫，直到原始事實和日期一點都不再重要。過去不僅被篡改，而且是被持續篡改着。最讓他受折磨、給他如噩夢般感覺的，是他從未明明白白地理解為甚麼要進行這種大規模的欺詐。偽造過去的直接好處顯而易見，然而最重

要的動機卻密不可知。

他又撿起鋼筆寫道：

　　　我明白「怎麼做」，但是我不明白「為甚麼」。

他一直懷疑自己是不是個瘋子。或許一個瘋子就是一種少數派。相信地球繞着太陽轉曾被認為是瘋子，今天，相信過去不可篡改則會被認為是。可能只有他擁有這種信念，如果真的如此，那他就是個瘋子。但是想到自己是個瘋子並沒有讓他很擔心，可怕的是他的想法也有可能是錯誤的。

他撿起那本小孩用的歷史課本，看着作為扉頁的老大哥像。那雙具有催眠力的眼睛在盯着他，好像有種極大的力量在將你往下壓。某件物體進入你的頭顱，擊打你的大腦，恐嚇要你放棄自己的信念，也幾乎是要說服你否認那些說明自己仍有判斷力的證據。最後，黨會宣佈二加二等於五，而你只能相信這一點。不可避免地，他們遲早會這樣聲稱，他們所持的立場的邏輯要求他們這樣做。不僅經驗的正確性，而且客觀現實的存在性本身，都被他們的哲學無聲地否定。常識成了邪說中的邪說，但可怕的不是他們會因為你有另外的想法而殺了你，而是他們有可能是對的。因為說到底，我們又怎麼知道二加二等於四？為甚麼重力在起作用？為甚麼過去不可篡改？如果過去和外部世界只存在於腦袋裏，而思想本身可以控制，那又當如何？

但是，不行！突然，他好像不由自主地勇氣大增。也沒經過甚麼特意的聯想，歐布朗的臉龐就浮現在他的腦海裏。他知

道——比以前更肯定地知道——歐布朗跟他立場一致。他在為歐布朗寫日記,寫給歐布朗,它像一封冗長的信,誰也不會讀到,但它是寫給某個特定的人,並因為這一點而文字生動起來。

黨告訴你不要相信自己耳朵聽到的以及眼睛看到的,這是他們最主要、最基本的命令。想到針對他的極大力量和黨的知識分子能夠輕而易舉地駁倒他,他的心沉了下來。他無法理解那些高深的辯詞,更不用説反駁。但他是對的一方!他們錯了,而他是對的。一定要捍衞顯而易見、質樸和真實的一切,不言而喻的就是真實的,在這一點上不可動搖!實體世界是存在的,其定律不可改變。石頭是硬的,水是濕的,缺少支撐的物體會向地心方向墜落。懷着這種感覺,他在向歐布朗説話,同時也在提出一條重要的公理。他寫道:

　　自由就是可以説出二加二等於四的自由。若此成立,其他同理。

8

從某條過道的盡頭，飄來了烘咖啡的香味 —— 是真正的咖啡，而不是勝利咖啡 —— 它一直飄到街道上。溫斯頓不由自主地停下腳步，在也許有兩秒鐘的時間裏，他又回到了童年時生活過的那個世界，他已經快忘掉了。接着傳來門關上時砰的一聲，那氣味像聲音一樣，被活生生截斷了。

他已經順着人行道走了幾公里，他那靜脈曲張的潰瘍處在跳着作痛。這已是他三個星期裏的第二個晚上沒去集體活動中心了，這是種輕率之舉，因為可以肯定的是，會有人仔細查核你去活動中心的次數。從原則上說，黨員不能有空閒時間，除了上牀睡覺，永遠不會獨處。按說他如果沒在工作、吃飯或睡覺，就應該參加一種集體娛樂活動。做任何意味着想獨處的事情，即使一個人去散步，也是略微具有危險性的。新話裏的「自活」一詞，指的就是這種行為，意味着個人主義和古怪。但這天傍晚走出真理部時，四月的和風讓他動了心，天空之湛藍比起那一年的任何時候所看到的，都帶來更多暖意。突然，在活動中心那漫長而嘈雜的夜晚、令人厭煩和精疲力竭的比賽、講座、靠着喝酒勉強維持的同志關係等等，似乎變得不可忍受。他心血來潮，不去公共汽車站，而是漫步走進倫敦的迷宮，首先向南，然後向東，再向

北，讓自己迷失在不知名的街道上，幾乎一點也不考慮往甚麼方向走。

「如果有希望，」溫斯頓在日記裏寫過，「它就在無產者身上。」他不時想起這句話，它陳述的是一項神秘的事實，但顯而易見是荒謬的。他走到了一個褐色的貧民窟，那原先是聖潘克拉斯火車站東北方向的某處。他走在一條鋪鵝卵石的小街上，兩旁都是低矮的兩層樓房，破破爛爛的門就開在人行道邊，奇怪地給人像老鼠洞的感覺。鵝卵石街道上到處都有污水坑。數不清有多少人在黑暗的門道裏進進出出，在街道兩邊的窄巷裏也是 —— 口紅抹得土裏土氣、打扮得花枝招展的女孩，追女孩的小伙子，還有身體臃腫、蹣跚而行的婦女，她們展示給你看那些女孩再過十年會長成甚麼樣子，還有彎着腰的老人邁着八字步慢騰騰地走路，衣衫襤褸的赤腳小孩子在污水坑裏玩，然後在他們母親的怒喝中跑開。那裏可能有四分之一的窗戶都是破的，用木板釘了起來。絕大多數人對溫斯頓視而不見，只有幾個人半是警惕半是好奇地看着他。兩個身材高大的婦女在一處門口說話，她們繫着圍裙，磚紅色的手臂交叉在胸前。溫斯頓走近時，聽到了她們談話的隻言片語。

「『是的，』我對她說，『一點兒也不錯。要是你站在我的位置上，會跟我一樣這麼做。批評別人倒不難，』我說，『可你不會遇到我這樣的難題啊。』」

「啊，」另外那個女人說，「沒錯，就是這樣，問題就在這兒。」

那兩個尖嗓門突然停了下來，她們在溫斯頓走過時，懷着敵意、默不作聲地盯着他。但準確點說那並非敵意，而只是種

警覺，片刻的緊張而已，好像一頭不為人熟悉的動物經過時一樣。在這種街上，不會經常看到黨員的藍色工作服。確實，被人看到出現在這種地方屬不智之舉，除非真的有事，非來不可。不巧碰上巡邏隊的話，有可能被攔下。「可以看看您的證件嗎，同志？您在這兒幹甚麼？您甚麼時候下班？這是您回家經常走的路嗎？」諸如此類的問話。並沒有甚麼規定不允許走一條不尋常的路回家，但如果被思想警察得知，這就足以引起他們的注意。

突然，整條街上一片騷動，到處傳來警告的喊叫聲，人們像兔子一樣躥進門道。一個年輕女人從門道裏跳出來，把一個正在污水坑裏玩耍的很小的小孩子一把拎起來用圍裙包着，然後又跳回門道裏，動作為時極短，一氣呵成。就在那時，一個身穿很多褶皺的黑色套裝的男人從一條小巷裏向溫斯頓衝過來，激動地手指天空。

「汽船！」他叫道，「小心，先生！就在頭頂！快趴下！」

「汽船」是無產者替火箭彈起的綽號，原因不詳。溫斯頓迅速臉朝下趴在地上。無產者向你提出這種警告時，幾乎每一次都對。他們似乎擁有某種直覺，能在火箭彈到來前的幾秒鐘感應到，儘管據說火箭彈的速度比聲音快。溫斯頓用手臂緊抱着頭。傳來一聲轟鳴，似乎要把人行道掀起來，輕物如驟雨般砸在他背上。他起身時，發現距離最近的一扇窗戶上震碎的玻璃灑落了他一身。

他繼續往前走。炸彈炸毀了街道前方兩百米遠的一片房屋，一縷煙霧升騰到天上，煙霧之下，一團灰泥的塵霧籠罩着那片廢墟，人們已經聚攏在那裏。他前方的人行道上有一小堆灰泥，他

看到中間有一片鮮紅的血跡。走近後，看到是隻從腕部截斷的人手。除了血肉模糊的斷處，那隻人手完全變成白色，簡直像是用石膏澆成的。

　　他把那東西踢進排水溝，然後為了躲開人羣，轉到右邊的偏街上。三四分鐘後，他已經離開了受到炸彈影響的地帶，而街頭那種骯髒而擁擠的生活仍在繼續進行，彷彿甚麼事情也沒有發生。當時已經快到二十點，無產者光顧的喝酒地（他們稱之為「酒館」）人滿為患，從不停開合的髒兮兮的彈簧門那處，飄來了尿、木屑和酸啤酒的氣味。在一處由屋正面形成的角落處，站着三個靠得很近的男人，中間一位舉着一張對開的報紙，另外兩人在他身旁看着。即使溫斯頓還沒走近他們，看清他們的表情，從他們的身體語言，已知道他們正全神貫注地看。顯然，他們在閱讀一宗重要新聞。離他們還有幾步遠時，三個人散開了，其中兩個兇惡地吵了起來。有那麼一陣子，他們看來幾乎要氣炸了肺。

　　「你他媽能不能好好聽我說？我告訴你，過去十四個月都沒有尾數是七的數字贏過！」

　　「贏過！」

　　「沒有，從來沒贏過！我把過去兩年的所有中獎數字都記在紙上，就在我家裏放着。我全記下了，像時鐘那樣準確。我告訴你，沒有哪個數字的尾數是七……」

　　「有，尾數是七的就是贏過了！我差點就想到那個混蛋數字，尾數要麼是四要麼是七，在二月份的，二月裏的第二個星期。」

　　「二月你個鬼！我全白紙黑字寫下來了。我告訴你，沒有……」

「呸，你給我閉嘴吧！」第三個人說。

他們談論的是彩票。溫斯頓在走過三十米時，又回頭看了他們一眼，他們還在臉紅耳熱地爭論着。每週都會抽出巨獎的彩票是無產者唯一真正關注的事。對於幾百萬無產者來說，彩票即使不是活下去的唯一理由，也是主要理由。彩票就是他們的歡樂、蠢事、安慰以及刺激智力的產物。在彩票問題上，就連勉強識得幾個字的人，也好像能進行複雜的計算，而且記性好得令人咋舌。有一類人就單單靠賣中獎秘笈、預測及賣幸運符為生。溫斯頓跟彩票經營沒有一點關係，那由富足部操控，然而他明白（事實上每個黨員都明白）所謂中獎，很大程度上是子虛烏有的，只有很小數額才真的會發到中獎者手裏，中大獎的都是子虛烏有的人。在大洋國內處處信息不通的情況下，這也不難安排。

然而，如果有希望，它就在無產者身上，你必須堅信這一點。把這句話寫下來時，聽上去似乎合理，但是當你走在人行道上，看那些和你擦肩而過的人們時，相信這點就成了事關信仰之事。他轉向的那條街是下坡路，他有種以前來過這一帶的感覺，前面不遠處是條主幹道。前面某個地方傳來了嘈雜聲。那條街突然轉向，然後就到了盡頭，盡頭的台階通向一道低凹的小巷，那裏有幾個擺攤的，在賣發霉的蔬菜。這時，溫斯頓記起了他身在何處。這條小巷通向的是一條大街，下個轉彎處就是那間雜貨店，他現在用作日記本的本子就是在那裏買的。不遠處還有家小文具店，他在那裏買過筆桿和一瓶墨水。

他在台階最高處停了一下。隔着小巷的對面是間昏暗骯髒的小酒館，玻璃窗上像是結了一層霜，其實只是一堆灰塵。一個

年紀很大、白鬍子像蝦鬚一樣直直翹着的老頭，他弓着腰卻行動敏捷地推開酒館的彈簧門走了進去。溫斯頓站在那裏看着他，他心想那個老頭一定至少有八十歲，革命開始時他已經是中年了。他，還有為數不多的其他人，是跟已經消失的資本主義世界之間僅存的聯繫。在黨自身內部，沒有幾個人的觀念是革命前就形成的。上一代絕大多數的人都在五、六十年代的大清洗中被消滅了，倖存下來的極少數早就嚇破了膽，思想上已經完全投降。如果還有哪個活着的人能向你真實說明本世紀早期的情況，那可能是無產者中的一員。突然，他又想起日記上抄自歷史課本的那一段。他有了種瘋狂的衝動，就是他可以進酒館認識那老頭，然後詢問他。「可以跟我說說您還是個小孩時，是怎麼過日子的嗎？那年頭是怎樣的？跟現在相比是好一點還是更差呢？」

為了不讓自己有時間畏縮，他走下台階疾步穿過巷子。不用說，他是昏了頭，照例，沒有白紙黑字的命令規定他們不可以跟無產者說話，或者光顧他們的酒館，然而這種行為很難不被人注意。巡邏隊出現的話，他可以聲稱是突然感到頭暈，不過他們大概不會相信。他推開門，一股極難聞的酸啤酒氣味撲鼻而來。他走進去時，那一片嘈雜的說話聲瞬間降低了一半，不用看也能感到每個人都在盯着他的藍色工作服，室內正在玩飛鏢的人們停手有半分鐘之久。那個老頭坐在吧枱處，正在因甚麼事跟酒保吵架。酒保是個結實的小伙子，前臂極粗，有一羣人手持酒杯看着他們爭吵。

「我也問得夠禮貌的了，是不是？」老頭氣沖沖地聳着肩說，「你說這個混蛋的小酒館裏沒有一品脫的杯子？」

「品脱到底他媽的是個甚麼詞？」酒保的指尖撐在櫃枱上，身子往前傾。

「聽聽他說的是甚麼！還自稱酒保，不知道甚麼叫品脫！一品脫嘛，就是半夸脫，四夸脫是一加侖。下次還非得從一二三教起呢！」

「從來沒聽說過，」酒保說，「一升、半升 —— 我們就按這兩種賣。你面前的架子上有杯子。」

「我就喜歡要一品脫，」老頭兒堅持，「你甭想那麼容易便開脫我，說沒品脫，我年輕時根本沒甚麼一升半升。」

「你年輕時我們還在樹上住呢！」酒保說着掃了一眼其他人。

這句話引起一陣哄堂大笑，溫斯頓進來時造成的不自在感好像不復存在了。老頭佈滿鬍渣的白臉漲得通紅，他嘴裏嘟嘟囔囔地轉過身去，撞到了溫斯頓，溫斯頓輕輕抓住他的手臂。

「我可以請您喝一杯嗎？」他說。

「你是個紳士。」老頭說着又把肩膀聳起來。他好像沒注意到溫斯頓穿的藍工作服。「品脫！」他挑釁地向酒保說，「一品脫汽酒。」

酒保把玻璃杯放在櫃枱下的水桶裏洗了一下，利索地把兩杯半升的深棕色啤酒倒了進去。啤酒是在無產者光顧的酒館裏能喝到的唯一一種酒類。無產者不准喝杜松子酒，但其實他們很容易就能取到。飛鏢遊戲又熱熱鬧鬧地玩了起來，吧枱邊的一羣人又談論起彩票，溫斯頓的在場暫時被忘掉了。窗戶下方有張木桌，他和老頭可以坐在那裏交談而不用擔心被別人聽到。這種事情危險之至，但不管怎麼說室內沒有電幕，這一點，是他剛踏進

來時就察看清楚的。

「他甭想讓我不説品脱了。」老頭在桌子前坐下來時,還在發牢騷,酒杯就擺在他面前,「半升不夠,不過癮。一升又太多,讓我老是想尿尿,更不用説還有價錢。」

「從年輕到現在,您肯定經歷了不少變化。」溫斯頓試探着説。

老頭的淡藍色眼睛從飛鏢靶掃到吧枱,又從吧枱掃到男廁門,好像他希望在這間酒館裏找到甚麼變化。

「啤酒比以前好喝了,」他最後説,「而且更便宜了!我年輕那時,淡啤酒,我們以前叫它汽酒,是四便士一品脱的。當然,那是在戰前了。」

「是哪次戰爭?」溫斯頓説。

「一直在打仗。」老頭含糊地説。他拿起酒杯,又一次挺起了肩膀。「我祝你身體無比健康!」

他的尖喉結在瘦瘦的喉部奇怪地上下快速抖動,啤酒就消失了。溫斯頓走到吧枱處,又拿了兩個半升。老頭兒好像忘了他對喝一升啤酒的成見。

「您比我年長許多,」溫斯頓説,「我出生時您肯定已經是個成年人了,您記得以前的日子是怎麼樣的嗎,也就是在革命前。像我這樣年紀的人對那時候可以説一點都不了解,只能從書上讀到,不過書上寫的可能不是真的,我想聽聽您是怎麼説的。歷史書上説革命前的日子跟現在完全不同,當時有着最嚴重的壓迫、不公平和貧困,遠遠超出我們的想像。在倫敦這兒,絕大多數人從生下來到死去,從來填不飽肚子,他們中間有一半人甚至沒靴

子穿，一天要工作十二個小時，九歲就離開學校，一間屋住十個人。同時有很少人，只有幾千個，就是被稱為資本家的，他們有錢有勢，擁有可以擁有的一切，住華美無比的房屋，有三十個僕人。他們坐着汽車和四匹馬拉的馬車到處去，喝香檳，戴高頂禮帽……」

老頭兒突然高興起來。

「高頂禮帽！」他説，「真有趣你會提起那個。我昨天才想到那玩意，也不知道為甚麼。我還在想有好多年沒見過高頂禮帽了呢，影子都見不到。我最後一次戴高頂禮帽是在我嫂子的葬禮上。那是在……唉，我説不出來確切是哪一年，但肯定是五十年前了。當然，是專門為那次葬禮租來的，你也知道。」

「高頂禮帽並不是很重要，」溫斯頓耐心地説，「問題是，這些資本家，還有依靠他們生活的律師和牧師之類的人，是地球上的主人，一切都是為了他們的利益而存在。你們 —— 普通人、工人們 —— 是他們的奴隷，他們可以對你們為所欲為，可以把你們當做牛一樣運到加拿大，想和你們的女兒睡覺就睡覺，可以叫人拿一種叫九尾鞭的東西抽你們。遇到他們時，您必須把帽子摘下來。每個資本家都有一羣僕從，他們……」

老頭兒突然又高興起來。

「僕從！」他説，這個詞我可很久沒聽説過了。「僕從！它總讓我想起從前，沒錯。我記得，哦，那是很多年前的事了，我經常在星期天下午去海德公園聽那些傢伙演講，救世軍、羅馬天主教、猶太人、印度人，各式各樣的演講。有個傢伙……唉，我喊不出他的名字，不過是個很強的演講家，他真的是。他罵起他

們可是一點兒也不客氣！『走狗們！』他説，『布爾喬亞的僕從們！統治階級的走狗們！』寄生蟲，另一個用詞，還有豺狼——他肯定稱過他們是豺狼。當然，他指的是工黨，你也明白吧。」

溫斯頓有種感覺，他們在各説各的，答非所問。

「我真正想知道的是，」他説，「您有沒有感覺跟過去比起來，現在有更多自由？您現在是不是更被當做一個人來對待？在過去，富人，高高在上的人們⋯⋯」

「貴族院。」老頭兒懷舊般插話道。

「隨您怎麼稱呼吧。我問的是，那些人能不能因為他們富裕，就把您看得低人一等？比如説，跟他們打照面時，您是不是真的必須除下帽子叫他們『先生』？」

老頭兒似乎在沉思，開口回答前，他已喝掉了杯子裏四分之一的啤酒。

「對！」他説，「他們喜歡你為他們碰一碰帽子，那表示尊敬，差不多吧。我自己不願意那樣做，我是説我自己，不過我也那樣做了很多次。非得這樣，可以這麼説。」

「那種事是不是經常發生，我只是引用我在歷史書上讀到的，也就是那些人跟他們的僕人是不是經常把您從人行道上推進排水溝裏？」

「有個人推過我一次，」老頭兒説，「就像是昨天的事，所以我記着呢。是划船比賽[13]的那天晚上⋯⋯那天晚上人們經常會鬧得很厲害。我在夏夫茲伯里大街上撞到一個小伙子身上。他有點

13　一年一度牛津和劍橋兩間大學代表隊在泰晤士河上進行的划船比賽。

紳士的樣子，他真的是禮服襯衫，高頂禮帽，黑大衣。他在人行道上有點兒歪歪斜斜地走着，我好像沒注意撞到他身上。他說：『你幹嘛不看路？』我說：『你他媽的以為你買了整條人行道嗎？』他說：『再跟我囉嗦，我把你他媽的腦袋給擰下來。』我說：『你喝醉了，待會兒再跟你算賬。』我可沒胡說，他用手在我胸口推了一把，差點把我推到公共汽車輪子底下。我當時也是年輕氣盛，正要給他來一下，只是……」

溫斯頓陷入一種無助感。老頭的記憶裏只有芝麻綠豆般的瑣碎事情，你可以問他一整天，也問不到甚麼。從某種意義上說，黨的歷史仍然正確，有可能完全正確。他最後又試了一次。

「也許我沒說清楚，」他說，「我想說的是：您已經活了很久，一半時間都是在革命前過的。比如說在一九二五年，您已經成年了。根據您所記得的，能不能說出一九二五年的生活比現在要好一些還是壞一些呢？要是您能選擇，您寧願活在那個時代還是現在？」

老頭兒沉思着看了一眼飛鏢靶。他喝光了啤酒，喝的速度比之前慢了些。他再次說話時，似乎有了種萬事可忍、哲學家般的神色，似乎啤酒讓他更穩定了。

「我知道你想我說甚麼，」他說，「你想我說要不了多久，我就會再年輕起來。大多數人被問到時，會說他們最想返老還童。年輕時，身體又好，又有力氣，可要是你到了我這把年紀，你在各方面都不會很好了。我腳有毛病，膀胱更是要命，天天夜裏上六七趟廁所。另外呢，當個老頭也有很大好處，你不會再為同樣的事操心了。不用跟女人糾纏了，這還不賴。我快三十年時間沒

碰過女人了，也許你覺得這不算簡單。再說我也不想。」

溫斯頓靠着窗台坐着。再問下去也沒用。他正要再去多買些啤酒，老頭站了起來，拖着腳步很快走到室內那頭臭烘烘的廁所。多喝的半升啤酒已經在他身上起了作用。溫斯頓在那裏多坐了一兩分鐘，眼睛盯着他的空玻璃杯。幾乎沒留意到是甚麼時候，他的雙腳又帶着他走上了街道。他心想，最多再過二十年，那個最突出也是最簡單的問題 ——「革命前的生活是不是比現在更好」—— 就永遠成為無法回答的問題了。但實際上如今已經無法回答了，因為對從遙遠的舊時代遺留下來的少數散居着的倖存者而言，他們沒有能力把一個時代跟另一個時代比較。他們記得上百萬件無用的事情，例如跟一個工友的吵架，尋找丟了的單車氣泵，一個死去很久的妹妹的表情，七十年前某個颱風的冬日早晨那捲着灰塵的旋風等等，卻看不到相關的事實。他們就像螞蟻，只看到小的，看不到大的。在記憶已經失靈、文字記錄被偽造時，在這些事情發生時，就只能接受黨所聲稱的人們的生活狀況已經得到提高，因為沒有可參照的標準，那種標準現在既不存在，以後也永遠不會再有。

這時，他的思緒突然停下來，他停下腳步張望了一下。他在一條窄窄的街道上，幾間光線陰暗的小舖雜處於居民房屋中。就在他頭頂上，吊着三個掉了顏色的金屬球，[14] 看來曾經鍍過金，他好像知道那兒的。沒錯！他正好在一間雜貨店的外面，他在那裏買過日記本。

14　三個金屬球曾是當舖的標記。

　　一陣恐懼感掠過他的心頭。買那本本子的行為本身就不夠慎重了，而且他也發過誓永遠不再來這裏，然而他讓自己的思想漫遊時，他的雙腳卻自動將他帶回這個地方。他之所以開始記日記，就是為了防止自己做出這種自取滅亡式的一時衝動行為。同時，他注意到當時雖然已經快二十一點，那間舖子卻仍開着。他覺得與其在外面留連，不如走進去少招人注意。他走進舖門，要是被盤問，他可以說是來買剃鬚刀片的，聽着還像樣。

　　舖主剛點亮一盞懸掛着的油燈，它散發出一股雖然不潔，但不算刺鼻的氣味。他也許有六十歲，身材單薄，彎腰弓背，鼻子長長的，給人和藹之感，厚厚的眼鏡片後是一雙和善的眼睛。他的頭髮幾乎全白，眉毛卻依然濃密，仍是黑色的。他的眼鏡，他那輕手輕腳、小心翼翼的舉動以及他身穿黑色絲絨舊夾克這幾個特徵，都令人隱隱覺得他有種睿智，像個搞文學的，或者音樂家。他說話輕柔，似乎很憔悴，而他的口音跟大多數無產者比起來，沒那麼土裏土氣。

　　「您還在人行道上時我就認出您了，」他馬上說，「您是來買過小姐用記事本的那位先生。那種紙可真漂亮，真的。白條紙[15]，以前是這麼叫的。現在已經不生產了──哦，我敢說有五十年沒再生產了。」他從眼鏡架上方瞄了一眼溫斯頓，「您具體還想要點兒甚麼？還是您只是隨便看看？」

　　「我路過這兒，」溫斯頓含糊地說，「只是進來看看，沒想專門要買甚麼。」

────────────

15　一種有線條水印的白色書寫紙。

「也好，」那個舖主説，「我估計也沒辦法讓您買到合適的東西。」他做了個抱歉的手勢，他的掌心是綿軟的。「您也看到是怎樣的了，一間空舖子，可以這麼説吧。這話只跟您説，古董生意差不多算是到頭了。沒人買，也沒存貨了。傢具、瓷器、玻璃，全都慢慢壞掉了。當然，金屬製品絕大多數都被回爐了，我好多年一件銅製蠟燭座也沒見過。」

舖子裏的狹小空間塞得滿滿的，但幾乎沒有一件值上一點小錢。可行走的地方小，因不計其數的畫框靠牆堆着。櫥窗裏有一碟一碟的螺釘螺母，鈍了的鉛筆刀，指針根本不動的、失去光澤的手錶，還有其他各種各樣無用的物件。只是牆角處的一張小桌子上，有一堆雜七雜八的小玩意 —— 上了漆的鼻煙壺、瑪瑙胸針之類 —— 裏面也許有些有意思的東西。溫斯頓朝那張桌子走去，他的眼睛被一個圓圓的、表面光滑的東西所吸引，它在燈光下幽幽發亮。他把它撿起來。

那是塊很重的玻璃，一面圓，一面平，幾乎是個半球。那塊玻璃在顏色和質地上，有種獨特的柔和之感，像雨水那樣。中心位置，有片被弧面放大的奇特東西，粉紅色，形狀複雜，能讓人聯想到玫瑰花或者海葵。

「這是甚麼？」溫斯頓很着迷地問道。

「那是珊瑚，是的，」那個老頭説，「肯定來自印度洋，他們把它嵌進玻璃裏，製造時間在一百多年前，不過從樣子看，還要更早。」

「是件漂亮的東西。」溫斯頓説。

「是件漂亮的東西。」那個老頭讚賞地説，「不過現在沒幾樣

東西可以這麼形容了。」他咳嗽了一下。「這樣吧，您想買的話，給我四塊錢就行了。我記得像這種東西，以前能賣到八鎊，八鎊是……唉，我算不出來了，但會是很多錢。可是如今誰又關心真正的古董？再說也沒多少古董留下來了。」

溫斯頓馬上掏四塊錢給他，把他看上的那樣東西揣進口袋。它之所以吸引他，並非有多漂亮，而在於它擁有的那種外觀，屬於跟如今這個時代很不相同的某個時代。那種顏色柔和、雨水般的玻璃跟他見過的任何玻璃都不一樣。這件東西特別吸引人的，是它顯然毫無用處，不過他猜想以前肯定是當鎮紙用的。它放在口袋裏很重，幸好還沒讓他的口袋顯得太脹鼓鼓的。對黨員來說，擁有這樣一件東西是奇怪的，甚至可以說是不正當的，凡是舊的乃至漂亮的東西，總多少會令人生疑。老頭在收錢後，顯然情緒更好，溫斯頓意識到給他三元甚至兩元他都會接受。

「樓上還有間房間您可能想看看，」他說，「裏面沒多少東西，只有幾件。我們一起上樓的話，可以拿盞燈。」

他又點亮一盞燈，彎着腰慢慢在前面帶路。走上陡峭破爛的樓梯後是一段狹窄的過道，然後進了一間房間。它不對着街，而對着一個鋪鵝卵石的院子和一片煙囪森林。溫斯頓看到裏面的傢具擺放得仍像有人住的樣子。地上鋪了一小片地毯，牆上掛着一兩幅畫，還有把又髒又破的高背扶手椅頂住壁爐放着。一座老式玻璃面時鐘在壁爐台上滴滴答答走着，鐘面分為十二格。窗戶下，一張很大的牀佔據了快四分之一的房間面積，牀上還有牀墊。

「我太太死之前我們一直住在這兒，」老頭不無歉意地說，

「我在一件一件賣傢具。那是張漂亮的紅木牀，或者說至少把上面的臭蟲弄乾淨後還算得上吧，不過我想您會覺得它有點太笨重了。」

他把燈高舉着，好照亮整個房間。在溫暖的暗淡燈光下，那房間看上去奇怪地令人嚮往。溫斯頓的腦海裏掠過一個想法，就是敢冒險的話，他大概可以一星期花幾塊錢租下這裏。這是種不可能實現的離譜想法，他剛想到就放棄了。但那房間在他心裏喚起一種懷舊的念頭，一種年代久遠的記憶。坐在那樣一間房間裏會有甚麼感覺，他好像完全明白：坐在熊熊爐火前的扶手椅裏，腳放在壁爐擋板上，擱架上還有個燒水的壺。那是種絕對獨處、絕對安全的感覺，沒人監視你，沒有聲音纏着你，除了燒水壺的響聲和時鐘悅耳的滴答聲，沒有別的聲響。

「沒有電幕！」他忍不住低聲說。

「啊，」老頭說，「我這兒從來沒那種東西。太貴，不管怎麼說，我好像從來沒覺着需要裝那個。您看那邊的牆角還有張不錯的摺疊桌，不過您要是想用桌板，當然得換上新的鉸鏈。」

另外一個牆角那裏有個小書架，吸引溫斯頓走過去，上面只有幾本垃圾書。在無產者居住的地方，對書本的查抄和銷毀做得同樣徹底。在大洋國內，幾乎不可能找到一本於一九六○年以前印刷的書。老頭仍然用手舉着燈，站在放在薔薇木畫框裏的一幅畫前，它掛在壁爐一側，正對着牀。

「呀，如果您剛好對舊版畫感興趣……」他小心翼翼地說。

溫斯頓走過去細看那幅畫。那是一幅鋼雕版版畫，畫中是一座橢圓形建築物，有着長方形的窗戶，前方還有座小塔。那座

建築的周圍還有欄杆，在它後面，還有似乎是一座雕像之類的東西。溫斯頓盯着它看了一會兒，他對之似曾相識，但不記得有那座雕像。

「畫框釘在牆上，」老頭說，「不過當然我可以給您取下來。」

「我知道那座建築，」溫斯頓過了很久才說，「現在都成廢墟了，它在正義宮外面的街道上。」

「沒錯，就在法院外面。它是在⋯⋯哦，好多年前被炸掉了。它曾經是一座教堂，名叫聖克萊蒙教堂。」他抱歉地笑了笑，像是意識到自己說了甚麼有點荒誕不經的東西。他又說：「『橘子和檸檬。』聖克萊蒙教堂的大鐘說。」

「甚麼？」溫斯頓問道。

「噢，『橘子和檸檬。聖克萊蒙教堂的大鐘說。』那是我們小時候唸的押韻詩。往下的我不記得了，不過我確實還記得結尾：『這兒有支蠟燭照着你去睡覺，這兒有把斧頭把你的頭剁掉。』是跳舞時唱的。別人把胳膊抬高讓你穿過去，唱到『這兒有把斧頭把你的頭剁掉』時，他們胳膊往下一壓就把你卡住了。只是一些教堂的名字，倫敦所有的教堂都唱到了⋯⋯也就是所有主要的教堂。」

溫斯頓在茫然想着教堂是屬於哪一世紀的。要想確定倫敦的建築物是哪個時代的總是不容易的。凡是令人讚嘆的大型建築物，如果其外貌差不多夠新，都會自動被聲稱建於革命之後，而凡是顯然建於很久以前的，都會被歸類為建於所謂中世紀的黑暗時代。資本主義的幾個世紀被認為未能產生任何有價值的東西。人們從建築上學到的歷史不會比從書本上學到的更多。雕像、銘

文、紀念碑、街道名——一切可能揭示過去的都被有系統地更改了。

「我從來不知道它以前是教堂。」他説。

「有很多留了下來，真的。」老頭兒説，「不過被用作其他用途了。哎，那首押韻詩是怎麼唸的？啊，我想起來了！

> 「橘子和檸檬。」聖克萊蒙教堂的大鐘説，
>
> 「你欠我三個法尋。」[16]聖馬丁教堂的大鐘説……

「喏，我記得的就這麼多了。一法尋，那是種小銅幣，看上去跟一分錢有點像。」

「聖馬丁教堂在哪兒？」溫斯頓問道。

「聖馬丁教堂？它還在，在勝利廣場，跟畫廊在一起。就是前面有三角形柱廊，台階很高的那幢建築。」

溫斯頓很熟悉那裏。它是個博物館，用來展覽各種各樣的宣傳性物品——火箭彈和浮動堡壘的縮微模型、展示敵人殘暴行為的蠟像造型等等。

「它以前叫做田野裏的聖馬丁教堂，」老頭補充道，「不過我不記得那一帶有甚麼田野。」

溫斯頓沒買那幅畫，它是比那塊玻璃鎮紙更不合適擁有的東西，而且不可能拿回家，除非把它從畫框上取下來。但他仍然多逗留了幾分鐘跟老頭說話，得知他的名字並不叫威克斯，人們

16　法尋（farthing）：英國舊時值四分之一個便士的硬幣。

可能根據店舖門面處的名稱便推斷老闆也叫威克斯。其實他是查林頓。查林頓先生似乎是個鰥夫，六十三歲，住在那間舖子裏已有三十年。這三十年裏，他一直想把櫥窗上的名字改過來，但從未着手去做。他們談話時，溫斯頓的心裏一直想着那首記得不清不楚的押韻詩。「『橘子和檸檬。』聖克萊蒙教堂的大鐘説。『你欠我三個法尋。』聖馬丁教堂的大鐘説！」説來奇怪，自己唸一唸時，會有幻覺，似乎真的聽到了鐘聲，那鐘聲屬於失去的倫敦，然而那個倫敦仍在此處彼處存在着，被改頭換面，也被遺忘了。從一個又一個鬼影般的尖塔那裏，他似乎聽到鐘聲在洪亮地鳴響。但就記憶所及，他在現實生活中從未聽過教堂鐘聲。

　　他告別查林頓先生，獨自走下樓梯，好讓老頭看不到他出門前，先要察看一下街道情況。他已經打好主意，再過一段適當時間，比如一個月，他會冒險再來這間舖子看一看。那也許比不去集體活動中心更危險，單是買過日記本後，不知道那個舖主是否可以信賴，又再來第二趟已經夠蠢的了，然而……

　　對，他又想，他會再回來。他會再買一些美麗而無用的東西。他會買下那幅聖克萊蒙教堂的版畫，把它從畫框上取下來，藏在工作服的上衣裏帶回家。他會從查林頓先生的記憶裏挖掘出那首詩的剩下部分。甚至租下樓上房間的瘋狂念頭也再次閃現在他腦海。也許有五分鐘時間，興奮感讓他疏忽大意了，他沒有先隔着櫥窗往外看一看，就跨上人行道。他甚至即興唱了起來：

　　　　「橘子和檸檬。」聖克萊蒙教堂的大鐘説，
　　　　「你欠我三個法尋。」聖馬丁……

　　突然，他感到五內俱寒，魂飛天外。一個身穿藍色工作服的人影正沿着人行道走過來，那時離他不到十米。是小說司的女孩，黑頭髮的那個。天色正在變暗，然而仍能毫不困難地認出她來。她在直直盯着他的臉，然後又繼續快步走着，似乎沒看到他。

　　有那麼幾秒鐘，溫斯頓嚇得不能動彈。然後他向右轉，腳步沉重地走開了，也暫時沒注意到他走錯了路。不管怎樣，有個問題算是得到了答案：那個女孩在監視他。這完全不再有疑問。她一定是跟蹤他到這裏的，如果説她在同一天晚上，跟他同樣來到離黨員住處幾公里遠的一條無名小街上只是碰巧，那就讓人無法相信，巧合得太離譜了。不管她是否真的是個思想警察的特務，或者只是個好管閒事、心理驅使的業餘偵探，説來那都無關緊要。重點是她在監視他這一點就夠了，也許她也看到他進那個酒館。

　　走路很費勁。每走一步，口袋裏那塊玻璃都撞擊他的大腿，他有點想把它掏出來扔掉。最糟糕的是他覺得肚裏難受。有那麼幾分鐘，他覺得如果不能馬上找到一間廁所，他就會死掉，但在這種地段沒有公共廁所。後來陣痛過去了，留下了隱隱的痛感。

　　那條小街是條死胡同。溫斯頓停住腳步，站了幾秒鐘，茫然地想着該怎麼辦，然後他轉身沿原路返回。轉過身後，他心裏突然想到那個女孩僅在三分鐘前跟他擦肩而過，要是跑步，也許能追上她。他可以尾隨她，一直到僻靜處，然後拿一塊鵝卵石砸爛她的腦袋，口袋裏那塊玻璃也夠重，可以一用。但他馬上放棄了

這個想法，因為想一想就需要氣力，也不可忍受。他跑不動，也沒法砸她，再說她年輕而且精力充沛，能夠自衛。他也想快些到集體活動中心去，然後待在那裏直到關門，以此作為這天晚上不在別處的部分證據。但那是不可能的，一種要命的倦怠感控制了他，他只想儘快回到家裏，坐下安靜一會兒。

他回到公寓時已經過了二十二點，二十三點半總閘就會被關掉。他走進廚房，吞下了差不多一茶杯勝利杜松子酒。然後走向淺凹處的那張桌子，坐下來並從抽屜裏拿出日記本，但他沒有馬上打開它。電幕裏傳出一把吵嚷的女聲，在嘩啦嘩啦地唱一首愛國歌曲。他坐在那裏，眼睛盯着日記本的大理石紋封面，想對那聲音充耳不聞，卻做不到。

他們會在夜裏來抓你，總是在夜裏。正確的做法是在他們來抓你之前自我了斷，無疑有些人正是這樣做的，許多失蹤事件其實都是自殺。然而在一個完全無法取得手槍以及任何速效萬靈的毒藥的世界上，自我了斷需要極大勇氣。他覺得有點驚訝，在生物學上的疼痛和恐懼，根本毫無用處。當你需要特別的能耐時，當刻的身體總是失去活力，無法反應過來，像被身體背叛了一樣。如果動作夠快，他也許能把那個黑髮女孩幹掉，然而恰恰剛才處於極度危險的境地，他失去了行動的力量。他突然想到，一個人在遭遇危機時，要與之鬥爭的，總不是外部敵人，而總是自己的身體。即使現在，即使喝了酒，腹部的隱痛仍讓他不能進行連貫的思考。他還理解到所有看來英勇的行為或慘況也都如此。在戰場上、在刑訊室，或者在一條正下沉的船上，你會忘卻跟你糾纏的事，因為軀體成了重要的問題，直到最

後成了唯一重要的問題。即使你沒被嚇癱或者痛苦地號叫，生活仍是跟飢餓、寒冷或失眠一刻不停地鬥爭，還有跟胃酸或牙疼鬥爭。

他打開日記本，重要是記下點甚麼。電幕裏的女聲開始唱起一首新歌，她的聲音像尖尖的碎玻璃一樣，插進他的腦袋。他努力回憶歐布朗的模樣，日記是為他而寫，或者說就是寫給他的，然而他開始想像思想警察把他抓走後，他將會遇到甚麼。如果他們馬上處死他倒沒關係，被處死是意料中事，但在死之前（沒人會說這些事，不過誰都清楚）一定要遍嘗招供時不可避免的一切：匍匐在地板上尖叫饒命，骨頭被打斷，牙齒被打落，頭髮一縷縷被鮮血染紅。既然總是同樣的結果，又何必非要承受這一切？為何不可以把你的生命縮短幾天或者幾星期？從未有人躲得過偵察，從未有人不招供。你控制不住犯了思想罪時，可以肯定的是某一天你必將被處死，然而為何那種甚麼都改變不了的極度恐懼，非要在未來等候着？

他又試着想起歐布朗的樣子，這次成功了一點。「我們會在沒有黑暗的地方見面。」歐布朗對他說過這種話。他知道這句話的意思，或者說自以為知道。沒有黑暗的地方就是想像中的未來，人們永遠看不到的，但如果有先見之明，就能神秘地向大家分享。因為電幕傳來的聲音在他耳邊聒噪着，他無法順着那個思路往下想。他叼着一根香煙，一半煙絲掉到他的舌頭上，那種苦澀的灰是很難再吐出的。老大哥的面龐浮現在他腦海中，取代了歐布朗的臉龐。像前幾天所做的，他從口袋裏掏出一枚硬幣看着它。那張臉往上盯着他，凝重、平靜、警覺，然而在兩撇黑色八

字鬍後，隱藏的是怎樣的微笑？像個沉重的不祥之兆，他又看到
那幾條標語：

　　戰爭即和平
　　自由即奴役
　　無知即力量

第二部

1

這天上午過了一半，溫斯頓離開小隔間去廁所。

從亮堂堂的長走廊那頭，一個人影正向他走來，是那個黑頭髮女孩。自從那天晚上在雜貨舖外面遇到她以來，已經過了四天。她走近時，溫斯頓看到她的右臂縛上繃帶，繃帶的顏色跟她工作服的一樣，所以從遠處看不出來。她大概是在轉動某台大型攪拌機時壓傷了手，小說的情節就是在那種攪拌機裏「擬出初稿」的。在小說司，這是種常見事故。

他們相距也許有四米時，那個女孩腳下跟蹌一下，幾乎是趴着摔倒了，並發出一聲痛苦的尖叫，肯定是摔倒時壓到受傷的胳膊。溫斯頓馬上停下腳步。那個女孩已跪起身，她的臉變成奶黃色，在襯托之下，她的嘴唇顯得更紅潤。她在盯着他看，她哀婉的表情看上去與其說像是出於疼痛，倒不如說是出於恐懼。

溫斯頓的心裏湧起一種奇特的情感。在他面前，是想置他於死地的敵人，但她也是個活生生的人，由於骨折，正身受疼痛。他不由自主地往前走了一步去幫助她，看到她跌倒並壓在那隻纏了繃帶的手臂上時，他似乎也感到了疼痛。「您受傷了嗎？」他問道。「沒關係，只是胳膊疼，馬上就沒事了。」她說着，似乎內心很激動，面色變得很蒼白。

「沒跌傷哪兒嗎？」

「沒有，我沒事。只會疼一陣子，不要緊。」

她向溫斯頓伸出沒縛繃帶的左手，他拉着她站了起來。她的氣色恢復了一點，看上去好多了。

「沒關係，」她很快又重複道，「手腕被撞到一下罷了。同志，謝謝您！」

她說完就順着原先走的方向繼續往前，走得一樣輕快，似乎真的沒甚麼，整件事前後不過半分鐘。不在臉上流露表情已成了本能，再說這件事發生時，他們正好站在電幕前。然而不流露片刻驚訝仍然很困難，因為在他拉着那個女孩的手，幫她站起身的兩三秒內，她往他手裏塞了一件甚麼東西，毫無疑問，她是故意那樣做的。那是個又小又平的東西，走過廁所門時，他把它放到口袋裏，用指尖摸着它。那是張摺成四方形的紙。

站在小便池前時，他還是用手指摸索着，並把它打開。顯然上面應寫着甚麼信息。有那麼一陣子，他忍不住想把它拿進廁格，馬上看看寫的是甚麼，但那會是種蠢不可及的行為，他也很明白也很有把握地說，跟別的地方相比，廁格裏是無時無刻被監視着的。

他回到自己的小隔間坐了下來，隨隨便便把那張紙片跟別的紙片放在一起，然後戴上眼鏡把口述記錄器拉向自己。「五分鐘，」他對自己說，「至少要等五分鐘！」他的心臟在胸膛裏可怕地撲通撲通跳動着，幸好他要做的工作只是一般性的，也就是改正一大串數字，不需要特別專心。

不管那張紙上寫的是甚麼，它一定具有政治意義。就他所

能想到的，有兩種可能，第一種可能性最大，就是那個女孩是思想警察的特務，正如他擔心的那樣。他不明白思想警察怎麼會選擇以這種方式傳遞信息，但可能他們自有理由。紙上寫的可能是個警告，一個傳喚令，要求他自殺的命令，某種陷阱。然而還有另外一種可能，那總出現在他的腦子裏，那更離譜，他想把它壓下，卻總是徒勞。可能那張便條根本不是來自思想警察，而來自某個地下組織。也許兄弟會真的存在！也許那個女孩就是其中一員！毫無疑問，這個想法荒誕不經，但在他摸到手裏那片紙的一刻，他腦子裏就冒出了這一想法。幾分鐘之後，他才想到更接近事實的另一個解釋。即使是現在，雖然他的理智告訴他那張便條可能意味着死亡——然而他仍不相信，他那不能解釋的希望仍然存在，心臟也在劇烈跳動。他對着口述記錄器低聲說話時，盡力控制自己，不讓聲音發顫。

他捲起已經完成的一疊工作材料，投進了氣力輸送管。已經過了八分鐘。他推了推鼻上的眼鏡，嘆了口氣，然後把另外一堆工作材料拉過來，那片紙就在最上。他展平它，紙上用很大的、不規則的字體寫着：

我愛你。

有那麼幾秒鐘，他震驚得不能立即把這種足以定罪的東西扔進記憶洞。他真的扔掉時，雖然明白表現出對此有太大興趣是危險的，但還是忍不住又看了一眼，只是為了肯定上面寫的確實是那幾個字。

在上午剩餘的時間裏，他很難專心工作。要掩飾自己激動的心情，不讓電幕得知，比專注去幹那些瑣碎的工作還要困難。他感到腹內猶如火燒。而這時要他去熱氣騰騰、人頭湧動、聲音嘈雜的食堂裏吃午餐，根本就是一種折磨。他希望午餐時間能獨自待一會兒，可倒霉的是那個蠢貨帕森斯又躥過來坐到他旁邊，他身上那股刺鼻的汗味幾乎蓋過了燉菜的鐵鏽味，他還在滔滔不絕地說着為仇恨週作準備的事。他對於老大哥的紙製頭像特別熱心，頭像的直徑有兩米寬，是他女兒的偵察隊中隊專門為仇恨週而製作的。煩人的是，在喧鬧嘈雜的說話聲中，他幾乎聽不見帕森斯在說甚麼，所以要不時請他重複他那愚蠢的話。那時，他第一次看到那個黑髮女孩，跟另外兩個女孩坐在食堂盡處的一張桌子前。她好像沒看到他，他也沒再往那個方向看。

下午還好，午餐時間一結束，就來了件棘手的複雜工作，要費上幾個小時來處理，而且需要將其他別的事情都放在一邊。此項工作包括偽造一系列兩年前的生產報道，以此來歸罪於一個如今失了寵的內黨要員。這種事情是溫斯頓擅長做的。在超過兩小時的時間裏，他成功將那個女孩完全置於腦後。接着她的臉龐又出現在他的記憶裏，隨之而來的，是種不可忍受的強烈渴望，他想獨自待着。除非他能這樣，否則不可能琢磨這種新情況。這天晚上他要在集體活動中心度過，在狼吞虎嚥地又吃了食堂裏一餐無味的飯菜後，他趕緊去活動中心，參加了看似嚴肅、其實愚蠢的「討論組」，玩了兩局乒乓球，喝了幾杯酒，聽了半小時名為「英社與象棋」的講座。他心裏煩得要命，但是第一次沒有衝動想要躲過呆在活動中心一晚。看到「我愛你」那幾個字時，他心

裏湧起了活下去的渴望，突然覺得這刻去冒小險，意圖躲過活動中心的晚間活動，實在愚蠢。直到二十一點，他已經回到家裏，並躺到牀上。在黑暗中，只要保持默不作聲，便可以不受電幕的監控，他才能進行連貫的思考。

如今有個需要解決的實際問題：怎樣跟那個女孩安排一次會面。他不再考慮她可能是為他設下陷阱的問題，他知道沒這種可能，因為在遞紙條給他時，她無疑情緒激動，顯然已經嚇得六神無主，對她來說這亦在情理之中。他根本沒想過拒絕她的主動。僅僅五天前的晚上，他還想拿塊鵝卵石砸爛她的腦袋，不過那不重要。他想起她那赤條條、朝氣蓬勃的年輕軀體，正像夢中所見。他曾把她想像成和別人一樣的蠢貨，腦袋裏塞滿了謊言和仇恨，長着一副鐵石心腸。那刻他很害怕自己可能會失去她，害怕那具白色而年輕的軀體會從他身邊溜走！他最擔心的是，如果不儘快跟她聯繫，她可能會改變主意。但是安排見面的具體困難太大，就像下棋時，在已被將死的情況下如何再走一步。不管轉向哪裏，電幕總是面對着你。實際上，他讀過那張紙條後的五分鐘內，就在想能跟她取得聯繫的所有辦法。如今他有時間思考，他再次重複想一遍，就如把一排工具攤放在桌子上一樣。

顯然，像上午那種在路上偶遇的事件不能再出現。她也在檔案司工作的話，問題還可能相對簡單，但溫斯頓對小說司在樓上哪一層只有很模糊的印象，而且沒有去那裏的藉口。要是知道那個女孩在哪裏住以及何時下班，可以設法在她回家路上的某個地方跟她見面，但尾隨她回家的做法不安全，因為那意味着在真理部外面遊蕩，必定會引人注意。至於通過郵局寄一封信則根本

不可能，那照例根本無密可保，因為所有信件在郵寄途中都會被拆看。實際上只有很少人會寫信，偶爾需要傳遞信息的話，有種印有一大串短語的明信片可以購買，只需筆劃去不適用的短語便可。再說他也不知道那個女孩的名字，更不用說她的地址。最後，他認為最安全的地方是食堂。如果他能夠在她獨自一人時坐到她那張桌子前，而那桌子要在食堂中間，不要太靠近電幕，周圍還要有聲音夠大的談話聲，如果這些條件能維持半分鐘，他們就能談上幾句。

此後一星期，生活如同煩躁的夢境。第二天，直到他要走時，她才到食堂，哨聲已經響起來了，大概她被調到較晚的另外一班。擦肩而過時，他們並未互相察看。第三天，她在平常時間到達食堂，不過是跟另外三個女孩坐在一起，而且正好在電幕下。接下來是極其難熬的三天，她根本沒出現。他的身心都好像被一種無法忍受的敏感度折磨，幾乎甚麼也不能掩飾，他的每個舉動、每個聲音、每次接觸，以至說出或聽到的每句話，都令他痛苦不堪。就連在睡夢中，溫斯頓也無法完全忘記她的模樣。那幾天裏，他沒碰日記。如果有甚麼能讓他得到解脫，那就是工作，他有時可以一口氣忘我地工作達十分鐘之久。溫斯頓完全不知道她是甚麼回事，也無處可問。她也許已被蒸發了，也許已經自殺，也許已被發配到大洋國的另一端，而在所有的可能性中，最糟糕也是最有可能的，是她也許只是改變了主意，決定躲開溫斯頓。

最後，那個女孩又出現了。她的胳膊上不再繫着繃帶，而是在手腕處貼了塊膠布。看到她令溫斯頓如釋重負，以至於忍不住

直直盯着她看了幾秒鐘。第二天，溫斯頓幾乎可以跟她説話了。他走進食堂時，那個女孩坐在離牆很遠的一張桌子前，只有她一個人。當時還早，食堂裏的人不太多。領午餐的隊伍向前緩慢移動着，溫斯頓幾乎排到櫃枱前時，被耽擱了兩分鐘，因為他前邊的某個人抱怨沒收到糖精。溫斯頓拿到他的一盤飯菜後，那個女孩仍獨自坐在那裏。溫斯頓裝作漫不經心地向她走去，眼睛也裝着在她那張桌子以外找地方。和她的距離可能有三米，只用兩秒鐘就能走到她的位置。正在此時，溫斯頓身後有人在喊：「史密斯！」他裝作沒聽見。「史密斯！」那人又喊了一聲，聲音更大了。沒辦法。他轉過身，一個髮色金黃、一臉蠢相的小伙子在叫他，他叫威舍爾，跟溫斯頓只是點頭之交，這個小伙子正笑容滿面地邀請他坐到他那張桌子的空位上。拒絕他並非安全之舉，被認出後，溫斯頓不能再跟獨自坐着的那個女孩坐到一起，那太引人注目了。他臉上帶着友善的笑容坐到小伙子的桌前。那個金髮小伙子的一張蠢臉正對着他笑，溫斯頓真想拿一把鶴嘴鋤擊打那張臉。幾分鐘後，那個女孩所坐的桌子前就坐滿了人。

但她肯定看到溫斯頓曾經向她走去，也許會理解那是種暗示。第二天，溫斯頓特意早些到食堂。沒錯，她差不多在同樣位置的一張桌子前坐着，還是一個人。剛好排在他面前的那個人是個身材矮小、走路很快、長得像甲蟲的男人，他臉扁，眼睛極小，看來很多疑。溫斯頓拿着托盤從櫃枱轉身時，看到矮個子男人正向那個女孩坐的桌子筆直走去。他的希望再次沉下去了。遠處有張桌子上有個空位，從矮個子男人的走路姿勢來看，他肯定會為了自己舒服而選擇人最少的桌子。溫斯頓跟在他後面，心裏

有種冰冷的感覺。沒用，除非他能單獨跟那個女孩在一起。此時一聲巨響，矮個子男人突然四肢着地趴到地上，他的托盤飛得老遠，湯水和咖啡流淌了一地。他開始站起身，一面狠狠瞪了溫斯頓一眼，顯然懷疑是溫斯頓絆倒了他。不過沒關係，五秒鐘後，溫斯頓坐到那個女孩所坐的桌子前，他的心臟在猛烈跳動着。

　　他沒看她，而是馬上攤開托盤裏的午餐吃了起來。重要的是要趕在別人到來前馬上開口説話，但在這時，他陷入極度恐懼。從她首次接近他以來已經有一個星期了，她會改變主意，她一定是改變了主意！這種事不可能有甚麼結果，現實生活中不會發生。要是沒看到安普福斯，那位耳朵上長着很多汗毛的詩人，端着托盤沒精打采地踱來踱去想找地方坐，他可能會臨陣退縮，一句話也不説。安普福斯莫名其妙地對溫斯頓有好感，要是讓他看到，他肯定會過來坐到這張桌子前。也許只有一分鐘可以行動。溫斯頓和那個女孩都在慢吞吞地吃飯，他們吃的是稀稀的燉菜，其實是菜豆湯。溫斯頓低聲説起話來。他們兩人都沒有抬頭，而是不緊不慢用勺子把那種全是水的玩意兒舀到嘴裏。一勺勺吃着的間隙，他們不動聲色地低聲交談，説了幾句必要的話。

　　「你甚麼時候下班？」

　　「十八點半。」

　　「我們去哪兒見面？」

　　「勝利廣場，紀念碑旁。」

　　「那兒到處是電幕。」

　　「人多就沒關係。」

　　「用不用信號？」

「不用。除非你看到我在很多人中間，否則別走到我跟前，也別看我，在我附近就行了。」

「甚麼時候？」

「十九點。」

「好吧。」

安普福斯沒看到溫斯頓，他在另外一張桌子前坐了下來。兩人沒有再說話。如今仍然只有他倆面對面同坐，但他們互相迴避視線。那個女孩很快吃完午餐走了，溫斯頓沒走，他抽了一根煙。

溫斯頓在約定時間趕到了勝利廣場，他在那根有凹槽的巨型圓柱基座附近來回走着。那根圓柱的頂端，老大哥的雕像凝視着南方的天空，第一空降場之戰中，他在那裏擊落過歐亞國的飛機（幾年前是東亞國的）。圓柱前的那條街上，有座騎在馬背上的雕像，應該是奧利佛·克倫威爾。[1]十九點已經過了五分鐘，那個女孩還是沒出現。溫斯頓又陷入極度恐懼中。她不會來了，她改變了主意！他緩緩向着廣場北邊走去，他認出聖馬丁教堂而感到一絲愉悅。那座教堂仍有大鐘時，曾經鳴響：「你欠我三個法尋。」就在這時，他看到那個女孩站在紀念碑基座上，在讀着或者假裝讀着貼在圓柱上的海報。人還沒多起來就接近她是不安全的，教堂柱廊頂上的三角楣飾到處都裝有電幕。但就在那時，左邊某個地方傳來人們的喊叫聲和重型汽車隆隆駛過的聲音。突然，人們

1　奧利佛·克倫威爾（Oliver Cromwell）：英國軍人、政治家、獨立派領袖。內戰時率領國會軍隊戰勝王黨軍隊，處死國王查理一世，任英格蘭、蘇格蘭及愛爾蘭護國公。

好像都跑過廣場，那個女孩也急忙敏捷地繞過獅子雕塑加入奔跑的人羣中，溫斯頓跟在她後面。奔跑時，從人們的大喊大叫中，得知有一列裝着歐亞國俘虜的車隊正經過。

廣場南側已人頭湧動。一般情況下，每次混亂的人羣中，溫斯頓都會自然而然地被擠到外圍，這次他扭動身體往人羣中間一點點擠過。不久，他跟那個女孩的距離就只有一臂之遙，卻被一個膀闊腰圓的無產者和一個跟他身材相近的女人擋住去路，那兩人想來是夫妻，他們好像形成了一堵不可穿越的血肉之牆。溫斯頓向旁一點點地挪着，想把肩膀擠到那兩人中間。有那麼一陣子，他擠在那兩個強健的臀部中間，他覺得自己的內臟好像被壓成肉漿。他終於擠過去了，出了點汗。他終於站到那個女孩的旁邊，他們肩並肩站着，眼睛都直盯前方。

一長列卡車在街上緩緩駛過，車廂四角都有個面無表情、手握衝鋒槍的看守立正站着。車廂內蹲着一些身穿破舊的綠色軍裝的矮個子黃種人。他們緊緊擠在一起，而他們那帶着苦相的蒙古人面孔往卡車兩邊盯着，一點好奇的樣子也沒有。卡車搖晃時，不時能聽到金屬的叮噹撞擊聲，因所有俘虜都戴着腳鐐。一卡車一卡車愁苦的面孔過去了，溫斯頓知道他們在車上，但他只是有一眼沒一眼地看着。那個女孩的肩膀，還有右上臂，都緊貼在他的肩膀和手臂上。她的臉頰和他貼近得幾乎能讓他感受到她的氣色。像在食堂那次一樣，她馬上掌握局勢，開始用上次那種不動聲色的聲音説話，嘴唇幾乎沒動，而只是種咕咕噥噥的聲音，容易淹沒在鼎沸的人聲和卡車聲中。

「你能聽見我説話嗎？」

「能。」

「你星期天下午可以休息嗎？」

「可以。」

「那你好好聽着，一定要記住。去帕丁頓車站……」

她以一種讓他吃驚的軍事式精確描述着他要怎樣去到那車站，好像她腦袋裏有張地圖。坐半小時火車，在車站外向左拐，走兩公里的路，穿過一道沒橫樑的大門，走過一條野地裏的小路、一條長滿荒草的小徑和一條灌木叢間的小道，然後到了一棵長着苔蘚的死樹前。「你全記住了嗎？」她最後低聲問道。

「記住了。」

「你先向左轉，然後向右轉，再向左轉。那道大門沒了橫樑。」

「記住了，甚麼時候？」

「十五點左右。你可能得等一會兒，我要走的是另外一條路。你肯定都記住了嗎？」

「對。」

「那你趕快離開吧。」

她沒必要對他說這個，然而當時他們無法從人羣中脫身。卡車還在隆隆駛過，人們仍在不滿足地張着嘴觀看。一開始有零星的幾聲噓聲，但那只是人羣中的黨員發出的，很快就沒有了。人們主要是好奇。外國人，不管來自歐亞國或是東亞國的，都是種陌生的動物。除了以俘虜的樣子出現，幾乎一個也沒見過，就算是俘虜，也只能短暫地掃上一眼而已。除了那麼幾個被作為戰犯絞死，大家從來不知道別的俘虜的下場如何，他們只是消失

了而已，大概進了勞改營。蒙古人的圓面孔之後，是更為歐洲化的面孔，骯髒、滿面鬍鬚、神情疲憊。那一雙雙眼睛從滿是鬍渣的顴骨上方盯着溫斯頓，有時奇怪而專心地看着他，然後望向別處。車隊快過了，最後一輛卡車上，他看到一個上了年紀的人，他濃密的灰色頭髮披散在臉前，直挺挺地站着，手腕在身前交叉，好像他習慣了雙手被綁在一起。幾乎已經到了和那個女孩分手的時間，但在最後一刻，當人羣將他們重重包圍時，她的手摸到了他的，並緊握了一小會兒。

那不可能有十秒，然而他們的手好像握緊了很久，讓他得以認識她手上的每一個細節。他摸索着她那長長的手指、勻稱的指甲、因為幹活而長滿老繭的手掌、腕部下光滑的肌肉等等。儘管只是用手摸，但差不多等於眼睛也看到了。與此同時，他想到他不知道那個女孩的眼睛是甚麼顏色的，很可能是褐色的，不過黑頭髮的人有時會長着藍眼睛。轉過頭看她會是蠢不可及的舉動。他們的手仍緊扣在一起，在擁擠的人羣中並不引人注目。他們平靜地望向前方。反而那個上了年紀的俘虜的眼睛，在一頭亂髮中悲傷地注視着溫斯頓。

2

　　溫斯頓沿着小徑一路走來，穿過斑駁的光影。每當頭頂上的樹枝分開，他便如踏在黃金水窪上。左邊的樹林下，盛開着欲迷人眼的藍鈴花。微風像在親吻他的皮膚。這天是五月二日，從樹林裏更深的地方，傳來了斑鳩的咕咕叫聲。

　　他來得有點早，一路走來沒費甚麼事。那個女孩顯然經驗豐富，他因此沒那麼提心吊膽，他大概可以相信她能找到一個安全的地方。你不認為在鄉下就一定比在倫敦安全得多。當然鄉下沒有電幕，可是總有危險，不知道哪裏隱藏着收音器，你的聲音會被收取並辨認出來。再者，一個人出遠門難以不被注意。一般外出範圍不超過一百公里，不需要在通行證上簽註，但有時候火車站會有巡邏隊，他們會檢查在那裏看到的任何一個黨員的證件，還會問些難以回答的問題。但這次巡邏隊沒出現。走路離開火車站時，他小心翼翼地往後瞟，確定無人跟蹤。火車上坐滿了無產者，因為夏天天氣的緣故，車上一片歡樂的氣氛。他所乘的那節木板座位的車廂裏，滿滿地坐了一個大家庭的所有成員，從牙齒掉光的曾奶奶到一個月大的嬰兒，他們要花一整個下午去鄉下看望他們的「姻親」，還無所顧忌地跟溫斯頓說他們要去黑市買點牛油。

　　那條小徑變闊了，溫斯頓很快就走上那個女孩跟他說過的人行小道，那只是條夾在灌木叢間趕牛時走的小道。他沒有手錶，但是相信還不可能到十五點。腳下的藍鈴花繁茂得不免要踩到，他跪下來採摘一些，一半是為了消磨時間，而且莫名地希望見面時能把花送給那個女孩。他已經採了一大束。他正聞着那隱約的難聞氣味時，背後的一聲響動讓他突然停了下來，沒錯，那是腳踩在樹枝上的咔嚓聲。他繼續採摘藍鈴花，這是最好的做法。可能是那個女孩，也可能他到底還是被跟蹤了，四處張望是作賊心虛的表現。他採了一朵又一朵。有隻手輕輕搭在他的肩膀上。

　　他抬起頭，是那個女孩。她搖搖頭，顯然是警告他必須保持沉默，然後她撥開灌木叢，領他沿一條窄窄的小道往樹林深處走去。顯然她以前來過這裏，因為她走路時似乎能避開濕軟的地方。溫斯頓跟着她，手裏還緊握着那束花。他的第一下感覺是鬆了口氣，不過當他看着走在前面的她那強壯苗條的身體，那條鮮紅色飾帶緊得剛好能將她臀部的曲線顯現出來，自慚形穢的感覺卻沉重地壓在他的心頭。如果現在，她轉身看他，很可能她仍會完全退卻。宜人的微風和樹葉的綠意令他氣餒。從火車站走過來，五月的陽光已經讓他感覺自己身上挺骯髒，而且上氣不接下氣，呼吸困難。他是種室內動物，倫敦那混合着煤煙的空氣已經滲進他的皮膚毛孔。他想，可能直到現在，她大概仍然沒有在光天化日下看過他。他們走到她說過的那棵倒下的樹幹。那個女孩跳過樹幹，撥開灌木叢走進內，那裏不像個入口。溫斯頓跟着她走過去，發現他們站在一片天然形成的空地上，小小的土墩上長

滿了青草，周圍是高高的小樹，把該處完全封閉起來。那個女孩停下腳步，轉過身。

「到了。」她說。

他離她幾步看着她，還是不敢向她靠近。

「我在那條小路上不想說話，」她又說，「以防那兒藏有收音器。我估計不會，不過也有可能，那些豬玀裏的誰總有可能認出你的聲音。我們在這兒沒事的。」

他仍然沒勇氣接近她。「我們在這兒沒事的。」他愚蠢地重複她的話。「對，你看那些樹。」那是細細的白蠟樹，一度被砍掉了，後來又長成一帶小樹林，一律比手腕還細。「沒有一棵粗得可以藏進收音器，再說我以前也來過這兒。」

他們只是在沒話找話。這時他向她走近，她在他面前直直站着，臉上帶着微笑，看上去有一絲嘲弄的樣子，似乎在納悶他為何行動這樣慢。藍鈴花散落在地上，像是自己掉下去似的。他握住她的手。

「你相信嗎？」他說，「直到這會兒，我還不知道你的眼睛是甚麼顏色的呢。」褐色的，他注意到了，是一種很淡的褐色，眼睫毛是黑色的。「你現在看到了我的真實長相，你受得了嗎？」

「能，這不難。」

「我三十九歲了，有個無法擺脫的老婆，患靜脈曲張潰瘍，而且有五顆假牙。」

「我根本不介意。」那個女孩說。接着，也難說是誰採取主動，她在溫斯頓的懷裏了。一開始，除了完全不敢相信，溫斯頓沒有別的感覺。那具年輕的軀體在緊摟着他，濃密的黑髮貼着他

的臉龐。好極了！她轉過臉龐，他在親吻那兩片張開的紅嘴唇。她緊摟着溫斯頓的脖子，她在叫他寶貝、心肝和愛人。溫斯頓拉着她，讓她躺在地上。她沒有一絲反抗，他想對她怎麼樣都行。但此刻溫斯頓沒甚麼性慾，只想有單純的接觸，他只感到驕傲和難以置信。溫斯頓因為發生了這件事而感到高興，然而沒有肉體上的慾望。它發生得太快了，她的年輕和美貌嚇壞了他，他過分習慣於沒有女人的生活，他不知道因為甚麼。那個女孩自己站了起來，從頭髮上扯下一朵藍鈴花。她挨着溫斯頓坐着，手臂摟着他的腰。

「沒關係，親愛的，不用急，整個下午全是我們的。這兒是不是個特別棒的藏身地？我是在一次集體遠足迷路時找到的。有人來的話，隔着一百米就能聽到。」

「你叫甚麼名？」溫斯頓問道。

「茱莉亞，我知道你的名字，溫斯頓，溫斯頓・史密斯。」

「你是怎麼知道的？」

「我想在查清事情方面，我比你強一點，親愛的。告訴我，我塞給你那張紙條前，你是怎麼看我的？」

「我極不喜歡看到你，」他說，「想對你先姦後殺。就在兩星期前，我就認真想過用一塊鵝卵石砸爛你的頭。你要是真的想知道，我想過你跟思想警察有聯繫。」

那個女孩開心地笑了起來，顯然把這句話當成對她偽裝高明的稱讚之語。

「不是吧，思想警察！你不是真的那樣想吧？」

「這個嘛，也許不是完全那樣想。但從你的總體外表……只

是因為你年輕、朝氣蓬勃、身體健康，你也明白⋯⋯我以為你大概⋯⋯」

「你以為我是個好黨員，言行純粹，旗幟、遊行、標語、比賽、集體遠足，都是幹那些事。你還以為我要是有那麼一丁點機會，就會把你當做思想犯揭發出來，把你消滅，對不對？」

「對，就是那些。許多年輕女孩都那樣，你也知道。」

「都是這個混蛋玩意鬧的。」她說着把那條青少年反性同盟的鮮紅色飾帶扯下來，扔到一根樹枝上。這時，她好像碰到自己的腰而讓她想起甚麼，她從工作服口袋裏掏出一小片巧克力，把它掰成兩塊，一塊遞給了溫斯頓。在他接過之前，他就從氣味上判斷出那是種很少見的巧克力。它是黑色的，而且有光澤，用銀紙包着。常見的巧克力是淡褐色和易碎的，味道正如人們所描述的那樣，像燒垃圾的氣味。但他知道以前，他嚐過那種巧克力的味道。這一次聞到它的香氣，喚起了他心裏某種無法確定的記憶，那種記憶深刻而令人不安。

「你從哪兒搞到這玩意？」他問道。

「黑市。」她漫不經心地説，「其實我就是那種女孩，你看好了。我擅長玩遊戲。我在偵察隊當過中隊長。我一星期三個晚上為青少年反性同盟當義工，在倫敦到處派發寫滿他們那些蠢話的單張，一派就是幾小時。遊行時，我總是舉着橫幅的一端，總是看上去精神愉快，從來不推辭甚麼。永遠要跟大家一起大喊大叫，我說的就是這個意思，這是保護自己的唯一方法。」

那一小片巧克力已在溫斯頓的舌頭上融化了。它的味道很可口，那種記憶卻仍然在他的意識邊緣游移着，感覺強烈，但無

法還原成一種明確的形象，如同眼角看到的東西一樣。他把這種感覺從心裏推開，只知道那是關於某個行為的記憶，他想彌補那個行為的後果，卻做不到。

「你很年輕，」他説，「比我年輕十到十五歲，怎麼會覺得我這樣的男人有吸引力呢？」

「跟你的面容有關，我覺得我要冒冒險。我在發現誰是與眾不同的人這方面很在行。一看到你，我就知道你是跟他們作對的。」

他們，她的意思似乎是指黨，首先指內黨。她談論起他們時，帶着不加掩飾的嘲笑和仇恨，讓溫斯頓感覺不安，即使他知道不會有別的地方比這裏更安全。令他震驚的是她的語言很粗鄙。按説黨員不應該説髒話，溫斯頓自己也很少説，不管怎麼樣，而茉莉亞好像每次提到黨 —— 特別是內黨 —— 的時候，就不能不用上在污水遍地的小巷牆壁上用粉筆寫的那種話。對這點，他並非不喜歡，那只不過是她對黨及其種種行徑反感的一種表示，而且不知為何，顯得自然又健康，如同一匹馬在聞到不佳的飼料時，打了個響鼻一樣。他們已經離開那片空地，在光影斑駁的樹蔭下散步。只要位置足夠能並肩走着，他們便搭着對方的腰慢走。他留意到她的腰部沒了那條飾帶後有多柔軟。他們一直在壓着嗓門悄聲説話，茉莉亞説在空地外最好悄悄走路。不久，他們到了小樹林的邊緣，她叫他別再往前走。

「別走到空地上，可能有誰在監視，待在樹後就沒事。」

他們站在榛樹叢的樹蔭下，陽光經過無數樹葉的過濾照在他們臉上，仍然感覺火辣辣的。溫斯頓看着那邊的原野，奇怪地

心裏漸漸有了種震驚的感覺。他知道這個地方。這個古老而乾枯的牧場，有條行人小徑蜿蜒穿過其中，那裏到處都有鼴鼠丘。對面那參差不齊的樹籬，榆樹枝在微風下擺動，樹葉也在微微顫動，像女人的秀髮。他肯定附近某個地方有條小溪，還有個鰷魚在其中游着的綠色池塘。只是看不見而已。難道沒有嗎？

「附近有小溪嗎？」他低聲説。

「沒錯，那邊有一條，就在那塊地的旁邊。裏面有魚，很大的魚。能看到魚就浮在柳樹下的池塘裏，擺着尾巴。」

「那就是黃金鄉了 —— 大概是。」他喃喃地説。

「黃金鄉？」

「沒甚麼，真的。就是我有時候會夢到的地方。」

「你看！」茱莉亞説。

一隻畫眉飛到離他們不到五米的一根樹枝上，幾乎跟他們的臉在同一高度。也許牠沒看到他們，牠在太陽下，他們則在樹蔭下。牠張開翅膀，又小心收好，接着猛然把頭低下一會兒，似乎在向太陽行禮。接着，牠開始啼唱。午後的靜寂中，鳥啼聲大得令人驚異。溫斯頓和茱莉亞緊緊摟抱在一起，着迷地聽着。那啼唱聲沒完沒了，唱了一分鐘又一分鐘，變化無窮，令人驚訝，而且一次也沒重複，好像那隻小鳥在從容展示牠的完美技巧。有時牠停了幾秒，展開翅膀然後又收起，接着又鼓起牠有斑點的胸部唱起來。溫斯頓看着牠，隱隱有種敬畏之心。那隻鳥是為誰、為何而啼唱？沒有求偶對象，也沒對手在看着牠。是甚麼讓牠落腳到這片偏僻的樹林，然後向着空曠之處啼唱起來？他懷疑附近哪裏到底還是藏了個收音器。他和茱莉亞只是在悄聲説話，收音

器收不到音，卻會收到畫眉的啼叫。也許在設備的另一端，某個長得像甲蟲的矮小男人正專心地聽着。漸漸，那不絕的啼唱聲讓他的思慮都忘卻了，它像種液體似的，混和樹葉下的陽光，全傾瀉到他身上。他停止思考，只去感覺。那個女孩的腰部在他臂彎裏感覺柔軟溫暖。他把她的身子轉過來，好讓他們面對面。她的身體好像融進了他的，不管溫斯頓把手放到哪兒，她的身體都像隨物賦形的水一樣。他們久久吻在一起，跟他們早前笨拙地親吻很不一樣。吻後，他們都深深嘆了口氣。那隻鳥兒受到驚嚇，翅膀一振便飛走了。

溫斯頓把嘴唇貼近她的耳朵。「現在。」他悄聲説。

「別在這兒。」她也悄聲説，「回到那個別人看不到的地方，安全些。」

他們很快又穿過樹林，回到那片空地，偶爾會踩斷一兩根小樹枝。走到小樹環繞的空地後，她轉身面對着他。他們都呼吸急促，她的嘴角卻又現出微笑。她站在那裏看了溫斯頓好一會，然後摸到自己工作服上的拉鏈上。真是好極了！幾乎跟溫斯頓的夢境一模一樣，幾乎跟他想像的一樣迅速，她一把扯下衣服。當她把衣服扔到一旁，那動作如他所想一樣優雅無比，彷彿一種文化教化也全被摧毀了。她的軀體在太陽地裏閃着白色光芒。他的眼睛緊盯着那張有雀斑的臉龐，上面帶着淡淡的、無所顧忌的笑容。他跪下，握住了她的手。

「你以前也這麼嗎？」

「當然，幾百次……噢，幾十次總有了吧。」

「跟黨員？」

「當然，總是跟黨員。」

「跟內黨黨員？」

「不，跟那些豬玀，從來沒有。不過如果我願意贈予半分機會，他們當中或者有很多人都會來，他們可不如裝扮的那樣神聖。」

溫斯頓的心臟猛烈跳動起來。她已經做過幾十次了，他希望會是幾百次、幾千次。凡是暗示墮落的事，總讓他的心裏充滿狂想。天曉得，也許黨已經是金玉其外，敗絮其中，對艱苦生活和克己奉公的極力鼓吹，只是為了掩蓋罪惡的假象。如果溫斯頓能令他們許許多多的人染上麻風或梅毒，那他會極其願意去做！凡是能起腐化、削弱和破壞作用的事情都行！他把茱莉亞拉了下來，他們面對面跪着。

「聽着，你有過的男人越多，我就越愛你。你明白我的話嗎？」

「明白，完全明白。」

「我恨純潔無瑕，我恨品質優良！我不想看到任何地方存在任何德行，我想看到人們都墮落到骨子裏。」

「這樣的話，我應該是適合你的，親愛的，我墮落到骨子裏。」

「你喜歡做嗎？我不是說跟我做，而是說這件事情本身。」

「極其喜歡。」那是他最想聽到的，不僅愛某個人，而且是那種動物本能，那種簡單的、人人皆存的慾望，那是種能將黨摧毀於無形的力量。他把她壓倒在草地上，就在掉落的藍鈴花中間。這次不再如以往般遇上困難。不久，他們的呼吸恢復到正常

頻率。帶着愉快的無助感，他們的身體分開了。他伸手把扔在一旁的那件工作服拉過去給她蓋上一點。他們幾乎馬上就睡着了，睡了差不多半個小時。

　　溫斯頓首先醒來，他坐起來看那張長有雀斑的臉龐。她仍在安詳地睡覺，頭枕在手掌上。除了嘴唇，她不能説漂亮。仔細看的話，能看到她眼角有一兩道皺紋。她一頭短短的黑髮特別濃密，特別柔軟。他想起自己仍不知道她姓甚麼，住在哪裏。

　　那年輕強壯的軀體此刻正無助地睡着，在他心裏喚起一種憐憫，要保護她的感情。但他在榛樹下聽畫眉唱歌時所感受到的那種單純的親切感卻沒有重現。他把她的工作服拉開，仔細看着她那光滑的白色腰腹。他想，過去男人看女人的軀體，覺得還挺性感的，然後就完了，沒有下一步行動。但如今卻既沒有純粹的愛，也沒有純粹的肉慾，沒有一種情感是純粹的，因為一切都混合了恐懼及仇恨。他們的擁抱就是場戰鬥，高潮就是勝利。是向黨的一擊，是種政治行為。

3

「這地方我們還可以再來一次，」茱莉亞說，「藏身處通常用兩次還安全，不過當然要隔上一、兩個月。」

她一醒來，舉止立刻變了個樣，變得機警而且有條理。她穿上衣服，把那條鮮紅色飾帶在腰間打了個結後，就開始安排回去怎麼走。把這些留給她安排好像很自然。她顯然有種機變處事的能力，是溫斯頓所缺乏的。茱莉亞似乎對倫敦周圍的鄉下瞭如指掌，那積累自無數次集體遠足。茱莉亞跟他說的回家路線跟他來時走的很不一樣，他要在另外一個火車站下車。「回家時走的路，永遠不要跟出來時同一條。」她好像在宣佈一條重要的基本原則。她會先走，溫斯頓等半個小時後再走。

茱莉亞說了個他們下班後可以見面的地方，是在四天後。那裏位於貧民窟，有個露天市場，一般情況下總是熙熙攘攘、人聲鼎沸。她會在攤檔間遊逛，裝着在找鞋帶或者縫衣線。如果茱莉亞認為平安無事，會在他走近時搔一下鼻子，否則他就和她擦肩走過，裝作互不相識。但如果運氣好，他們可以在人羣中談上一刻鐘，安排下次會面。

「現在我要走了。」溫斯頓明白指示後，茱莉亞就說，「我應該在十九點半回去，我一定要在青少年反性同盟那裏花兩小時，

要麼派發傳單，要麼幹別的事。是不是很混蛋？請你幫我把身上拍一拍。我頭髮裏有沒有小樹枝？你肯定嗎？那麼再見了，親愛的，再見！」

她一下子撲進他的懷裏，幾乎是猛烈地吻他。過了一會兒，她在小樹苗中撥出一條路，便消失在樹林中，弄出的聲響很小。這時，他還是不知道她姓甚麼，在哪裏住，但這都沒所謂，因為不可能想像他們能在室內見面的，也不可能有甚麼文字交流。

他們沒再去那片林中空地了。五月，他們只有另外一次機會真正做愛，那是在茱莉亞知道的另一個很好的藏身之所，在一間廢棄教堂的鐘樓上。那裏三十年前捱過原子彈，周圍幾乎完全荒廢，只要能去，倒是個很好的藏身之所，但路上很危險。其他時間他們只能在街上見面，每天傍晚換個地方，而且每次見面從來不超過半小時。一般情況下，在街上可以勉強談話。他們在熙熙攘攘的人行道上漫無目的地走着，不算是並排走，從不互相看對方。他們進行有一句沒一句的奇特交談，如同燈塔的光束一閃一滅。接近身穿黨員制服的人，或者到了電幕附近時突然保持沉默，然後幾分鐘後再接上沒說完的那句話。商量了下次見面地點便突然不再說話，第二天幾乎不需要開場白便可接着繼續說昨天的話題。茱莉亞好像很習慣這種談話方式，稱為「分期談話」，她擅長說話時不動嘴唇，令人吃驚。在幾乎有一個月之久的傍晚會面中，他們只接過一次吻。那次，他們正在一條小街上走着（在大街以外的街上，茱莉亞從來不說話），突然傳來震耳欲聾的一聲巨響，大地在震動，空中一片黑煙。溫斯頓發現自己側躺在地上，皮膚擦傷了，嚇得要命。一發火箭彈肯定落在離他們很近

的地方。突然，他看到離他幾厘米外的茱莉亞的臉龐，死一般蒼白，連她的嘴唇也是蒼白的。她死了！他緊緊抱着她，卻感到親吻的是一張活人的溫暖面龐。然而有些粉末之類的東西在他嘴裏。他們兩人的臉上，都積了一層厚厚的灰。

有幾個晚上，他們到達約會地點後，卻不得不連信號也沒打就擦肩而過，因為有支巡邏隊正好從街角轉過來，或者有一架直升機正在頭頂盤旋。就算沒那麼危險時，仍然難以擠出時間見面。溫斯頓一星期工作六十小時，茱莉亞的工作時間還要長，他們的休息日則根據工作緊迫度調整，不確定是哪天，不能經常湊在一起。不管怎樣，茱莉亞很少有哪個晚上完全空閒。她把令人吃驚的大量時間花在聽講座、遊行、散發青少年反性同盟的宣傳品、為仇恨週準備旗幟、為節約運動收捐款之類的事情上。她說那都值得，是偽裝，只要你願意遵守一些小規則，就能違犯一些大道理。她甚至說服溫斯頓犧牲一個晚上的時間去報名參加兼職軍火生產工作，那都是黨員積極分子自願參加的。所以溫斯頓每星期有一個晚上要悶得發瘋地在那處度過四小時，把小金屬塊用螺絲擰在一起，大概是用來做炸彈的引信。幹活的車間裏過分通風，卻又光線不足，鎚子聲跟電幕裏的音樂聲混在一起，令人生厭。

在教堂的塔樓裏相見時，他們又補上了早前那些零零碎碎的談話內容。那是個炎熱的下午，在大鐘上的小方屋子裏，空氣悶熱且不流通，鴿子糞臭氣熏天。他們坐在滿是灰塵、遍佈小樹枝的地板上一談就是幾小時，還不時透過瞭望孔往外看，以確保沒有人來。

茱莉亞二十六歲，跟三十個女孩住集體宿舍（「總是生活在女人的臭味當中！」她補充道）。她的工作，正如溫斯頓所猜想，負責小說司的一部小說寫作機。她喜歡自己的工作，那主要是開動並維護一台功率很大、難以服侍的電動摩打。她「不算聰明」，卻喜歡動手，機械方面是行家。她能清楚說明生產一部小說的全部流程，從計劃委員會發佈總指令到由修寫組進行最後潤色。但她對最終的成品不感興趣，按她的話說，是「不怎麼喜歡讀書」。書籍只是種必須生產出來的日用品，如同果醬或者鞋帶。

她不記得六十年代初之前的事，認識的唯一一個經常說起革命前生活的人是她爺爺，在她八歲時就失蹤了。上學時，她當過曲棍球隊隊長，連續兩年獲得體操比賽獎杯。她當過偵察隊的中隊長，加入青少年反性同盟前，當過青年團的支部書記。她一貫表現出優秀的個性，甚至被選中（那是名譽很好的標誌，絕對可靠）在色情科工作，那是小說司下的一個科，這個科負責生產低級下流的黃色書籍在無產者當中發行。據她說，這個科被其工作人員起了個綽號叫「糞坑」。她在那裏工作了一年，幫助生產用密封套封起來的小冊子，有着像《打屁股故事》或《女校一夜》這種書名。無產者裏的青年偷偷摸摸地購買，覺得自己在購買某種違禁品。

「那些書是寫甚麼的？」溫斯頓好奇地問。

「哦，垃圾到極點，都很沒勁，真的。情節總共只有六種，不過他們把這幾種情節翻來覆去地使用。當然，我只是在小說寫作機上工作，從來沒在重寫組幹過。我文筆不行，親愛的……根本不夠格。」他驚訝地得知，色情科裏所有工作人員除了科長都

是女孩子。有種說法是男人的性本能比女人的更難控制，因此男人受到經手的淫穢作品腐蝕的危險更大。

「他們甚至不喜歡結了婚的女人在那兒工作，」她又說，「女孩子總被認為很純潔，可是不管怎樣，我不算。」

她第一次跟男人發生關係是在十六歲，跟一個六十歲的黨員，他後來為避免被捕而自殺。「那次幹得也很漂亮，」茱莉亞說，「要不然在他招供時，他們會從他嘴裏知道我的名字。」在那以後，她還跟別的許多男人發生關係。生活在她看來很簡單：你想開開心，「他們」—— 指的是黨 —— 不想讓你開心，你就儘量去違反規定。她似乎覺得「他們」會力圖剝奪你的快樂，就跟你力圖不被抓到一樣，是件自然而然的事。她仇恨黨，而且是以最粗俗的語言說出來，但她並非一切也看不順眼。除了影響到她個人生活的，她對黨的教義沒興趣。他注意到她從不使用新話的詞語，除了那些已經融入到日常生活的字詞。她從未聽說兄弟會，也不相信其存在。在她看來，凡是針對黨的有組織反抗都注定會失敗告終，而且是愚蠢之舉。聰明的做法是違反規定，同時也保住腦袋。他不知道年輕一代中還有多少人像她那樣，在革命的天下長大，對別的一無所知，接受黨就像接受天空一樣，是不可改變的，不去對抗它的權威，只是躲避它，就像兔子會躲避狗一樣。

他們沒討論有沒有可能結婚這個問題，那太遙不可及了，不值得去想。即使有辦法擺脫溫斯頓的妻子凱瑟琳，也想像不到哪個委員會批准這樣一椿婚姻。連做夢都別想。

「你老婆是怎樣的？」茱莉亞問道。「她是 —— 你知不知

道新話裏有個詞叫『思想好』，意思是生來正統，不會產生壞想法？」

「不，我不知道那個詞，不過我認識那種人，認識得夠多了。」

他開始講起他的婚後生活，然而很奇怪的是，茱莉亞好像已經了解當中最重點的部分。她反而向溫斯頓描述，當他一碰到凱瑟琳，她的身子就變得僵硬，即使她的手臂緊摟他，她仍像在全力推開他。茱莉亞說得好像她已經看過或者感受過一樣。跟茱莉亞在一起，他感到說起這種事情一點也不困難，不管怎樣，關於凱瑟琳的記憶早已不再痛苦了，而是變得令人不快。

「要不是因為那件事，我本來還能忍下去。」溫斯頓說。他告訴她凱瑟琳每週同一天晚上強迫他來一遍那令人沮喪的儀式。她很不喜歡那樣，可是怎麼樣也不能讓她停下來不做。你永遠猜不到她怎樣稱呼它。」

「我們對黨的義務。」茱莉亞馬上說。

「你怎麼知道？」

「我上過學，親愛的。對十六歲以上的學生每週一次性教育，青年團裏也有。他們花很多年時間把它強灌進人們的腦袋。我敢說在很多人身上是奏效了。當然這永遠也說不準，人們總是很虛偽。」

她開始就這話題發表偉論。在茱莉亞眼裏，一切以她自己的性慾為出發點。一談到這個問題，她就有極為敏銳的看法。跟溫斯頓不一樣，她了解黨的禁慾主義的內在含義：不僅因為性本能會造成一個自成一體的世界，那是黨無法控制的，因而可能的話，一定得把它消滅。更重要的，是性壓抑能導致歇斯底里，這

求之不得，因為它能被轉化成戰爭狂熱和對領袖的崇拜。她是這樣說的：

「你做愛時，耗盡了全部力氣，然後你感到愉快，對一切都無所謂。他們不能忍受你有這種感覺，他們想要你時時保持精力充沛。所有那些來來去去的操練、歡呼、揮舞旗幟等等，無非是另外的性發泄方式。如果你內心感覺愉快，你幹嘛還要為老大哥、三年計劃、兩分鐘仇恨會以及所有別的混蛋玩意激動？」

一點沒錯，他想。禁慾和政治正統性之間有着直接和密不可分的關係。因為黨需要黨員的恐懼、仇恨和理智盡失的盲目信從，除了抑制黨員的某種強烈本能，並把它轉化成驅動力，又有甚麼別的辦法？性衝動對黨危險，黨則對之加以利用。他們對父母本能也照此處理。家庭無法在事實上被消滅，人們甚至被鼓勵以差不多古已有之的方式鍾愛孩子；另一方面，孩子被有系統地改造得與其父母為敵，被教導要監視父母，並揭發他們的越軌行為。家庭實際上成了思想警察的延伸物。這樣，每個人就會被親密的告密者日以繼夜地包圍監視。

他的思緒突然又轉回凱瑟琳身上。如果她不至愚蠢得察覺不到他的觀念不合正統，無疑會向思想警察檢舉他。然而此刻讓他想起凱瑟琳的，是那天下午令人窒息的燠熱，他額頭上因此冒出汗珠。他開始向茉莉亞講述以前發生過的一件事，或者說，是沒有發生的一件事。那也是在一個悶熱的夏天下午，十一年前的事了。那發生在結婚後三、四個月，他們在去肯特郡的一次遠足中迷了路。他們只落後其他人一、兩分鐘，卻轉錯了方向，不久發現走到一個老白堊採石場的邊緣，前無去路。他們所在位置離

底部的垂直高度有二、三十米，底下全是大石。他們看不到一個可以問路的人。凱瑟琳意識到他們迷了路，就顯得特別不安。哪怕只是離開鬧哄哄的那羣人一會兒，也讓她有種做錯事的感覺，想儘快沿原路返回，然後向別的方向尋找其他人。但就在那時，溫斯頓注意到他們腳下懸崖的裂縫裏有幾叢黃連花，其中一叢有兩種顏色，品紅和磚紅色的，顯然長在同根上。他從未見過那種黃連花，就叫凱瑟琳也過去看。

「你看，凱瑟琳！你看那些花，靠近底下的那一叢，你看到它們是兩種不同顏色的嗎？」

她已經轉身走了，但還是很不情願地走回來待了一會兒。她甚至在懸崖上往前傾身看他所指的方向。他在她身後不遠處站着，用手扶着她的腰。此時，他突然想到他們有多孤單，一個人也看不到，沒有一片樹葉在顫動，沒有一隻小鳥在啼叫。在這種地方，不大可能哪裏藏有收音器，而且就算有，也只能收音而已。那是下午最熱、最讓人想睡覺的時候，太陽火辣辣地照着他們，汗水在他們的臉上流着，癢癢的。他想到……

「你幹嘛不推她一下？」茱莉亞說，「換了我就會。」

「沒錯，親愛的，你會。如果當時的我像現在這樣，我也會。要怎麼說，我也許會……我不敢肯定。」

「你是不是後悔沒幹？」

「對，總的說來，我後悔沒幹。」

他們挨着坐在落滿灰塵的地板上。他把她拉向自己，她的頭靠在他肩膀上，她頭髮裏好聞的氣味蓋過了鴿子糞味。他想，她很年輕，對生活還有點期盼，她不理解把一個礙事的人推下懸

崖，並不能解決任何問題。

「其實那也無濟於事。」他説。

「那你幹嘛後悔沒幹？」

「我只是喜歡積極的，而不是消極的處事方式。在我們參加的這場比賽中，我們無法取勝。以某些方式失敗比以別的方式失敗好些，如此而已。」他感到她的肩膀不同意地扭動了一下。每次他説出這種話時，她總是跟他意見相反，她接受不了個人總會被打敗是條自然法則。從某種意義上説，她也意識到自己劫數已定，或早或晚，思想警察會抓到並處死她，然而在她另一半的心思中，她相信不管怎樣，有可能構建一個秘密世界，可以按照自己的想法在其中生活，需要的只是運氣、計謀和膽量。她不理解不存在幸福這回事，不理解唯一的勝利是在遙遠的將來，在你死後很久，不理解從你向黨宣戰的那一刻起，你最好想像自己已經是一具屍體。

「我們是死人。」他説。

「我們還沒死呢。」茱莉亞倒是實話實説。

「不是説在肉體上，那要再過半年、一年……五年，可以想像能再活那麼久吧。我害怕死。你年輕，所以你大概比我更害怕死。顯然我們會把死亡儘量往後推，但效果極其有限。只要人類仍然保持人性，生和死便是同等事情。」

「哦，廢話！我跟骷髏，你更想跟哪個睡覺？你覺得活着不好嗎？你來感覺一下，這是我的手，這是我的腿。我是真實的、有形的、活着的！你難道不喜歡這樣？」

茱莉亞的身子轉過來，把胸膛緊緊貼着溫斯頓。透過工作

服，他能感到她的乳房，成熟而堅挺。她的身體好像在把青春和活力傾注進他的體內。

「是的，我喜歡。」他説。

「那就別説死了。聽着，親愛的，我們要定好下次見面的時間。我們還可以回到樹林裏的那個地方，好久沒去了。不過你這次去，一定要走另外一條路，我全計劃好了，你坐火車……哎，我還是給你畫出來吧。」

她以那種實際作風，老練地用手聚了一小方塊灰塵，用一根從鴿子窩裏拿來的樹枝，開始在地上畫地圖。

4

　　溫斯頓環視着查林頓先生樓上那個破破爛爛的小房間。窗戶旁邊，那張特大的木牀已經鋪好，上面放着破舊的毯子和沒蓋枕巾的長枕頭。那座有十二小時刻度的時鐘在壁爐台上滴滴答答走着。牆角那張摺疊桌上，放着上次來時買的那塊玻璃鎮紙，在半明半暗的光線下閃着幽幽的光。

　　壁爐擋板那裏，有個破舊的鐵製油爐，一口深底鍋，還有兩隻杯子，查林頓先生提供的。溫斯頓點着油爐並把一鍋水放到上面去煮，他帶來了滿滿一信封勝利咖啡和一些糖精。時鐘指針指向七點二十，其實是十九點二十，她將在十九點半到。

　　愚蠢啊愚蠢，他心裏一直在說。這是明知故犯、無緣無故、自尋絕路的愚蠢，在黨員能犯下的所有罪行裏，數這種罪行最不可能掩飾。實際上，他第一次有了這個想法，是在看到摺疊桌面反射出的那塊玻璃鎮紙的樣子時。不出所料，查林頓先生爽快地把房間租給他，他顯然為能賺到幾塊錢而高興。弄清楚溫斯頓租房間是為了跟情人幽會後，他也沒有流露出震驚或令人反感的模樣，反而目光前視，泛泛而談，帶着一種微妙的神色，令溫斯頓覺得他就如變得半透明似的。查林頓先生說，獨處是件珍貴的事，誰都希望有地方可讓他們偶爾獨處。當他們有了這麼一個地

方，對任何一個知情者而言，不外傳是種禮貌的做法。他說罷房子有兩個出入口，其中一個會穿過後院通向一條小巷後，便隱身不見了。

　　窗戶下有人唱歌，溫斯頓從擋得嚴嚴實實的平紋布窗簾後向外偷看。六月的太陽離下山還很早，樓下灑滿陽光的院子裏，一個身材高大的女人腳步嗵嗵響地來回於洗衣盆和晾衣繩之間，她正在繩上夾上一溜四方形的小片，溫斯頓認出那是尿布。那個女人結實得像根巨大的圓柱，長着肌肉結實的紅色手臂，腰上繫了一條粗麻布圍裙。只要嘴裏沒噙着衣夾，她就會用渾厚的女低音唱道：

> 這不過是種無用的幻想，
> 就像四月天般易逝。
> 但是一個眼神、一句話和喚起的夢啊，
> 已經把我的心竊取！

　　過去幾週，倫敦到處都能聽到這首歌，它是音樂司之下某個科為無產者出版的無數類似歌曲中的一首。譜寫這些歌曲時，完全不用人動手，而是由一部韻曲機寫出來的。那個女人唱得悅耳動聽，把那種垃圾變成近乎悅耳。他能聽到那個女人的歌聲，她的鞋子走在石板路上發出的刺耳聲音，還有街上小孩子的哭喊聲，遠處還隱隱傳來隆隆的汽車聲，但房間裏似乎安靜得出奇，那是沒有電幕的緣故。

　　愚蠢，愚蠢，愚蠢啊！他又想。不可想像他們一連幾週都來

這個地方而不被抓到，然而對他們兩人來說，有個完全屬於他們的、在室內而且近在咫尺的藏身之處，這種誘惑太大了。去過那個教堂鐘樓後，有段時間他們沒辦法再安排會面。為迎接仇恨週的到來，工作時間大大延長。距仇恨週還有一個月時間，但是隨之而來的規模宏大而且複雜的準備活動讓每個人都必須加班。終於，他們等到兩人都不用上班的一天下午，他們商量要再去樹林裏的那塊空地。之前一天的傍晚，他們在街上短暫地見了一面。他們在人羣中向對方漸漸走近時，溫斯頓照例幾乎不怎麼看茱莉亞的臉龐，但在很快瞟了她一眼時，發現她的臉色比平時更蒼白。

「全告吹了。」在覺得安全時，她馬上低聲說，「我是說明天。」

「甚麼？」

「明天下午我去不了。」

「為甚麼去不了？」

「哦，還是那個原因，這次提前了。」

有那麼一陣子，溫斯頓感到火冒三丈。認識茱莉亞之後的那個月裏，他對於她的慾望性質改變了。一開始，這種慾望中真正性慾的成分很少。他們第一次做愛只是種興之所至的行為，然而第二次以後變了。茱莉亞頭髮的氣味、嘴裏的味道、皮膚的觸覺似乎已經進入他的內心，或者說進入他周圍的空氣中。她已經成為實際上的必需物，他不僅想擁有她，而且覺得有權擁有她。茱莉亞說她沒法去時，他有種被她欺騙的感覺。但就在此時，人羣把他們推到一起，他們的手無意碰到了。茱莉亞很快地握了溫斯頓的指尖一下，而那喚起的好像並非肉慾，而是愛意。他突然想到男人跟女人一起生活時，這種失落肯定是正常而經常出現的

事，但他以往不曾對茱莉亞有過這種感覺，這讓他有些糾結。他希望他們是已經結婚十年的夫妻，希望可以像如今一樣，和她在大街上一起走着，卻是光明正大、無所恐懼的地走着，說無關緊要的話，買零零碎碎的家庭用品。他最希望的，是能有個地方讓他們可以不受打擾地待在一起，也不用感到每次非得做愛不可。那天之後的第二天，他想到可以租下查林頓先生的房間。向茱莉亞提議時，出乎意料地她欣然同意。他們兩人都明白那是種瘋狂而且愚蠢的行為，好像他們故意向自己的墳墓邁近了一步。他坐在牀邊等待時，再次想到仁愛部裏的牢房。那種命中注定的恐怖感，不斷在意識裏進進出出。它就在那裏，在未來某個時刻，在死亡之前，就跟九十九之後就是一百一樣絕無差錯。你不可能避開它，但有可能把它往後推，然而恰恰相反，人們會時不時在清醒狀態下故意縮短這段時間，令其提前發生。

這時，樓梯上響起急促的腳步聲，茱莉亞突然進了房間。她提了個棕色粗帆布工具包，就是他有時看到她上下班使用的包。他向前，想把她擁到懷裏，她卻着急地掙開，部分原因是她還拿着工具包。

「等一會，」她說，「給你看看我帶了甚麼來。你有沒有帶那種垃圾勝利咖啡過來？我想你會。你可以把它扔掉，因為我們不需要了。你看。」

茱莉亞跪在地上一把扯開袋子，把放在上層的扳手和螺絲刀掏出來。下層是幾個漂亮的紙包，她遞上的第一個紙包有種模模糊糊熟悉的感覺，裏面裝的是某種沉甸甸、沙子一樣的東西，摸起來很鬆軟。

「是糖嗎？」溫斯頓問。

「真正的糖，不是糖精，是糖。這兒還有塊麵包，正宗的白麵包，不是我們吃的那種混蛋玩意⋯⋯還有一小罐果醬，這兒還有一罐牛奶⋯⋯你看！這是我最得意的東西，我非得包上一點帆布，因為⋯⋯」

不過茱莉亞不需要告訴溫斯頓為甚麼要把它包起來，那種氣味已經瀰漫到整個房間了，一種很濃烈的氣味，似乎散發自溫斯頓的童年早期，但即使如今，也的確偶爾會聞到。在某間房門砰的一聲關上之前，這種氣味會從過道飄來，或者在人羣裏神秘地瀰漫，有一陣子能聞到，然後又聞不到。

「是咖啡，」他低聲說，「真正的咖啡。」

「內黨黨員喝的咖啡，這兒有整整一公斤。」

「你怎麼弄到這些東西來？」

「都是內黨黨員用的，那些豬玀一樣也不缺，沒有一樣。不過當然還有服務員、僕人以及能偷到東西的人們都會有，還有呢⋯⋯看，我還弄來了一包茶葉。」

溫斯頓在她身邊蹲下來，把一個小紙包撕開一角。「是真正的茶葉，不是黑刺莓葉。」

「最近的茶葉很多，他們攻下了印度還是哪裏。」她含含糊糊地說，「可是聽着，親愛的，我要你轉身，三分鐘別看我。你過去坐在牀那邊，別太靠近窗戶。我叫你轉過來你才轉。」

溫斯頓心不在焉地透過棉布窗簾往外看。下面的院子裏，那個紅胳膊女人仍在洗衣盆和晾衣繩之間闊步來回。她從嘴裏又取下兩個夾子，帶着深沉的感情唱道：

他們說時間可以癒合一切，

說你早晚都會忘記。

但是這些年的笑容和淚水，

仍擾亂我的心！

　　她好像已經把整首愚蠢的歌曲全記於心。她的聲音和着怡人的夏日微風往上飄揚，很悅耳，充滿感情，有種半是快樂半是憂鬱的味道。如果夏日傍晚永不退卻，衣物也取之不完，即使讓她那樣待上一千年邊夾尿布邊唱垃圾歌曲，她也會很滿足。他突然想到，他從未聽過黨員一個人自發性地唱歌。這件事說來奇怪，那種行為好像多少有點非正統，是種危險的怪癖，如同自言自語。也許只是當人們接近餓肚子時，才會去歌唱。

　　「你可以轉過身了。」茱莉亞說。

　　溫斯頓轉過身，有那麼一秒，幾乎不能認出她來。他本以為會看到她赤身裸體，然而不是。那種轉變比看到她赤身裸體更讓人吃驚：她化了妝。

　　她肯定是溜到無產者住處的某間舖子裏，買了一整套化妝用品。她的嘴唇塗得鮮紅欲滴，臉頰搽了胭脂，鼻子上也撲了粉，甚至眼睛下也不知用甚麼描了描，讓她的眼睛顯得更明亮。她的化妝技巧不高明，而溫斯頓在這方面的欣賞標準也不高。他從未看到或想像女黨員的臉上會用上化妝品。化妝後，她的容貌不知好看了多少。就那樣，在合適的地方描上幾筆，她漂亮了許多，最重要的是，更有女人味了。她的短髮和男孩式的工作服更強化了這種效果。他把她摟到懷裏時，一股合成的紫羅蘭氣味躥

進他的鼻孔。他想起那間地下室廚房裏半明半暗的感覺,還有那個女人洞穴般的嘴巴。那個女人用的是同樣的香水,但在此時,這好像也不重要了。

「還用了香水!」他説。

「對,親愛的,還用了香水。你知道我接下來要幹甚麼嗎?我要找來一件連衣裙穿上,而不是這種討厭的褲子。我要穿絲襪,還有高跟鞋!在這房間裏,我要做個女人,而不是黨員同志。」他們扯掉身上的衣服,爬到那張特大的紅木牀上。這是他首次在她面前脱光衣服,在此之前,他一直為自己蒼白而瘦削的身子、小腿肚上的靜脈曲張和腳踝上變了顏色的那一塊感到很難為情。牀上沒有牀單,他們躺在破舊但平滑的毯子上。那張牀的寬度及彈性讓他們都很吃驚。「裏面肯定長滿了臭蟲,可是誰會在乎呢?」茱莉亞説。除了在無產者的家裏,人們現在是看不到雙人牀的了。溫斯頓小時候偶爾睡過,茱莉亞就記憶所及,從未睡過雙人牀。

他們睡了一會兒。溫斯頓醒來時,那座時鐘的指針已經溜到差不多九點的位置。他沒有動,因為茱莉亞頭枕在他的臂彎上睡着了。她臉上化妝品的絕大部分都蹭到了溫斯頓的臉上或長枕頭上,一道淺淺的胭脂仍讓她的顴骨顯得美麗。夕陽的一道黃色光線照射在牀腳,照亮了壁爐,鍋裏的水已經沸騰。下面院子裏,那個女人已經不再唱歌,街上卻仍然傳來隱隱約約小孩子的叫嚷聲。他在模模糊糊地琢磨像此時這樣,一男一女在夏日傍晚的涼爽空氣中不穿衣服躺在牀上,想做愛就做愛,想聊甚麼就聊甚麼,沒有覺得必須起來不可,只是躺在那裏聽外面平和的聲

音，這在已被消滅的過去是不是一種很尋常的體驗？肯定從來不會是尋常的，不是嗎？茱莉亞醒了，她揉着眼睛，用胳膊肘撐起身來看油爐。

「水都燒乾一半了。」她說，「我過會兒要起來煮咖啡，我們還有一小時時間。你住的公寓甚麼時候關燈？」

「二十三點半。」

「宿舍裏二十三點關燈。不過必須在那之前回去，因為……嘿！滾開，你這髒東西！」

她突然在牀上一扭，從地板上抓起一隻鞋子，像男孩子一樣突然胳膊一掄把它扔向牆角，跟她那天上午在兩分鐘仇恨會時，把詞典扔向戈斯坦的動作一模一樣。

「甚麼？」他詫異地問。

「一隻老鼠，我看見牠從護壁板裏伸出鼻子，那裏有個洞。不管怎麼樣，我可是把牠嚇了一大跳。」

「老鼠！」溫斯頓咕噥，「就在房間裏！」

「老鼠到處都有，」茱莉亞又躺下來無所謂地說，「我們宿舍那兒連廚房裏都有。倫敦有些地方已經老鼠成災了。你知不知道牠們會咬小孩子？真的，真的會。那種地方的街道上，婦女們不敢把嬰兒自個兒放下兩分鐘不管，是那種個頭很大、毛是褐色的老鼠幹的。最噁心的是，這些東西總……」

「別說了！」溫斯頓說着緊緊閉上了眼睛。

「我最親愛的呀！你臉色蒼白，怎麼回事？老鼠讓你不舒服？」

「世界上最可怕的就數老鼠了！」

　　她把自己貼緊溫斯頓，四肢纏在他身上，像是用她的體溫令他放心。他沒有馬上睜開眼睛。一陣子，他好像回到那經常做的噩夢中。感覺上極其相似。他站在一堵黑暗之牆的前方，牆的那邊有種令人無法忍受、恐怖得不敢面對的東西。夢中他強烈地感到自己在自欺欺人，他其實知道那堵黑暗之牆後面是些甚麼。他用盡九牛二虎之力，就像要從腦袋裏扭捏，甚至想把它硬拉出來，但總是在還不知道那是甚麼之前便醒來了。但那顯然跟他要打斷茱莉亞所說的東西有關。

　　「對不起，」他說，「沒甚麼，我討厭老鼠，如此而已。」

　　「別擔心，親愛的，以後我們不會再有那種髒東西了。走之前，我會用帆布把洞塞住。下次來這兒時，我要帶些灰泥把它封得妥妥當當。」

　　那個驚慌失措的黑色時刻已經差不多快被忘掉了。他略微感到難為情，靠着牀頭坐了起來。茱莉亞起了牀，穿上工作服，開始煮咖啡。深底鍋裏冒出的氣味濃烈而令人興奮，他們關上窗子，以防別人在外聞到而好奇。比咖啡味道更好的，是加了糖的綿滑口感。用了許多年糖精後，溫斯頓幾乎忘了還有糖這種東西。茱莉亞一隻手揣在口袋裏，另一隻手拿着一塊抹有果醬的麵包在房間裏隨意走動，冷淡地掃視着書架，指出最好該怎樣修理一下那張摺疊桌，猛地一下坐到那張破扶手椅裏，看它坐着是不是舒服，而且多少算是饒有興味地研究那座古怪的時鐘。她把玻璃鎮紙拿到牀上，在亮一點的地方察看，他把它從她手裏拿過來，它柔和如雨水一般的樣子總讓他心醉神迷。

　　「你覺得它有甚麼用？」茱莉亞問他。

「它甚麼也不是……我覺得它沒甚麼用，這就是我喜歡它的原因。它是他們忘了篡改的一塊歷史，是來自一百年前的一則信息，如果你知道怎樣讀的話。」

「那幅畫，」她示意對面牆上的版畫，「會不會有一百年？」

「還要早些，我想有兩百年。沒法確定，如今不可能發現哪樣東西有多少年歷史了。」

她走過去看那幅版畫。「那臭東西就是在這兒走出來。」她說着用腳踢了一下那幅畫正下方的護壁板。「這是甚麼地方？我以前在哪兒看過。」

「那是座教堂，或者至少以前是，叫聖克萊蒙。」他又想起查林頓先生教給他的那首押韻詩的片段，有點懷舊似的又說：「『橘子和檸檬。』聖克萊門特教堂的大鐘說。」

讓他大吃一驚的是，她往下接道：

「你欠我三個法尋。」聖馬丁教堂的大鐘說。
「你甚麼時候還我？」老百利的大鐘[2]說……

「我不記得之後是怎麼說的了，可我總算還記得最後一句：『這兒有支蠟燭照着你去睡覺，這兒有把斧頭把你的頭剁掉！』」

那就像一問一答的口令，但「老百利」那一行後面肯定還有，也許適當提示查林頓先生，就能從他的記憶中挖掘出來。

2　老百利的大鐘：指倫敦中心刑事法庭，它位於老百利街，「老百利」是它的俗稱，「老百利的大鐘」是指對面的一座教堂的大鐘。

「誰教你的？」他問道。

「我爺爺，小時候他經常給我唸。我八歲時他被蒸發掉了……不管怎麼樣，他失蹤了。我不知道甚麼是檸檬。」她又隨意説道，「我見過橘子，是圓圓的黃色水果，厚皮。」

「我記得甚麼是檸檬，」溫斯頓説，「五十年代的時候很常見，酸得聞一下就能把牙齒給酸倒。」

「我敢説那張畫後面有臭蟲，」茉莉亞説，「我哪天把它取下來好好打掃一下。我想差不多該走了，我得馬上洗掉這妝。真煩！等會兒我再把你臉上的口紅擦掉。」

溫斯頓在牀上又待了幾分鐘。房間內正在變暗，他往光亮處挪了一點，盯着那塊玻璃鎮紙。它讓人百看不厭之處，不是珊瑚，而是玻璃內部。它很厚，但又幾乎像空氣一樣透明。那塊玻璃的表面像天空的穹頂，包容了一個小小的世界，各種特點無不具備。他感覺能夠進入其中，而實際上他已經身處其中，跟那張紅木牀、摺疊桌還有鋼雕版畫及鎮紙本身都在其中。鎮紙就是他所在的房間，珊瑚是茉莉亞和他自己的生命，被固定在清澈透明的玻璃中心，成為一種永恆之物。

5

　　塞姆消失了。有天上午，他沒上班，幾個不長腦子的還在議論他怎麼不來上班，第二天就沒人再提起他。第三天，溫斯頓去檔案司的前廳看佈告牌。其中有則佈告是印出來的象棋委員會成員名單，塞姆一直是該委員會的成員。它看上去跟以前的成員名單一模一樣，除了少了一個名字，甚麼都沒劃掉。這就夠了，塞姆已不復存在，他從未存在過。

　　天氣炎熱難耐。迷宮般的部裏，沒窗戶的空調房間裏保持正常溫度，但外面的人行道能灼傷行人的腳板，高峰時地鐵裏的惡臭更能把人熏死。大家都為仇恨週的準備活動進行得如火如荼，部裏所有工作人員都在加班工作。遊行、開會、閱兵、演講、蠟像展覽、電影展、電幕節目，這些都得安排。還必須搭起攤位、製作模擬像、撰寫標語、譜寫歌曲、散播謠言、偽造照片等等。小說司裏茱莉亞所在的部門已經暫停生產長篇小說，而是趕製出一系列有關敵人暴行的小冊子。溫斯頓在正常工作之外，每天花費大量時間翻看過去《泰晤士報》的檔案，對將在講話裏引用的新聞進行改動或者潤飾。一羣羣喧鬧的無產者深夜在街上閒逛時，市裏有了種奇特的火熱氣氛。跟以前比起來，火箭彈轟炸得更頻繁了，有時候在很遠的地方，還傳來巨大的爆炸聲。誰

都不明所以，因此謠言四起。

　　一首即將作為仇恨週主題歌的新歌（叫做《仇恨之歌》）已經譜寫了，正在電幕上沒完沒了地播放。它有種野蠻的、咆哮般的節奏，不能準確稱之為音樂，而和擂鼓聲類似。它和着行軍步伐聲由幾百個嗓門吼出來，令人不寒而慄。無產者一下子就喜歡了，在午夜大街上，它和仍受歡迎的歌曲《這不過是種無用的幻想》此起彼伏。帕森斯家的孩子用梳子和一片衛生紙沒日沒夜地吹，令人無法忍受。溫斯頓晚上比以前更忙碌了。由帕森斯組織的一隊隊志願者在為仇恨週佈置街道、縫旗幟、貼海報、在樓頂上樹立旗杆，還冒着危險在街道上拉鐵絲以歡迎火箭彈。帕森斯吹噓說單在勝利大廈，就要亮出四百米長的彩旗。他本性盡顯，快樂得像隻百靈鳥，炎熱加上體力勞動，讓他有藉口在晚上穿回了短褲和開領襯衫。他無處不在，總在推、拉、鋸、砸、即興出點子、跟每個人說笑並佐以同志式的鼓勵，而且從他身上的每處，都散發着源源不絕的刺鼻汗臭。

　　一張海報突然出現在倫敦各處，沒有說明文字，只有一個面目猙獰的歐亞國士兵形象，有三、四米高，長着一張面無表情的蒙古人種臉龐，腳蹬巨大的皮靴，正在大步往前跨，衝鋒槍由臀部指向天。不管從哪個角度看這張海報，用透視畫法放大的衝鋒槍槍口總是正對着你。這張海報已經貼滿每堵牆上的空白位置，甚至在數量上超過了老大哥的肖像畫。無產者一向對戰爭缺乏興趣，這次也被鞭策進入周期性的愛國主義狂熱中。這期間火箭彈比以前炸死的人數更多，好像要跟現況保持和諧一致。有一顆落到了位於斯泰普尼區的一家電影院，幾百人被埋在廢墟之下。那

一帶居住的所有人都上街參加了一次綿延不絕的葬禮，為時幾小時之久，葬禮實際上變成了洩憤大會。還有顆炸彈落到一塊作為遊樂場的廢地上，幾十個小孩子被炸成碎件。後來又舉行了幾次憤怒的示威活動，戈斯坦的模擬像被燒，幾百張歐亞國士兵的海報被撕下來以助火勢，有些商店在混亂中被洗劫。後來還有傳聞指有間諜通過無線電為火箭彈指引方向。有對老夫婦被懷疑有外國血統，他們的房子因此被燒毀，兩人都窒息而死。

　　查林頓先生舖子上的房間，每次溫斯頓和茱莉亞只要能去，就會並排躺在那張在打開的窗戶下沒鋪牀單的牀上，為了涼爽而赤着身子。老鼠再也沒有露面，臭蟲卻在炎熱中瘋狂繁殖，但好像那也無關緊要。不管骯髒還是乾淨，那房間就是天堂。他們一到，便用黑市上買來的胡椒粉到處撒了一些，然後扯掉衣服汗流浹背地做愛。睡了一覺後，會發現臭蟲正在集結，準備大規模反攻。

　　六月份，他們幽會了六、七次。溫斯頓戒掉了不分甚麼時候都喝酒的習慣，似乎不再有那種需要了。他長胖了一些，靜脈曲張潰瘍也好了，腳踝上的皮膚只留下褐色的一小塊，早上的那陣咳嗽發作也不再有。日常生活不再不可忍受，他也不再有向電幕做鬼臉，或扯着嗓子喊髒話的衝動了。他們現在有個安全的藏身之地，幾乎像個家，即使他們的見面次數很少，每次只能在一起幾個小時，也好像不算是件苦事。重要的是舖子上的房間還存在。知道它還在那裏，完整無損，就幾乎相當於已身處其內。那個房間自成一格，是一塊袖珍的過去，絕了種的動物可以在其中徜徉。溫斯頓想到查林頓先生就是另外一種絕種動物。上樓前，

他通常總要跟查林頓先生説上幾分鐘話。老頭似乎很少或從不外出，另一方面，他好像幾乎沒甚麼顧客。他像隻鬼魂般，活在很小的陰暗舖子和更小的廚房之間，他在那間廚房裏做飯，裏面除了別的東西，還有台老得讓人不敢相信的留聲機，有個巨大的喇叭。他好像因有機會説話而高興。在那堆分文不值的貨品中走動時，他長長的鼻子、厚厚的鏡片、彎得低低的套着絲絨夾克的肩膀，總讓他隱約有種收藏家的樣子，而不像是個生意人。他會以略帶熱情的神態，摸弄那些廢物 —— 瓷製瓶塞、破鼻煙壺那塗了顏色的小蓋，仿金項鏈盒，裏面放着一綹某個久已不在人世的嬰孩頭髮 —— 從來不説溫斯頓應該買下，而是説他應該欣賞一下。跟他説話，就像聽一個破舊的音樂盒發出的叮噹聲。他從自己的記憶角落裏，又扯出一些已被忘掉的押韻詩片段，一首關於二十四隻黑八哥，一首關於長着彎彎角的奶牛，還有一首關於可憐的公知更鳥之死。「我剛好想到您也許感興趣。」每次他想起新的一首時，就會自我解嘲地輕輕笑着説，不過他從來只記起幾行而已。

溫斯頓和茱莉亞兩人都知道 —— 從某種意義上説，從來不曾忘記 —— 現狀不會長久。有時，死亡正在逼近這一事實似乎跟他們躺在身下的那張牀一樣觸摸得到，他們會以絕望般的縱慾心理緊緊摟抱，就像一個將入地獄的靈魂在鐘聲敲響前五分鐘，緊緊抓住最後些許快樂。然而還有些時候，他們不僅幻想自己是安全的，還幻想會天長地久。只要能真的待在這個房間裏，兩人都感覺不會遭遇不測。去那個房間不容易，也是危險的，但它本身是個避難所。溫斯頓盯着玻璃鎮紙中心時，感覺好像能進入那

個玻璃世界，一到裏面，時間就可以凝固。他們經常隨心所欲地做起關於逃避的白日夢，他們的好運將永遠持續下去，他們會像這樣，在餘生繼續這種秘密行為。要麼凱瑟琳會死去，通過精心的安排，他和茱莉亞能結成婚，要麼會一同自殺，要麼會藏匿起來，把自己改變得讓別人認不出來，學會用無產者的口音說話，在一間工廠找到工作，然後在某條小街上不為人察地過一輩子。那全是胡思亂想，他們也都知道，現實中，他們無路可逃。即使是唯一可行的計劃，即自殺，他們也無意行之。一天天，一週週，得過且過，在沒有未來的當下消磨度日，這似乎是種不可遏止的本能，好像只要有空氣，人的肺總要吸進下一口空氣一樣。

有時候，他們也會談論要採取積極行動跟黨對着幹，然而對如何走出第一步心裏無數。就算傳言中的兄弟會真的存在，如何加入仍是個難題。他跟她說了他和歐布朗之間有着，或者說似乎有着的奇特親近感，還有他時不時會感到的那種衝動，簡單說來，就是走到歐布朗面前，宣稱自己是黨的敵人，並請他幫助自己。奇怪的是，這在她看來並不是種輕率至極的舉動。她習慣從別人的面龐來判斷別人。對她來說，溫斯頓因為一個眼神而認為歐布朗可以信賴是再正常不過的事情。再者，她想當然認為每個人，或者說幾乎每個人私下都仇恨黨，覺得安全的話，都會違反規定。但她不相信存在或者有可能存在廣泛而有組織的反抗活動。她說關於戈斯坦及其地下部隊的傳言都無非是一派胡言，是黨為了自身的目的編造出來的，你不得不裝作相信。在無數次黨的集會以及自發示威活動中，她一直是用最大嗓門呼喊的那羣人中的一員，要求處死她從未聽說過的人，但對他們據稱犯下的罪

行，她卻一點也不相信。進行公審時，她參加了青年團派出的分隊，從早到晚包圍法院，隔一陣就呼喊：「處死賣國賊！」兩分鐘仇恨會裏，她在大聲辱罵戈斯坦方面，總比別人喊得響，但對戈斯坦是何人，以及他代表何種主義只有極為模糊的印象。她是革命後長大的，年輕得不記得五、六十年代時發生過的意識形態之戰。她無法想像會有這種獨立的政治運動，再說黨無往而不勝，是千秋萬代、永恆不變的，你只能通過私下的不服從來反抗它，最多通過像殺死某個人或炸掉某物這種個別暴力行為來反抗。

從某方面來說，她比溫斯頓更敏銳，而且很大程度上更不被黨的宣傳所蠱惑。有一次，他剛好說到某件事時提到了跟歐亞國的戰爭，讓他震驚的是，她隨隨便便地說在她看來，並沒有進行甚麼戰爭，落到倫敦的火箭彈很可能是大洋國政府自己放的，「只是為了讓人們繼續生活在恐懼中」，這種看法他實際上從未有過。她還說她在兩分鐘仇恨會裏最感困難的，是克制住想放聲大笑的衝動，這讓他略微有點羨慕的感覺。但她只是在黨的教義以某種方式對她的生活造成影響時，才會質疑它。一般情況下，她易於接受官方編造的鬼話，但那只是因為真相和謊言之間的區別對她來說，似乎並不重要。例如，她相信在學校裏學到黨發明了飛機的說法。（溫斯頓記得五十年代後期他上學時，黨只聲稱發明了直升機；過了十幾年，茱莉亞上學時，黨已經聲稱發明了飛機；而對下一代人，黨會聲稱發明了蒸汽機。）他告訴她在他出生前和革命前飛機很早就已經存在，在她眼裏，這一事實根本完全沒意思。從她偶爾的說話中，他發現她不記得大洋國四年前是跟東亞國打仗，跟歐亞國處於和平狀態。這讓他更為吃驚。沒

錯，她認為整場戰爭都是假的，但顯然根本沒注意敵國的名字已經改變。「我以為我們一直在跟歐亞國打仗。」她含含糊糊地說。這讓他有點吃驚，飛機的發明是她出生前很久的事，但戰爭對象的改變才是四年前的事，那是在她早已成年之後的。他跟她爭辯了也許有一刻鐘之久，最後，他總算成功喚醒了她的記憶，她確實朦朦朧朧地想起敵國一度是東亞國，而不是歐亞國，但這點在她看來仍然無關緊要。「誰在乎呢？」她不耐煩地說，「總是一次混蛋的戰爭接着一次，不管怎麼樣，我們知道新聞全是謊話。」

有時，他告訴她關於檔案司和他所從事無恥偽造活動的事，好像那也沒有嚇壞她。想到謊言正變成事實時，她並未感受到正在她腳下擴張的深淵。他告訴她關於鍾斯、艾朗森和魯瑟福的事，還有他在手裏拿過一陣子的紙條，但都沒讓她留下甚麼印象。事實上，從一開始，她就沒領會他講述這件事的意圖何在。

「他們跟你是朋友嗎？」她問道。「不，我從來不認識他們。他們是內黨黨員，再說年紀比我大多了，屬於革命以前的舊時代，在革命之前。我只知道他們長甚麼樣子。」

「那幹嘛要擔心？甚麼時候都有人被殺，不是嗎？」

他又試圖讓她明白：「這是個例外，那不僅是某個人被殺的問題。你有沒有意識到，昨天前的過去實際上都已經被消滅了？如果它在甚麼地方存在，那會在少數實在的東西上，當中沒有文字說明，像那塊玻璃一樣。我們現在對革命和革命以前的年代實際上已經甚麼都不記得了。所有檔案要麼被銷毀，要麼被偽造。每本書都被重寫，每幅畫都被重畫，每座雕塑、每條街以及每座建築都被重新命名，每個日期都被改動，而且這種過程每天每分

鐘都在進行。歷史已經停止，除了無休無止的現在，其他一切都不存在，而黨在這種現在中永遠正確。當然我知道過去是偽造的，可我永遠證明不了這點，即使我自己也在從事偽造活動。這件事完成後，沒有證據會留下。唯一的證據在我內心，而且我也無法肯定是不是還有別人和我有着同樣的記憶。我一輩子只有那次在事情發生之後……許多年以後，擁有過確確實實的證據。」

「那又有甚麼用？」

「沒用，因為我幾分鐘後就把它扔掉了。可要是如今再遇到這種事，我會把它保存下去。」

「這個嘛，我是不會的！」茱莉亞說，「我很願意冒險，但是只為值得一幹的事，而不是為了幾片舊報紙。你保存下來的話，會怎樣處理它？」

「可能也不會怎樣處理，但它是證據。假如我敢把它拿給別人看，它也許在這兒那兒播下一些懷疑的種子。我想像不到我們這輩子能改變甚麼，但是可以想像這兒那兒會產生小小的反抗情緒，一小羣一小羣人結合起來，然後慢慢發展壯大，甚至在身後留下一些記錄，讓下一代能繼承我們未竟的事業。」

「我對下一代不感興趣，親愛的，我只對我們感興趣。」

「你腰部以下才是個造反派。」他告訴她。她覺得這句話異常精彩，高興得一把抱住他。

她對黨的說教帶來的後果一點也沒興趣。每次他一開始說起英社的原則、雙重思想、過去的易變性、對客觀現實的否認以及使用新話單詞時，她就變得厭倦和困惑。她說她從未留意那種事情，但是既然知道全是垃圾，幹嘛還要讓自己操心呢？她知

道甚麼時候歡呼，甚麼時候發噓聲就夠了。如果他非要談論這種事，她有個讓人難堪的習慣，就是會睡着，她是那種可以在任何地點、任何時間睡着的人。他意識到跟她談話時，即使自己根本不知道何為正統觀念，仍然很容易就擺出一副正統的樣子。說來，黨要成功強加其世界觀到他人身上，最奏效的就是加在那些無法理解它的人上。他們被迫接受最明目張膽的指鹿為馬的行徑，因為他們從未全面理解對他們犯下的是何等滔天大罪。也因為對天下大事關心不夠，他們沒注意到正在發生何事。缺乏理解力，他們仍保持清醒，只是輕信一切。而他們所輕信的也不會留下甚麼，如同一粒穀物不經消化通過小鳥的身體那樣。

6

終於發生了，那個等待中的信息已經來了。他覺得似乎已經等了一輩子。

當時他正順着部裏的長走廊走着，幾乎走到茱莉亞塞他紙條的地方，他感到某個體形比他大的人緊緊跟在他身後。那個人——不管是誰——輕輕咳了一下，顯然是準備說話。溫斯頓猛地停步轉身，是歐布朗。

他們終於面對面了，而他唯一的衝動就是想逃跑。他的心臟猛烈跳動着，無法開口講話。但歐布朗繼續以同樣的步伐走着，友好地把手在溫斯頓的手臂上搭了一會兒，然後兩人並肩走着。他開始以一種嚴肅而彬彬有禮的方式開口說話，這一點讓他跟大多數內黨黨員有所區別。

「我一直想找機會跟您談談，」他說，「我最近讀了您在《泰晤士報》上寫的新話文章。我想您對新話有種學術方面的興趣，對不對？」

溫斯頓恢復了部分常態。「談不上學術，」他說，「我只是個業餘愛好者。那不是我的專業，我從來沒參加這種語言的具體構建工作。」

「您寫得倒是很得體，」歐布朗說，「這不只是我的看法。我

最近跟您的一個朋友談過，他可是個專家，可是我這會兒想不起他叫甚麼了。」

溫斯頓的心裏痛苦地顫動了一下，如果這句話指的不是塞姆，那真不可置信。但塞姆不止死了，而且被消滅了，是個「非人」，只要明顯提及他，就會帶來生命危險。歐布朗的那句話顯然在發出一個信號，一個暗語。通過一同犯下一點點思想罪，他把他們兩個人變成了共犯。他們本來在繼續順走廊走着，這時歐布朗停下腳步推了推眼鏡，這種動作他總能奇怪地做得很親切，讓人消除戒心。接着他又説道：

「我真正想説的是，您那篇文章裏，用了兩個已經過時的詞，不過只是最近才過時的。您有沒有看過《新話詞典》第十版？」

「沒有，」溫斯頓説，「我想還沒有發行吧。在檔案司，我們用的還是第九版。」

「我想第十版要過幾個月才會出，不過已經有一批提前發行了，我自己就有一本。您也許有興趣看一看？」

「很有興趣。」溫斯頓答道，馬上明白這話的意圖。

「有些新發展真精妙。關於削減動詞數量這一點，我覺得您會對這一點感興趣。讓我看看，要不我派人把詞典送給您？不過這種事我恐怕肯定會忘記。也許您可以在方便的時候，來我住的地方拿？等一下，我給您寫我的地址。」

他們正好站在電幕前。歐布朗有點心不在焉地摸了摸他的兩個口袋，然後掏出一個皮面筆記簿和一桿金色的墨水筆。他潦草地寫下了地址。他就站在電幕下方，那個位置能讓電幕設備那端的人讀到他寫的是甚麼。然後他把那頁撕下來遞給溫斯頓。

「我晚上一般都在家。」他又説,「不在家的話,我的僕人會把詞典給您。」他走了,留下溫斯頓拿着那片紙站着,這次不需要藏起來了。不過他還是仔細記下所寫的東西,幾小時後把它和別的東西一起丟進了記憶洞。

他們兩人的交談最多只有幾分鐘。這節插曲只可能具有一種意義,就是為了讓溫斯頓知道歐布朗的地址,是計劃好的。這有必要,因為除非直接詢問,否則總是不可能知道別人住在哪裏,根本沒有甚麼地址錄。「想跟我見面的話,可以來這兒找我。」那是歐布朗對他説的話。也許甚至在詞典裏的某處,會藏着某種信息。但不管怎麼樣,有一件事確定無疑,那就是他一直想像的地下串聯活動的確存在,而他已經摸到了它的外緣。

他知道或早或晚,他會聽從歐布朗的召喚,也許是明天,也許是過了很久以後,他不能肯定。正在發生的事是水到渠成的結果而已,這一進程幾年前就開始了。第一步是私下的一個無意識想法,第二步是開始記日記。他已經將想法付諸文字,現在是將文字付諸行動了。最後一步是發生在仁愛部的某種事情,他已經接受了這個結局,結局早已包含在最初的一步。但那令人恐懼的,更準確地説,像是預嘗的死亡感,像欠缺一點生氣。即使在跟歐布朗説話時,當他已經明白話裏的意思時,一種冰冷的戰慄感襲遍他全身,有種像是踏進了墳墓的潮氣中的感覺,就算他一直知道墳墓就在那裏,也不能讓他覺得好很多。

7

溫斯頓醒來時，眼裏全是淚水，茱莉亞睡意朦朧地翻個身貼近他，嘴裏咕噥着甚麼，似乎在説：「怎麼了？」

「我夢到……」他一開口馬上又停住。它複雜得無法用言語講述。一方面是所做的夢，另一方面是與之相關的記憶。醒來後的幾秒鐘內，那些記憶進入他的腦海。

他又躺在那裏，眼睛閉着，仍然沉浸在夢境的氣氛裏。那是個廣闊而光亮的夢，他的整個人生似乎在他面前展開了，就像夏天雨後傍晚的風景，全展現在玻璃鎮紙內。玻璃的表面就像天空的穹頂，在此穹頂下，萬物都沐浴在清晰柔和的光線中，從那裏，可以看到無限遠的地方。這個夢境可理解，或説包含在母親所作的舉動中。那動作跟三十年後他在電影上看到的很相似。電影中的一架直升機快要把猶太女人和小男孩炸成碎片，那女人正為小男孩擋子彈。

「你知道嗎？」他説，「直到現在，我仍然相信是我害死了我媽。」

「你為甚麼要害死她？」茱莉亞問道，她幾乎已經睡着了。

「我沒有害死她，不是在實際意義上。」

在夢裏，他想起他對母親的最後一瞥，睡醒前的一小段時間

裏，許多圍繞着那一瞥的小事情都想起來了。就是那種記憶，許多年來，他一直都有意識地將其從自己的意識裏排除出去。他不能肯定那件事發生在哪一年，當時他不會小於十歲，也許是十二歲吧。

溫斯頓的父親早些時候失蹤了，他不記得有多早。但是他記得那時令人不安的喧囂情形：周期性的空襲帶來的驚慌和到地鐵站躲避，處處都有一堆堆瓦礫，街角張貼着看不明白的公告，一羣羣身穿同樣顏色襯衫的少年，麵包店外極長的隊，遠處斷斷續續的機關槍聲，而最重要的，是從來填不飽肚子。他記得在漫長的下午和別的男孩一起，到處翻垃圾筒和垃圾堆找椰菜梗和薯皮的事，有時甚至能找到舊麵包皮，他們會小心地把上面的煤灰擦掉。他們還去等候裝有牲畜的飼料卡車開來，有時，當卡車開到起伏不平的路段，會顛出幾塊油餅。

父親失蹤後，母親並未表現出驚訝或者呼天搶地的悲痛，但在她身上，也發生了突變。她似乎變得完全沒精打采，就連溫斯頓也能看出，她在等候她已經明白必將發生的事情。她做着需要做的一切，做飯、洗滌、縫補、鋪牀、掃地、給壁爐台拂塵，她總是做得很緩慢，奇怪地沒有多餘的動作，就好像一個藝術家的人體模型機械地行動着。她那高大勻稱的身體似乎能自行恢復靜止。她會一連幾個鐘頭坐在牀上，一動不動地照看他的妹妹。他妹妹的骨架很小，病懨懨的，很少出聲，兩、三歲大，由於瘦弱，她的臉看上去像猴子臉。不時，母親會把溫斯頓擁到懷裏，長時間緊摟着他，一句話也不說。雖然年紀小而且自私，但他也意識到不知為何，這跟那件從未提到過的、即將發生的事情有關。

他記起他們住過的房間，陰暗而且空氣不流通，那張鋪着白色牀單的牀已佔了房間的一半。壁爐擋板旁有個煤氣灶，還有塊放食物的擱板。門外平台那裏，有個褐色的陶製洗滌盤，跟其他幾個房間的一樣。他記得母親那雕像般的身軀在煤氣灶前彎着，在攪動鍋裏的甚麼。他記得最清楚的是他從未吃飽過肚子，還有吃飯時進行的兇狠搶奪。他會糾纏不休地問母親為何沒有吃的了，會向她大吵大鬧（他甚至還記得自己的嗓音，那時候開始提前變聲，有時候會奇怪地甕聲甕氣），或者是他試圖以悲切的啜泣來爭取更多的食物。母親很願意給他，理所當然地認為他是「男孩子」，應該得到最大份，然而不管給他多少，他總會要求更多。每次吃飯時，母親都會懇求他別自私，要記着他的小妹妹還在生病，需要吃東西，可是沒有用。她不再給他舀飯時，他會發怒哭喊，用力想把鍋和勺子從她手裏奪過來，還會從妹妹的盤子裏抓一點。他知道會令她們兩人捱餓，可是他忍不住，甚至覺得他有權那樣做，他那種飢腸轆轆的感覺好像令他可以理直氣壯地那樣做。在兩頓飯的之間，母親沒看好的話，他還會不時偷拿擱板上放着的少得可憐的食物。

有一天，配給的巧克力發下來了，過去幾週或者幾個月裏都未發過。他清楚記得那珍貴的一小片巧克力。他們三個人分得兩盎司重的一片（那年頭他們還用盎司計重），顯然應該平分成三份。突然，像是聽從別人的話似的，溫斯頓聽到自己大聲要求得到整塊巧克力。母親告訴他別太貪心。他們沒完沒了地爭辯了很長時間，喊叫、嗚咽、流淚、抗議、討價還價。他那長得極小的妹妹雙手抱着母親，恰似一隻小猴子，她扭着頭用大而憂傷的

眼睛看着他。最後，母親把巧克力掰開四分之三給了溫斯頓，剩下的四分之一給了妹妹。那個小女孩拿着巧克力木然看着，似乎不知道那是甚麼。溫斯頓站在那裏看了一會，然後突然迅速跳起來，從她手裏搶過巧克力就往門口跑去。

「溫斯頓，溫斯頓！」他母親在身後叫他，「回來！把妹妹的巧克力還給她！」

他停下腳步，卻沒回頭。母親那雙焦急的眼睛在盯着他。直到現在，他還想着那件事，但在事情發生的那刻，他根本不明白。他妹妹意識到被搶走了甚麼，開始低聲哭起來。他母親用胳膊摟着孩子，把她的臉貼向自己的乳房，這動作好像悄悄告訴他妹妹快死了。他轉身跑下樓梯，手裏的巧克力變得黏糊糊的。

他自此再沒有見過母親。三口兩口吃完巧克力後，他感到有點羞愧，在街上閒逛了幾小時，直到最後肚子餓得讓他又回到家裏。到家後卻找不到母親，當時這已經是種正常現象。房間裏甚麼也沒少，只是母親和妹妹不見了。她們甚麼衣服也沒帶走，甚至沒帶走母親的大衣。今天，他仍不能肯定母親是不是已經死了，有可能她被送進了勞改營。至於他妹妹，可能像溫斯頓一樣，被轉移到一處無家可歸兒童的集中地（被稱為感化中心），那是因為內戰而設立的。要麼可能跟母親一起被送進了勞改營，要麼只是被扔到哪裏任其死去。

那夢境在溫斯頓的腦海裏依然生動，而那以手臂遮擋的保護動作，和當中的意思好像仍歷久常新。他又想起兩個月前的另外一個夢。那次，母親坐在一艘沉船上，跟她坐在那張鋪着白色牀單的骯髒牀上的樣子一模一樣，他的小妹妹仍貼着她，在他以

下很深的地方，而且不斷往下沉，在漸漸深色的水中看着他。

　　他告訴茱莉亞母親失蹤的事。她也沒有睜開眼，只是翻了個身，以便睡得更舒服。

　　「我猜你當時是個讓人討厭的小豬玀，」她吐字不清地说，「所有小孩都是豬玀。」

　　「對，可我講這件事的意思不在於此。」

　　茱莉亞的呼息顯示她快睡着了，他也不想繼續談論他的母親。根據他所記得的，他估計母親沒甚麼特別之處，也不是個聰明的人，卻擁有一種高貴和純潔的氣質，只因為她遵循的是自己的標準，她的感情是她自己的，無法因外在事物而改變。她不會覺得一個行動沒影響力，就認為那毫無意義。你愛一個人，就去愛他，當你甚麼也不能給他時，你仍然給他愛。當最後一塊巧克力也沒了時，他母親用胳膊摟着她的小孩。那沒用，並不會因此多生出一點巧克力，也不會讓她或她的小孩免於一死，然而她那樣做似乎是自然而然的事。小艇上那個逃難婦女用手臂遮住她的兒子抵擋子彈，那不會比用一張紙去擋有甚麼差異。黨所做的最壞之事，是说服人們僅靠衝動或感情解決不了任何問題，而同時讓你在現實世界中變得徹底軟弱無力。一旦落入黨的手裏，你感到或者沒感到甚麼，你做了或者控制住沒做甚麼，也都完全無關緊要。不管發生甚麼事，你都消失得無影無蹤了，你和你的行為從此湮沒無聞，你被不留痕跡地從歷史河流中清除。然而對僅僅兩代之前的人來說，這點似乎並非很重要，因為他們無意篡改歷史，他們遵從的，是個人之間的忠誠，從來不會對之懷疑。重要的是個人之間的關係，一個完全徒勞的動作、一個擁抱、一

滴眼淚、向垂死之人所說的一句話等等，都具有自身的價值。他突然想到，無產者保持着這樣，他們不會忠誠於一個黨、一個國家或者一種思想，他們互相忠誠。他不再看不起無產者，或者只是把他們看做一種早晚會猛然醒覺並改造世界的惰性力量，這在他是第一次。無產者仍保持人性，他們的內心沒有變得僵硬，一直懷着樸素的感情，而他溫斯頓卻需要通過自覺努力再次學到。想到這點，也沒有甚麼明顯的關聯，他就想到幾週前看到人行道上的一隻斷手，他是怎樣把它踢到溝渠裏，就像那是條椰菜梗似的。

「無產者是人，」他大聲說，「我們不是。」

「為甚麼？」茱莉亞問道，她又醒了。

他想了一小會兒。「你有沒有想過，」他說，「對我們來說，最好是在還來得及之前離開這兒，以後永遠不再見面？」

「對，親愛的，我想過，想過很多次。可是不管怎樣，我都不會那樣做。」

「我們運氣好，」他說，「不過好運氣持續不了很久。你還年輕，看上去正常而且清白，如果能和我這種人保持距離，你有可能再活五十年。」

「不，我全想過。你幹甚麼，我也會幹甚麼。你別太沮喪，我的生存能力很強呢。」

「我們也許能夠再在一起半年或者一年，不曉得，可是最終我們還是注定會分開。你有沒有意識到我們將何等孤立？他們抓了我們後，我們誰都沒辦法為對方做些甚麼，絕對甚麼也不能。如果我招供，他們會槍斃你；如果我不招供，他們一樣會槍斃

你。我能做甚麼或說甚麼，或者我不說甚麼，都絕對無法把你的死推遲五分鐘。我們兩個人甚至不會知道對方是死了還是活着，我們完全無能為力。不過有一點是重要的，那就是我們不會互相背叛，雖然這點也不會影響結果。」

「如果你說的是招供，」她說，「我們會招供的，沒錯。每個人都會，你無法堅持不招供，他們會拷打你。」

「我不是說招供，招供不是背叛。你說了甚麼沒說甚麼都無關緊要，要緊的只有感情。可他們無法讓我不愛你，那會是真正的背叛。」

她想了一下。「他們做不到，」她最後說，「那件事他們做不到。他們能強迫你說出任何話……任何話……卻無法強迫你心裏相信，他們進不了你的內心。」

「對，」他說道，心裏也多了點希望，「對，非常正確。他們進不了你的內心。如果你覺得保持人性是值得的，即使那不能帶來任何結果，你就已經打敗了他們。」

他想到了永遠在監聽的電幕，他們可以日日夜夜監視你，但只要你能保住頸上人頭，就仍然能智勝他們。他們儘管聰明絕頂，卻仍然未能掌握如何發現另一個人心裏在想甚麼的秘密。也許等你真正落到他們手裏後，就並非絕對如此了。人們不知道在仁愛部會遭遇到甚麼，不過可以猜到拷打、藥品、記錄你的神經反應的精密儀器、不讓你睡覺、單獨監禁以及無休止的審訊，一步步把你擊倒。不管怎樣，你無法守住一直不說實話，他們會用審訊挖出來，會拷打你，從你嘴裏撬出來。但如果目標不是求得活命，而是保持人性，說到底，那又有甚麼關係？他們無法改

變你的感情，在這個問題上，連你也不能改變自己的感情，即使
你心裏想。他們能夠詳細至極地挖出你所做、所說及所想的任何
事，然而你內心仍然不可征服，即使你也無法得知自己的內心如
何運轉，連自己也覺得神秘莫測。

8

他們來了，到底還是來了！

他們站在一間長方形房間裏，燈光柔和，電幕的聲音調得很小，華美的深藍色地毯給人一種像是走在天鵝絨上的感覺。在房間內的遠處，歐布朗正坐在一張桌子前，在一盞帶有綠色燈罩的電燈下工作，左右兩邊都有一堆文件。僕人領茱莉亞及溫斯頓進去時，他沒有費神抬頭看。

溫斯頓的心臟撲通撲通跳得很厲害，他懷疑自己是否還能開口說話。他們來了，到底還是來了，那是他唯一的想法。到這裏來已經算是個輕率的念頭，兩人一起來，就更愚蠢，儘管他們到來時，確實走了不同的路線，只是在歐布朗的門口會合。單單走進這樣的一個地方，就需要鼓足勇氣，看一眼內黨黨員所住的地方，或進入他們所住的這一區，都是很少有的事。巨大的公寓樓房的總體氣氛，所有東西的華美感和寬敞感，好食物、好煙絲的陌生氣味，無聲而且快得難以置信的電梯往上往下，身穿白色短上裝的僕人來去匆匆，這一切都令人生畏。雖然到這裏來有很好的藉口，他還是每走一步都擔心會突然冒出一個身穿黑色制服的警衛，要求看他的證件並命令他滾開。但歐布朗的僕人沒猶豫地就讓他們進去了。他是個身穿白色短上裝的黑頭髮矮小男人，

長了張全無表情的菱形面孔，也許是個中國人。他領他們走過的那條過道上，鋪着柔軟的地毯，牆上貼着奶黃色牆紙，還有白色護牆板，全都一塵不染，同樣令人生畏。溫斯頓記得他所見過的牆壁，無一例外地都被許多人的身體磨蹭得髒兮兮的。

歐布朗的手指間捏了張紙條，好像正在專心看着。他那張凝重的臉龐俯視着，只能看到他鼻子的輪廓，樣子既令人敬畏，又是聰明的。在約二十秒的時間裏，他坐在那裏一動不動，然後他把口述記錄器拉向自己，用部裏的混合行話說了一通：

「項目一逗號五逗號七批准句號建議包括第六項加加荒謬近於罪想取消句號前所未有建設性不取加滿估計機械頂上句號通知結束。」

他不慌不忙地從椅子上起來，走過地毯，沒有半點腳步聲地走到他們面前。說完那些新話單詞後，他身上好像少了點官氣，臉色卻比平時更為陰沉，似乎因被打擾而感到不快。溫斯頓內心已有的恐懼好像突然被一種平常的尷尬感所取代。在他看來，似乎很有可能完全犯了個愚蠢的錯誤。他又有甚麼實實在在的證據，認定歐布朗會是某種政治反叛者呢？除了一個眼神和僅僅一句意義模糊的話語外一無所有，剩下的只是他內心的想像，是建立在一個夢境的基礎上。他甚至無法退一步假裝他是來借詞典的，因為那樣的話，就無法解釋茱莉亞何以跟他一起來了。歐布朗走過電幕時，似乎突然想到甚麼。他停下腳步，轉身按下電幕上的一個開關，只聽得一聲脆響，那個聲音停止了。

茱莉亞因為驚詫而輕輕尖叫了一聲。溫斯頓已經感到恐慌，但還是震驚得不由脫口而出：

「您可以把它關掉！」他説。

「對。」歐布朗説，「我們可以把它關掉，我們有這個特權。」

他這時正對着他們，魁梧的身體矗立在他們兩人面前，臉上的表情仍然不可捉摸。他有點像在嚴肅地等溫斯頓説話，可是説甚麼好呢？即使現在，很有可能他這位忙人正性急地琢磨他們為何要來打擾他。誰也沒説話，電幕被關掉後，房間裏是死一般的寂靜，每一秒都好像過得很慢。溫斯頓仍然費力地直盯着歐布朗的眼睛。接着那張陰沉的面孔突然放鬆了，似乎接下來就要微笑。歐布朗推了一下眼鏡，那是他特有的動作。

「我先説還是您先説？」他説。

「我先説吧。」溫斯頓馬上説，「那個真的關了嗎？」

「對，全關了。只有我們。」

「我們來這兒是因為⋯⋯」他頓了一下，首次意識到自己動機的模糊。因為實際上，他不知道能從歐布朗得到怎樣的幫助，所以難以講出自己來這裏的原因。他繼續説話，也意識到他一定説得既有氣無力，又矯揉造作。

「我們相信存在着某種串聯活動，某種與黨對抗的地下組織，而且相信您有所參與，我們想加入，為它工作。我們與黨為敵，不相信英社的原則，是思想犯，也是通姦者。我告訴您這些，是因為我們想把自己交給您，聽憑您發落。如果您覺得我們是自投羅網，我們也認了。」

他感覺門被打開了，他停下來扭頭瞟了一眼。一點沒錯，那個黃面孔矮小僕人沒敲門就進來了，溫斯頓看到他拿了個托盤，上面有一個玻璃瓶和幾隻玻璃杯。

「馬丁是我們的人。」歐布朗淡淡地說,「把酒拿過來,馬丁。放在圓桌上。這兒椅子夠不夠?我們最好還是坐下來舒舒服服地談。替自己搬張椅子進來,馬丁。這是正事,你可以暫停十分鐘不做僕人了。」

矮小男人很自然地坐下來,但仍然有種僕人式的神態,是僕人享受到另眼相待時的神態。溫斯頓以眼角瞄着他。他突然想到那人一輩子都在扮演一個角色,覺得即使僅僅暫時放下裝扮的身分,也是危險的。歐布朗手握玻璃瓶的瓶頸,把一種深紅色的液體倒進幾隻玻璃杯。這動作喚起了溫斯頓的模糊記憶,就是很久以前在牆上或是廣告牌上看過的,一個由電燈拼成的巨大瓶子在上下移動,把瓶裏的東西倒進杯子裏。從玻璃杯上看,那東西幾乎是黑色的,在玻璃瓶內,卻閃着紅寶石般的光芒,有種又酸又甜的味道。他看到茉莉亞拿起她那杯好奇地聞了聞。

「這叫葡萄酒,」歐布朗帶着一絲不易察覺的笑容說,「你們肯定在書本上讀過,不過恐怕外黨黨員很少能喝到。」他的臉色又沉下來,卻又舉起酒杯。「我覺得應該先讓我們為健康乾杯,祝我們的領袖,也就是艾曼紐・戈斯坦身體健康。」

溫斯頓多少有點急切地舉起他那杯酒。葡萄酒是一種他讀到也夢到的東西,就像那塊玻璃鎮紙和查林頓先生記了一半的押韻詩,屬於已經消失的、浪漫的過去,那是他自己心裏對舊時代的叫法。不知為何,他總以為葡萄酒像黑莓醬一樣,味道很甜,而且很快就能讓人有醉意。實際上,他終於喝到時,那種東西顯然令人失望。原因在於喝了許多年杜松子酒後,他變得幾乎不會品酒。他放下空玻璃杯。

「這麼說是有戈斯坦這個人？」他問道。

「對，有這麼一個人，而且還活着。至於在哪兒，我也不知道。」

「那麼串聯活動還有地下組織呢？是不是真的存在？不會純粹是思想警察無中生有編出來的吧？」

「不，是真的，我們叫它兄弟會。除了它存在以及你屬於其中一員，別的你甚麼都不會知道，我很快就會再談到這點。」他看了看他的手錶。「即使是內黨黨員，關掉電幕超過半小時也是不明智的。你們不應該一起來，必須分別離開。您，同志……」他向茱莉亞點了點頭。「您先走。我們還有二十分鐘左右。你們要明白我必須問一些問題。總的說來，你們準備做甚麼？」

「做任何我們力所能及的事。」溫斯頓說。

歐布朗在椅子裏把身子轉過一點，正對着溫斯頓。他幾乎對茱莉亞視而不見，似乎想當然地認為溫斯頓能代表她說話。他閉眼一會兒，然後開始以低沉而無感情的聲音提問，好像是例行公事，是種問答教學法，多數問題的答案他已經心裏有數。

「你們願意犧牲自己的生命嗎？」

「願意。」

「你們願意殺人嗎？」

「願意。」

「去幹可能導致幾百個無辜百姓喪命的破壞活動呢？」

「願意。」

「去向外國出賣你的國家呢？」

「願意。」

「你們願意去欺騙、造假、勒索、腐蝕兒童的思想、散發讓人上癮的藥品、教唆賣淫、傳播性病，做任何可能導致道德敗壞以及削弱黨的力量的事嗎？」

「願意。」

「比如說，如果向小孩臉上潑硫酸這件事在某種意義上說對你們有利，你們也願意去做嗎？」

「願意。」

「你們願意隱姓埋名，餘生都當一個服務員或碼頭工人嗎？」

「願意。」

「如果我們命令你們自殺，你們也願意嗎？」

「願意。」

「你們願意……你們兩個人……永遠分開不再見面嗎？」

「不！」茱莉亞突然插了一句。

而溫斯頓覺得自己好像過了很久才回答。有那麼一陣子，他甚至好像無力說話。他的舌頭在無聲地動着，先是想發出某個詞的音節，接着又想發另外一個詞的開頭音節，他不知道說甚麼好。「不。」他最後說。

「你們能告訴我很好，」歐布朗說，「我們有必要了解一切。」

他轉過身面對茱莉亞又說起話來，語氣裏多了點感情。

「您明不明白就算他不死，他也可能變成另一個不同的人？我們可能不得不給他一個新身分。他的臉、動作、手形、頭髮顏色，甚至聲音都會不一樣了，而且有可能您自己也會變成另外一個人。我們的外科醫生能把一個人改頭換面得認不出來，有時候這也是必要的，有時候我們甚至會截去他的一隻手或腳。」

　　溫斯頓忍不住又很快瞟了一眼馬丁那張蒙古人種的臉龐，上面看不到有甚麼疤痕。茱莉亞的臉略微變得蒼白了一些，令她的雀斑顯現出來，但她仍然大膽地看着歐布朗。她咕噥了一句甚麼話，似乎是表示同意。

　　「好，這就好了。」

　　桌上有個裝香煙的銀盒，歐布朗心不在焉地把煙推給溫斯頓他們抽，自己也抽了一根，接着他站起來，開始慢慢踱來踱去，或許他站着可以更好地思考。那是種高級香煙，很粗，捲得很好，捲煙紙也有種不尋常的柔滑感。歐布朗又看了看手錶。

　　「馬丁，你最好現在去餐具室，」他說，「再過一刻鐘我就要再打開電幕了。你走的時候，好好認認這兩位同志的臉，你會再見到他們，我可能不會。」

　　跟剛才在大門口時一樣，矮小男人的黑眼睛掃視他們的臉龐。他的舉止裏絲毫沒有友好的表示，他在記下他們的外貌，然而對他們不感興趣，要麼是看不出他感興趣。溫斯頓想到假面可能無法改變表情。馬丁沒說話，沒做出任何打招呼的動作就出去了，走時無聲地關上了門。歐布朗踱來踱去，一隻手放在黑色工作服的口袋裏，另一隻手夾着香煙。

　　「你們要明白，」他說，「你們將在黑暗裏鬥爭，永遠會在黑暗裏。你們會收到命令，然後服從命令，也不會明白是為甚麼。回頭我送你們一本書，從這本書裏，你們會了解我們在其中生活的這個社會的真正本質，還有我們據以摧毀它的策略。讀完這本書，你們就是兄弟會的正式成員了。但是除了我們為之奮鬥的總目標以及當前任務，你們對兄弟會永遠了解不到甚麼。我告訴你

們它存在，但是我告訴不了你們它的成員有一百個呢，還是一千萬個。以你們的個人經歷來說，你們永遠連十幾個兄弟會成員的名字也說不上來。你們會有三、四個聯繫人，他們經常消失，然後由別人接上。因為這是你們的初次聯繫，所以會保持下去。你們收到命令時，會由我發出。如果我們覺得有必要跟你們聯繫，就會通過馬丁。最終被抓到後，你們會招供，那不可避免，但是除了自己的行為，你們能招供的事很少。你們說出來的，不過是少數幾個不重要的人。很可能你們甚至無法出賣我。到那時，我要麼已經死了，要麼成了另外一個人，長着另外一副面孔。」

他又在柔軟的地毯上走來走去。雖然他很魁梧，舉動中卻仍具有非凡的優雅之處。即使在他把手伸在口袋裏，或者把弄那根香煙時，仍能散發出優雅的氣質。他給人一種印象，他不僅有力量，而且自信，還諷刺地令人覺得善解人意。不管他內心可能有多麼熱切，他一點也沒有狂熱分子的那種執着的樣子。說起謀殺、自殺、性病、截肢和易容時，他隱約有種開玩笑的樣子。「這不可避免，」他的話音似乎這樣表示，「這是我們一定要做的，不能退縮。然而如果生命再次變得值得活下去，我們就不會做這件事。」溫斯頓對歐布朗的欽佩之情油然而生，那幾乎是崇拜。他暫時忘了戈斯坦那幽靈般的形象。看着歐布朗結實的肩膀和堅毅的臉龐時，那看來非常醜陋而又非常文雅，不能不相信他不可擊敗。他精通謀略，能預見所有危險。連茱莉亞也似乎被他打動了。她由着她那根煙自行燃盡，在聚精會神地聽着。歐布朗繼續說：

「你們已經聽過有關兄弟會的傳言，無疑你們也已經形成了自己的看法。以你們的想像，兄弟會進行規模巨大的地下串聯活

動，在地下室秘密聚會，在牆上塗寫東西，通過暗號或者特殊手勢互相接頭等，然而這種事情一件也不存在。兄弟會的成員無法互相確認，對任何一個成員來說，除了很少幾個人，不可能知道更多成員。即使戈斯坦落到思想警察手裏，他也招不出一份成員名單，也招不出甚麼資料讓他們能順藤摸瓜得到全體成員的名單，根本不存在這樣的名單。兄弟會無法完全被消滅，因為它不是一般意義上的組織，它之所以存在，靠的是一種信念，那不可摧毀。除了這種信念，你們永遠不會有別的來支撐自己。你們感受不到同志之情，也沒人來鼓勵你。最終被逮捕後，你們不會得到任何幫助。我們從來不營救成員，最多是在絕對需要讓某個人不能開口時，把一片剃鬚刀片夾帶送進牢房。你們必須適應沒有結果也沒有希望的生活。你們會工作一段時間，然後會被逮捕，你們會招供，後來就會被處死。這些是你們將看到的僅有的結果，任何可見的變化在我們這輩子裏都不可能看到。我們是死了的人，我們真正的生命在於未來。我們將以幾堆塵土、幾塊骨頭的模樣參與未來生活，然而未來有多遠不得而知，可能在一千年後。目前，除了一點點擴大具有理智思想的人羣，別的都不可能。我們不能合力行動，只能通過一個人向另一個人、一代向下一代這種方式來向外傳播我們的認識。在思想警察當道時，你別無選擇。」

歐布朗停了下來，第三次看他的手錶。

「差不多到了您該走的時間了，同志。」

他對茱莉亞說，「等等，瓶裏還有一半呢。」他把杯子全倒滿，然後舉起他那杯酒。

「這次是為甚麼而乾杯呢？」他仍然帶着一絲譏諷的樣子說，「為了思想警察不辦東西？為了老大哥死掉？為了人性？為了未來？」

「為了過去。」溫斯頓說。

「過去最重要。」歐布朗嚴肅地表示同意。他們喝完了杯子裏的酒，然後過了一會兒，茱莉亞起身要走。歐布朗從櫥櫃頂上取下一個小盒子，遞給她一片扁平的白色藥片，要她放在舌頭上。他說出去時別冒酒氣，這一點很重要，因為開電梯的是個善於觀察的人。她出去後門一關上，歐布朗就似乎已經忘了她的存在。他又來回踱了幾步，然後停了下來。

「還有些細節問題。」他說，「我估計你們有個藏身處？」

溫斯頓跟他說到查林頓先生樓上的房間。

「那裏暫時可以用，以後我給你們另外安排一個地方，重要的是經常變換藏身地。另外，我要把『那本書』送給您。」溫斯頓注意到就連歐布朗說起那個詞時，好像也是帶了引號。「您也明白，就是戈斯坦的書，可能要過幾天我才能拿到一本。您可以想像到，沒有幾本在世，思想警察對它的查抄和銷毀跟我們印刷它的速度一樣快，但那無關緊要，這本書不可毀滅。上一本沒有了，我們可以幾乎一字不錯地再印一本。您上班帶不帶公文包？」

「肯定帶。」

「甚麼樣的？」

「黑色，很破舊，有兩根繫帶。」

「黑色，兩根繫帶，很破舊……好。近期的某一天……我不

能肯定是哪天，您上午上班時收到的通知中，有個詞是印錯的，
您必須要求重發那個通知。第二天，上班時別帶公文包。那一天
某個時候，有人會碰碰你的胳膊說：『我想您的公文包掉了。』在
他給您的公文包裏，有本戈斯坦的書。您要在兩週內歸還。」

他們有一陣子沒說話。

「還有幾分鐘您就得走了，」歐布朗説，「我們會再次見面，
如果我們真能再次見面⋯⋯」

溫斯頓抬頭看着他。「在沒有黑暗的地方？」他遲疑地説。

歐布朗點了點頭，沒有顯得驚訝。「在沒有黑暗的地方。」
他説，似乎也想起了這句話的出處。「還有，在您走之前，還有
甚麼想説的話？有沒有甚麼口信？甚麼問題要問？」

溫斯頓想了一下，好像也沒甚麼問題想問了，更沒有想泛泛
而言地唱的高調。他想到的不是直接跟歐布朗或者兄弟會有關的
任何事情，他腦子裏出現的，是混合在一起的圖像，包括他跟母
親度過最後一段時間的陰暗房間，查林頓先生舖子上的房間，那
塊玻璃鎮紙，還有帶玫瑰木畫框的鋼雕版版畫。他幾乎是隨隨便
便地問：

「您會不會剛好知道一首老押韻詩？開頭是：『橘子和檸
檬。』聖克萊門特教堂的大鐘説。」

歐布朗又點了點頭，他嚴肅而有彬彬有禮地説完了詩中那
一節：

　　　「橘子和檸檬。」聖克萊門特教堂的大鐘説。
　　　「你欠我三個法尋。」聖馬丁教堂的大鐘説。

「你甚麼時候還我？」老百利的大鐘説。

「等我富了再説。」肖爾迪奇教堂的大鐘説。

「您知道最後一行！」溫斯頓説。

「對，我知道最後一行。現在您恐怕該走了，到時間了，可是等一下，最好讓我給您取片藥。」

溫斯頓站起身來，歐布朗伸出一隻手，他握手有力得要把溫斯頓的手捏碎。到門口時，溫斯頓轉過頭，歐布朗卻似乎正在把他從心裏忘掉。他在等待，手放在控制電幕的開關上。在他身後，溫斯頓能看到寫字枱、綠色燈罩的電燈、口述記錄器和放着厚厚文件的鐵絲籃。這件事情已經結束。他想到半分鐘後，歐布朗又會重新為黨做起中斷的重要工作。

9

　　溫斯頓疲勞得像凝膠狀一樣。凝膠是個恰當的用詞，自動出現在他腦海裏。他的身體似乎不僅像果凍那樣軟，而且也呈半透明狀。他覺得如果把手舉起，會看到光線透過來。全部血液和淋巴液都因為無比繁重的工作而被抽乾，只留下由神經、骨骼和皮膚組成的脆弱框架。所有知覺都似乎被放大，工作服在摩擦他的肩膀，人行道讓他的腳底發癢，甚至張開或合上手掌都是種費力的動作，讓他的關節格格作響。

　　他在五天內的工作時間超過九十個小時，部裏其他所有人都是。現在全結束了，直到明天上午，他實際上無事可做，沒有任何黨安排的工作要做。他可以去那個藏身處過六小時，然後再在自己的牀上睡九小時。在不算炎熱的下午陽光中，他慢騰騰地走上一條通向查林頓先生舖子的骯髒街道，同時也注意有沒有巡邏隊出現，然而他感情用事地相信這天下午不可能有誰來干涉他。他帶的公文包重得每走一步都碰到他的膝蓋，讓他的腿部皮膚從上到下都有發麻的感覺。裏面裝的就是「那本書」，他帶着它已有六天，但是還沒有打開過，甚至也沒看過一眼是甚麼樣子。

　　仇恨週的第六天，在經過遊行、講話、呼喊、歌唱、旗幟、海報、電影、蠟像、軍鼓敲打和小號尖響、操正步的踏地聲、坦

克履帶的軋軋聲、大批飛機的轟鳴、槍炮齊響，這樣過了六天之後，氣氛已推至高潮，對歐亞國的全面仇恨沸騰得達到狂亂的程度。將在仇恨週的最後一天被公開處以絞刑的兩千個歐亞國戰爭犯如果落到人們手裏，無疑會被撕成碎片。但就在這時，卻宣佈大洋國根本不是在跟歐亞國，而是在跟東亞國打仗，歐亞國是盟國。

當然，無人承認有過任何轉變，只是極其突然地，每個人都知道了敵國是東亞國而不是歐亞國。大家知道的那一刻，溫斯頓正在參加一次示威活動，在倫敦的中心廣場舉行。時當夜晚，那些白色的面孔及鮮紅的旗幟被耀眼的泛光燈照射着。廣場上聚集了數千人，其中包括一千個身穿偵察隊制服的小學生組成的方陣。在用紅布裝飾的講台上，某個內黨的演講家正向人羣進行慷慨激昂的講話。他是個瘦削的矮小男人，長着跟身材不相稱的長手臂和一顆碩大的禿頭，上面還有幾綹稀疏的頭髮。他長得像個侏儒，因為仇恨而扭動着身子，一隻手抓着米高風，另一隻手——胳膊瘦骨嶙峋，手卻大如蒲扇——在頭頂的空氣中兇狠地抓舞。他的聲音通過擴音器輸出而帶有金屬味，在沒完沒了地噴射着一系列內容，諸如暴行、屠殺、驅逐、搶劫、強姦、拷打戰俘、轟炸平民、散佈謊言的宣傳、侵略、背信毀約等。聽着他演講，你不可能不先是相信，然後變得瘋狂。每隔一陣子，人羣的憤怒沸騰起來，喇叭的聲音被野獸般的咆哮聲壓了下去，那是從幾千個喉嚨裏不可遏制地爆發出來的。而最為野性十足的喊叫，來自那些學童。講話持續了可能有二十分鐘，一個通訊員匆匆上台，把一張紙條塞到演講家手裏。他打開看了一眼，卻並未停止演講。他的聲音和行為沒有任何改變，演講的內容也未改

變，但是突然間，那些名字改變了。不需言詞解説，突然而來的理解像波浪一樣掠過人羣。大洋國在跟東亞國打仗！然後出現一陣劇烈的騷動。廣場上佈置的旗幟和海報全錯了！超過一半的海報上印錯了面孔。這是蓄意破壞！戈斯坦的特務在行動！接着出現了暴亂般的一段插曲，海報被人們從牆上扯下來，旗幟被撕成碎片踩到腳底。偵察隊的隊員表現出驚人的敏捷身手，他們爬上樓頂，把煙囱那裏飄揚的三角旗剪掉。才兩、三分鐘時間，這些工作就全部完成了。那位演講家仍緊握米高風，肩部前傾，另一隻空出來的手在空中抓舞，仍然在演講。再過一分鐘，人羣中又爆發出因憤怒而引起的野蠻咆哮聲。仇恨週跟剛才一樣，絲毫不走樣地進行，只是仇恨的對象改變了。

溫斯頓回頭想一想，令他印象深刻的是，那個演講者實際上是在某句話中間變了調，不僅沒打頓，而且甚至沒破壞句子結構。但在那時，他還在想着另外一件事。海報被扯掉的混亂時刻，有個看不清長相的男人拍拍他肩膀説：「對不起，我想您的公文包掉了。」他沒説話，心不在焉地接過公文包。他知道還要再過幾天，他才有機會看看裏面的東西。示威活動結束後，他立即回到真理部，儘管那時已經差不多二十三點。部裏全體工作人員都這樣做。電幕裏已經傳出要他們回到工作崗位上的命令，但那幾乎是多此一舉。

大洋國在跟東亞國打仗，大洋國一直在跟東亞國打仗。過去五年內的政治性文獻的絕大部分都已完全落伍，所有報道和檔案、報紙、書籍、小冊子、電影、錄音、照片等等，一切都必須以閃電般的速度改掉。雖然沒有甚麼明確指示，但大家都明白，部裏

的首長希望在一星期內，讓所有地方都不再提到跟歐亞國打仗、與大洋國結盟之事。這項工作極其艱巨，而且由於不得明言所涉及到的做法而更顯艱巨。檔案司裏每個人都是每天工作十八個小時，小睡兩次，每次三個小時。從地窖取出牀墊，走廊上攤的全是。三餐飯由食堂服務員用推車推着到處發放，包括三明治和勝利咖啡。每次溫斯頓暫停工作去睡一會兒前，總是先努力把桌上的工作幹完；而每次當他眼皮沉重、腰酸背痛地拖着腳步回來後，他的桌上又堆滿積雪一樣的紙卷，不僅把口述記錄器埋了一半，而且多得掉到地上，因此他要做的第一件事，總是把紙卷堆整齊，以騰出地方工作。最難辦的，是這項工作根本不是完全機械性的，一般情況下可用一個名字代替另一個就行了，但凡在處理某些事件的詳細報道時，都需要細心加上想像力，甚至在把某場戰爭搬到世界上另外一個地方時，都需要相當豐富的地理知識才行。

到了第三天，他的眼睛疼得難以忍受，鏡片每隔幾分鐘就需要擦一次。這就像在支撐着幹一件極其累人的體力活動，一件有權利拒絕去幹，然而又神經質地渴望將其完成的工作。他低聲向口述記錄器唸出的每個詞、蘸水筆的每一畫都是精心編造的謊言，然而有時間回想起來，他不覺得曾被這事實困擾。跟檔案司裏別的人一樣，他渴望能把這種偽造工作幹得十全十美。第六天上午，紙卷來量少了下來。長達半小時裏，甚麼也沒有從管子裏吹送出來，然後又是一個紙卷，接着又沒有了。差不多在同一時間，每個地方的工作都輕鬆了。記錄司裏的每個人都悄悄長嘆一口氣，一件不可提及的偉大功績完成了。現在對任何人來說，都無法以文件證據證明跟歐亞國發生過戰爭。十二點時，出人意料

地收到通知，說部裏所有工作人員從下午到第二天上午都不用上班。溫斯頓仍帶着裝有「那本書」的公文包，工作時會放在兩腿之間，睡覺時放在身下。回了家，刮過臉後，他幾乎在浴缸裏就睡着了，雖然水才微溫而已。

他爬上查林頓先生舖子的樓梯，關節有點叫人舒服地咯咯作響。他身上疲累，卻不再困乏。他打開窗戶，點亮骯髒的小油爐，在上面放了一鍋水，準備煮咖啡。茱莉亞很快也會來，還有「那本書」也在這裏。他坐在那張髒兮兮的扶手椅上，解開了公文包的繫帶。

這是本黑面厚書，裝訂較差，封面上沒印作者名或書名，印刷字體也略微有點不一致。頁邊已經破舊不堪，很容易就會散頁，似乎這本書已經過很多人手。有書名的那一頁上印着：

寡頭集體主義的理論與實踐
艾曼紐・戈斯坦　著

溫斯頓開始閱讀：

第一章
無知即力量

有史以來，很可能自新石器時代結束以來，世界上一直存在三種人：上等人、中等人和下等人。他們以很多方式再往下細分，有過無數不同的名稱，他們的相

對數量以及相互態度都因時代而異，然而社會的基本
結構卻從未改變。即使經過翻天覆地和似乎不可逆轉
的變化之後，同樣的格局總是重新得以奠定，就像無論
往哪個方向推得再遠，陀螺儀都會恢復平衡一樣。

這三個階層的目標永遠不可調和⋯⋯

溫斯頓停了下來，主要是為了體會一下他正在舒適安全地
讀書這一事實。他獨自一人，沒有電幕，鎖眼上也無人偷聽，沒
有扭頭掃視或捂住書本這種不安的衝動。宜人的夏日微風吹拂他
的臉頰，從遠方某處，隱隱約約傳來小孩子的叫喊聲。在這房間
裏，除了時鐘如蟲鳴般的滴答聲，沒有別的聲音。他往扶手椅裏
坐得更深，把腳放在壁爐前的擋板上。這是種無上的幸福，是不
變的永恆。突然，正如一個人有時會翻一本他知道最終會把每個
詞都一讀再讀的書本那樣，他把書翻到另外一處，發現已經是第
三章。他繼續閱讀：

第三章
戰爭即和平

二十世紀中期以前，即可預見到世界將分成三個
超級大國。由於俄國吞併了歐洲，大英帝國被美國所
吞併，現存三大國中，有兩個在當時已實際存在，第
三個大國東亞國將在又經過十年混戰後崛起。三者
之間的邊界在有些地區很明確，而在另外一些地區，

隨着戰爭形勢發展而波動，但一般而言是按照地理界線劃分。歐亞國包括整個歐亞大陸北部，從葡萄牙到白令海峽；大洋國包括美洲、大西洋島嶼以及不列顛各島、澳大利亞和非洲南端；東亞國比另外兩國小一些，西部邊界不是很確定，它包括中國及其以南地區、日本羣島以及蒙古。

　　要麼聯甲攻乙，要麼聯乙攻甲，三個超級大國永遠處於交戰中，過去二十五年裏一直如此。然而戰爭也不再像二十世紀前幾十年的戰爭那樣，具有孤注一擲、你死我活的性質。它是各個無法擊潰對方的參戰國之間目標有限的戰事，既無具體開戰原因，也無意識形態方面的真正差異。但這並不是説戰爭方式或者在戰爭問題上的盛行態度變得沒那麼嗜血或者多了點騎士精神，恰恰相反，戰爭歇斯底里症在各國內部都經久不衰並普遍存在，像強姦、劫掠、屠殺兒童、把大批人口變成奴隸，甚至發展到煮死及活埋這樣針對戰俘的報復行為都被視為正常，而且如果是己方而不是敵方所為，此種行為就更值得稱頌。然而從實際意義上説，戰爭涉及的人數很少，其中絕大多數都是受到高度訓練的專家，造成的傷亡數字相對少一些。戰鬥都是在一些不清不楚的邊境地區，一般人都知之不詳，要麼在扼據海路戰略地點位置的浮動堡壘附近。從各國社會和生活方式意義上説，戰爭的意義僅限於消費品的常年短缺和偶爾打來一顆火箭彈炸死幾十

個人而已。事實上，戰爭的特點已經改變。說得更準確點，發動戰爭的理由在重要性順序上已經改變。在二十世紀上半葉的大戰中只佔較小程度的動機現在已成為主導性的，被有意識認可並依照其行動。

為理解如今的戰爭——因為戰爭或結盟的對象每隔幾年總會變化，但總是同樣的戰爭——人們必須首先理解戰爭不可能是決定性的。三者的任何一方都不可能完全被征服，甚至另外兩國聯合起來也做不到，它們過於勢均力敵，而且相互之間的天然屏障太難克服。歐亞國被其遼闊疆域所保護，大洋國依靠大西洋和太平洋的寬度，東亞國靠的是其居民善於生養以及勤勞的本性。第二，從實際意義上說，也沒可以為之打仗的原因了。隨着自給自足經濟體制的形成，生產和消費達到互相平衡，在以前的戰爭中作為主要戰爭理由的爭奪市場這點已不復存在，原材料之爭也不再是你死我活的問題。不管怎樣，三個超級大國遼闊得能夠在各自疆域內取得所需全部物資。如果說戰爭還有直接經濟原因，那就是對勞動力的爭奪。各大國的國境之間，存在一個哪個國家都不曾長期佔領的地帶，大致呈四邊形，四個角分別是丹吉爾、布拉柴維爾、達爾文港[3]、香港，它包括了全球五分之一的人

3　丹吉爾為摩洛哥北部港口城市，布拉柴維爾為剛果共和國首都，達爾文港為澳大利亞北部港口城市。

口。三大國就是為了佔領這一帶人口密集的地區和北部的冰蓋區而爭鬥不已。實際上，三者中誰都不曾佔領過全部爭議地區。它的各部分經常易手，要靠突然背信棄義的行為，才能佔據這一塊或那一塊地方，正是這一點，造成了結盟方式的不斷變化。

　　所有被爭奪的地區都蘊藏着寶貴的礦產資源，有些地方出產重要的植物產品，如橡膠。在較寒冷的地方生產橡膠，則需要以費用相對較高的合成方法。然而最重要的是，這些地區擁有永不枯竭的廉價勞動力儲備。不管哪個國家，只要佔領了赤道非洲或者中東地區，或者印度南部，或者印度尼西亞羣島，就同時能夠支配幾千萬乃至幾億廉價而勤勞的苦力。這些地區的居民多少被公開置於被奴役的地位，永遠是前一個征服者剛走，下一個又來，而且被當做煤和石油一樣的消耗品，以競賽製造更多軍備，攫取更多領土，控制更多勞動力，製造更多軍備，攫取更多領土，就這樣無限進行下去。應該看到的是，戰鬥從未越過被爭奪地區的邊界。歐亞國的國境在剛果河和地中海北岸之間波動；印度洋和太平洋的島嶼在大洋國和東亞國之間不停易手；在蒙古，歐亞國和東亞國的分界線從未穩定；在北極地區，三者都聲稱對極其遼闊的疆域擁有主權，其實那裏大部分地區都荒無人煙，也未經探測。力量平衡卻總是被大體維持着，作為三大國的中心地域從未被侵犯過。此外，赤道地區被剝削

人民的勞動對全球經濟而言，也並非真正必需。他們
對全球財富總量沒有貢獻，因為不管他們生產的是甚
麼，總被用於戰爭這個目的，發動戰爭的目的，總是
為了讓己方國家在發動下次戰爭時處於有利地位。通
過被奴役人民的勞動，永不停息的戰爭速度會加快。
然而即使他們不存在，全球社會結構以及這種結構自
我維持的過程也不會有根本不同。

現代戰爭最重要的目標（根據雙重思想原則，這
一目標被內黨的管理精英承認的同時也否認）是消耗
機器的產品而不提高總體生活水準。從十九世紀末
期開始，如何處理剩餘消費品的問題就成為工業社會
的潛在問題。當前，少數人就算能填飽肚子，這個問
題顯然仍不緊迫，即使不進行人為銷毀，也可能不會
成為緊迫問題。當今世界跟一九一四年以前的世界
比較起來，是個物質缺乏、食不果腹、滿目瘡痍的世
界，跟當時人們所設想的未來世界比起來更是如此。
二十世紀初期，設想中的未來社會是個令人難以置信
的富足安逸、井井有條、效率極高的社會——是個
由鋼鐵和雪白水泥所構建的光彩奪目、一塵不染的世
界——那是幾乎每個識字的人們意識中的一部分。
科學技術以驚人的速度發展，而且很自然可以想像
科技會永遠發展下去。但這些並未發生，部分由於長
期戰爭和革命所造成的窮困，部分由於科技進步需要
思想上的經驗主義習慣，而在一個嚴格軍事化管理的

社會裏，這種習慣無法倖存。總體而言，當今世界比五十年前的世界更原始。有些落後地區得到發展，不少東西被發明出來，但總是以某種方式跟戰爭和警方的偵察活動有關，實驗和發明總體上說是停止了，二十世紀五十年代的核戰爭所造成的破壞從未被全面修復。然而，機器的潛在危險性總是存在。機器首次出現時，在所有能夠思考的人們看來，人們不必再從事苦工，因此人與人之間的不平等現象很大程度上也將消失。如果機器是有意為此目標而使用，那麼幾代人以後，飢餓、過勞、骯髒、文盲和疾病就會被消除。實際上機器並非有意為此目標使用，而是按照一種自動的過程。在十九世紀末到二十世紀初差不多五十年時間裏，機器確實大大提高了普通人的生活水平，這是通過生產出有時不可能不分配的財富來完成的。

然而同樣明顯的是，財富的全面增長具有毀滅性危險——確實如此，從某種意義上說，是要毀滅等級社會。如果這個世界上每個人都只需要工作很短的時間，能夠填飽肚子，能夠住在一幢有廁所、有冰箱的房屋裏，而且擁有一輛汽車甚或一架飛機，最明顯和也許是最重要的不平等將不復存在。如果這成為全面現象，那麼財富就不會帶來差別。無疑可以想像有這麼一個社會，私人財產和奢侈品意義上的財富是平均分配的，而權力仍然把持在享受特權的少數人手裏，但事實上，這種社會不可能保持長期穩定。如果所有

人都能享受悠閒自在、高枕無憂的生活，絕大多數人都將學會識文斷字和獨立思考，而一般情況下，他們可能因為貧窮而變得愚昧，他們學會這些後，早晚會意識到享受特權的少數人是尸位素餐者，就會將之掃除。長遠而言，等級社會只有建立在貧窮和無知的基礎上，才有可能存在。回到農業社會——正如二十世紀初某些思想家夢想過的那樣——實際上不可行，它跟機械化趨勢相矛盾，而機械化在全球範圍內已經差不多類似一種本能。再者，任何國家如果一直保持工業落後狀態，那麼在軍事上都會過於軟弱，肯定會直接或間接受制於更先進的對手國家。

通過控制物品產量來讓廣大人民保持貧窮狀態，也不是令人滿意的解決辦法。在資本主義的最後階段，約在一九二〇年到一九四〇年之間，很大程度上採用的就是這種辦法。許多國家的經濟因此一直處於停滯狀態，土地拋荒，不再增添資本設備，很大一部分人沒有工作，靠政府慈善行為才得以苟延殘喘。然而也會導致軍事上的弱勢，因為它造成的貧困顯然並非必需，使得反抗不可避免。問題是怎樣讓工業的車輪繼續轉動，而又不增加世界上的財富。必須生產出貨物來，卻又必須不去將之分配。實踐中，只能通過不斷的戰爭才能達到這一目標。

戰爭最根本的行為是毀滅，不一定是人命，而是人們的勞動者生產的產品。戰爭是個將物資粉碎或者

拋到平流層，或者沉到海底的辦法，否則這些物資就
會讓人們生活得過於舒適，因而從長遠意義上說，會
過於聰明。即使戰爭武器真的被摧毀了，武器生產仍
是消耗勞動力的方便途徑，而不用去生產任何可供消
費的東西。例如，建造一座浮動堡壘所使用的勞動力
就能建造出一百艘貨船，然而這一堡壘最終也會報廢
拆掉，永遠不能為任何人帶來物質上的好處，接著再
花費極巨的勞動力去建造下一座浮動堡壘。從原則上
說，戰爭努力總是計劃得能夠消耗掉滿足人們最低需
求之外的所有剩餘物。實際上，人們的需求總是被低
估，結果是生活必需品中有一半總處於短缺狀態，然
而就連這點也被認為是有利條件。這是精心制訂的政
策，讓即使享有特權的團體也在困苦的邊緣徘徊，因
為普遍的物資缺乏能夠增加小小特權的重要性，從而
能夠導致不同集團之間的差別更為明顯。以二十世紀
初的標準衡量，甚至一個內黨黨員所過的生活也是艱
苦樸素、工作繁重的。然而，他的確擁有的一些奢侈
條件——他住面積很大、配套設施齊備的公寓，穿質
地更好的衣服，享用高級的食物、酒類和煙草，還有
兩三個僕人供他驅遣，有自己的汽車或直升飛機——
讓他和外黨黨員的生活有天淵之別，而外黨黨員和他
們稱為「普羅」的貧不聊生的大批無產者相比，又享
有類似的特權地位。社會氣氛是那種相當於被圍困的
城市之內的氣氛，貧富的差別可能就是有沒有一塊馬

肉可吃。同時，由於人們意識到處於戰爭中，因此是處於危險中，這使得將全部權力交給一個小小的階層似乎是自不待言，是為了生存下去不得已而為之。

可以看出，戰爭不僅完成了必需的摧毀工作，而且完成得在心理上也能接受。從原則上說，通過建造廟宇和金字塔，挖個坑然後再填上，或者甚至是生產出大批貨物然後放把火燒掉這些方式，也能很簡單地把過剩的勞動力浪費掉，然而這些方法僅能提供等級社會的經濟基礎，而非感情基礎。在此，要關注的不是無產者的精神面貌——只要讓他們一直處於工作中，他們的態度便無關緊要——而是黨自身的精神面貌。甚至是地位最低的黨員也要求他們稱職而且勤勞，甚至在有限的程度內頭腦聰明，但是同樣需要他們做易於輕信和愚昧無知的狂熱分子，他們主要的精神狀態是恐懼、仇恨、無限敬仰和欣喜如狂。換句話說，他應該具有和戰爭狀態相適應的心理狀態。戰爭是否真正發生着沒有關係，而且因為不可能取得決定性勝利，戰爭進程的順勢逆勢也沒有關係，需要的只是應當保持戰爭狀態。黨要求其黨員的智力分裂——這在戰爭氣氛中更容易達到——現在幾乎成了種普遍現象，而且所處職務越高，這一點就越突出。恰恰是在內黨中，戰爭的歇斯底里症和對敵人的仇恨最強烈。以他作為管理者的身分，一個內黨黨員經常需要知道這條或那條戰爭消息是不實的，他也許經常也

能意識到整個戰爭都是無中生有之事，既非正在發生着，也非為了跟所宣稱的相去甚遠的目的而發動，然而通過「雙重思想」，不難使這種認識失效。同時，沒有一個內黨黨員對戰爭正在進行着的神秘信念有過一絲動搖，而戰爭注定將以己方取勝而結束，大洋國將成為無可爭議的世界主宰。

　　對這種即將到來的征服，所有內黨黨員都將其當做事關信仰之事。征服要麼通過攫取一塊塊領土逐漸達到，從而積聚起無堅不摧的強大力量，要麼靠着研製出無法與之對抗的新式武器。這種研製新式武器的工作正在持續不斷地進行，這也是具有創造力或者愛思考的頭腦能得到用武之地的極少數活動之一。在當今大洋國，傳統意義上的科學幾乎已經不復存在。新話裏沒有「科學」這個詞，過去的科學成就賴以建立的思維上的經驗主義方法跟英社中最基本的原則相矛盾。就連技術進步，也必須是在它的產品能以某種方式用以減少人類自由的前提下才能取得。所有實用技術方面要麼停滯不前，要麼在倒退。耕作農田用的是馬拉犁，書本卻是用機器寫就。但在至關重要的問題上──其實指的就是戰爭和警方的偵察活動──仍然鼓勵，或者說容忍，以經驗主義方法實行。黨有兩個目標，一是征服全世界，二是一勞永逸地消滅獨立思考的可能性。因此，黨要解決的最主要難題有兩個，一是如何在並非本人自願透露的情況下發現他正

在想甚麼，二是在沒有預警的情況下於幾秒鐘內消滅上億人口。科學研究之所以仍繼續進行，這些就是研究課題。現在的科學家要麼是集心理學家和審訊者於一身，對臉部表情、動作和說話音調所蘊含的意義進行極其細緻的研究，而且對讓人說實話的藥物、休克療法、催眠和拷打肉體的效果進行試驗；要麼他是個化學家或者物理學家，或者生物學家，只研究專業上跟殺人有關的特定分支。在和平部裏的巨型試驗室裏和隱蔽在巴西森林裏——或是在澳大利亞的沙漠中，或是南極洲的不為人知的島嶼上——的試驗站裏，一隊隊專家正在不知疲倦地工作着。有些專家只是在制訂將來戰爭的後勤計劃，有些專家在設計越來越大的火箭彈、威力越來越大的炸藥和防護性能越來越好的裝甲；還有些專家在尋找更致命的毒氣，或者可大批生產的可溶性毒藥，以致能全部消滅地球上的植物或者能抵抗所有可用抗生素的病菌種類；另外有些專家在努力製造出可以在地下前進的車輛，如同潛艇在水下那樣，或者像帆船一樣不需要基地的飛機；還有些專家的研究方向更是匪夷所思，例如通過架設於幾千公里以外太空中的透鏡聚焦太陽光，或者利用地心熱量，人為製造出地震和海嘯。

　　但是所有這些項目離現實從來差得很遠，三大國中，沒有哪個能明顯領先另外兩個。更值得注意的是，三者都已經擁有原子彈，那比他們目前任何一種

研製工作有可能製造出來的武器的威力都更大。雖然黨習慣性地將原子彈的發明歸功於自己，然而原子彈早在二十世紀四十年代就已出現，差不多十年後開始大規模使用。當時，幾百顆炸彈投在工業中心地區，主要在俄國的歐洲部分、西歐以及北美。其後果令三國的統治集團明白再多投幾顆，就意味着有組織社會的末日，也是他們自己掌權的結束之日。因此，雖然正式的協定不曾存在過或者有跡象存在過，然而沒有誰再扔原子彈。三大國全都只是繼續製造原子彈並儲備起來，等待決定性機會的到來，他們都相信那一天遲早會來。同時，戰術在三、四十年的時間裏幾乎被固定下來。直升機比以前使用得更頻繁，轟炸機在很大程度上已被自動推進的炮彈所取代，易受攻擊的可航戰艦讓路給了不會沉沒的浮動堡壘，然而在其他方面，幾乎沒有任何進展。坦克、潛水艇、魚雷、機關槍，甚至步槍和手榴彈都仍在使用。雖然報章上和電幕裏在報道沒完沒了的殺戮，但是像早期戰爭中孤注一擲的戰鬥，也就是在幾週內使幾十萬甚至是幾百萬人送命的戰鬥，卻從未再次發生。

　　三大國中沒有一國會企圖進行有可能帶來重大失敗危險的部隊調動。所採取的任何大規模軍事行動，都是對盟國的突然襲擊。三者都採用的，或自欺地採用的都是同樣的策略。三者的計劃是通過結合戰鬥、討價還價和時機計算恰當的背叛行為，去佔領

多個基地，這些基地形成一個圈圈，將兩個對手國家之一完全包圍起來。然後跟該國家簽下友好條約，在許多年時間裏與其保持和平關係，以致其疑心全失、麻痺大意起來。這期間，裝有核彈頭的火箭彈可以集中到所有戰略據點。到最後，這些火箭彈在同一時間發射，造成鋪天蓋地的效果，以至於不可能進行反擊。然後再跟剩下的對手國家簽訂友好條約，並為下次攻擊作準備。幾乎不值一提的是，這種如意算盤只是白日做夢而已，沒有實現的可能。不僅如此，除了赤道及北極附近的被爭奪地區，從來沒有哪個國家進攻過敵國領土，這就說明了各大國之間在某些地方有確定的邊界。例如，歐亞國很容易就能攻佔不列顛羣島，從地理位置上說，那是歐洲的一部分，另一方面，大洋國也能將其邊界擴張到萊茵河甚至維斯圖拉河 [4]，但那樣就違反了各大國都遵循的關於文化統一性的不成文原則。如果大洋國佔領以前被稱為法國和德國的地區，就需要或者消滅當地的居民，這會是一項實行起來極為困難的工作，或者把差不多有一億的人口同化，從技術發展角度來說，這些人口與大洋國的人口處於一致的水平。三大國都面臨同樣的難題，對其結構來說，絕對需要除了有限度地和戰俘和黑人奴隸接觸，不與外國人發生任何聯繫。甚至對目前的

4　維斯圖拉河：又稱維斯瓦河，波蘭最大的河流，流經華沙、克拉科夫等。

正式盟國，也以最複雜的猜忌之心度之。大洋國的普通公民除了見到戰俘，從未見過一個歐亞國或者東亞國的公民，而且被禁止學習外語。如果他被允許跟外國人接觸，就會發現他們跟他是一樣的同類，他被告知的關於那些人的說法絕大部分是謊言，他在其中生活的封閉世界將被打破，而他的道德觀賴以存在的恐懼、仇恨和自以為是的正義感就可能灰飛煙滅。因此，所有三方都意識到不管波斯或者埃及，或者爪哇島，或者錫蘭易手多少次，除了炮彈，一切都絕對不可越過邊界。

在此背後，有一項從未明明白白講出來的事實，然而被默認，並成了行為準則，那就是所有三大國中的生活狀況都相差無幾。在大洋國盛行的哲學叫英社，在歐亞國盛行的哲學被稱為新布爾什維主義，而在東亞國盛行的哲學有個中文名字，通常被譯作「崇死」，但是也許用「毀滅自我」可以表達得更透徹。大洋國的公民被禁止了解另外兩種哲學的任何宗旨，卻被教導將其斥為野蠻地違背了道德和常識。實際上，這三種哲學幾乎無法分別，所支持的社會體系根本沒有任何區別，都是同樣的金字塔結構，同樣有着對半人半神領袖的個人崇拜，經濟同樣由連綿戰爭所維持，並為戰爭而服務。因此，三者不僅不能將對方征服，而且征服了也不會有任何獲益。恰恰相反，只要三者之間保持戰爭衝突，就會像三捆穀物那樣互相支

撐着。通常而言，三者的統治集團對其所作所為在意識到的同時也意識不到。生活中，他們都致力於征服全世界，然而他們也知道，有必要讓戰爭在不可能取勝的情況下永遠繼續下去。同時，因為不存在征服或者被征服的可能，使得否認現實成為可能，這也正是英社和與其對立的其他兩種思想體系的特徵。有必要重複一次之前已經講過的東西，也就是通過變得連綿不斷，戰爭從根本上說，改變了自身性質。

在過去，一場戰爭幾乎從定義上說，是早晚會結束的，通常說來，勝利還是失敗也明確無誤。在過去，戰爭也是人類社會用以與具體現實保持聯繫的主要手段之一。每個時代的每位統治者都曾試圖將錯誤的世界觀強加給他們的追隨者，然而不會鼓勵他們擁有趨於影響軍事效率的錯覺，其後果令這些統治者承受不起。只要失敗意味着失去獨立，或者意味着通常被認為不好的結果，就一定要認真防備以避免失敗。具體事實不能視而不見。哲學或宗教或倫理學或政治中，二加二可能等於五，但在設計槍械或者飛機時，二加二就必須等於四。缺乏效率的國家總是遲早會被征服，而追求效率則不利於產生錯覺。再者，為追求效率，就有必要向過去學習，那就意味着對過去發生之事要有相當精確的觀念。當然，以前的報紙和歷史書經常是帶着偏見和經過歪曲的，但不可能像如今這樣進行偽造活動。戰爭能可靠地讓人保持理智，對統

治集團而言，它也許是讓理智得以保持的所有措施中最重要的。不管戰爭是贏是輸，沒有哪個統治集團毫無關係。

　　然而，當戰爭實際上變成連綿不斷時，它也不再是危險的了。戰爭連綿不斷時，就沒有軍事必要這一概念，技術進步可以停止，最明顯的事實可以被否認或漠視。正如我們已經看到的，仍在進行的、能稱為科學研究的研究仍是為了戰爭這一目標，然而從本質上說，那是種白日夢，而不能研究出成果也不重要。效率，甚至軍事效率都不再需要。在大洋國，除了思想警察，一切都無效率。因為三大國的每一個都不可征服，實際上每個國家都是個自成一體的世界，在其中，幾乎想怎樣歪曲思想都可以放心實行。現實只是在日常生活需要中凸現出來——飲食需要、住房需要、穿衣需要、避免服毒或者從頂樓窗戶跳下來的需要，諸如此類。生與死、肉體的歡樂和疼痛之間仍有差別，但僅此而已。在被與外部世界以及過去切斷聯繫的情況下，大洋國的公民就像位於星際之間的人，不知道哪個方向是上，哪個方向是下。這種國家裏的統治者地位至高無上，就連以前的法老或凱撒都未曾達到。他們必須避免他們的追隨者餓死太多，以致造成不便，而且還不得不與對手國家在軍事技術上保持同樣的低水平。然而一旦達到這些起碼條件，他們就可以將現實隨心所欲地進行扭曲。

　　因此，按照從前的戰爭標準來衡量，現代戰爭不過徒有虛名而已，它就像某種反芻動物之間的爭鬥，這種動物頭頂的角所長的角度讓它們不會互相傷害。但是儘管戰爭是不真實的，卻並非沒有意義。它會消耗掉剩餘的消費品，也有助於保持那種特殊的精神氛圍，那是等級社會所必需的。可以看出，現在的戰爭完全成了一種內部事務。過去，所有國家的統治集團雖然也承認他們的共同利益，因而對戰爭的破壞性進行控制，但他們的確互相開仗，而且勝利者也掠奪失敗方。而在我們當今這個時代，他們根本沒有互相開仗，戰爭是由統治集團向着自己的國民發動的，而且戰爭的目的，不是為了去攻佔或防止被攻佔領土，而是保持社會結構不變。因此，「戰爭」這個詞就變得使人誤解。也許說得準確點，就是通過將其變得連綿不斷，戰爭已不復存在。從新石器時代一直到二十世紀早期的戰爭對人們造成的那種獨特壓力也不復存在，而代之以很不相同的其他之事。如果三大國不是互相開戰，而是同意永遠保持和平，每個國家的邊界都不受侵犯，結果將完全一樣。因為在那種情況下，每個國家都仍是自成一統的天地，永遠不會有外來危險所帶來的使人頭腦清醒的影響。真正永遠的和平和戰爭將是一回事。這一點——雖然黨員中的絕大多數只是在淺層意義上明白這一點——就是黨的標語「戰爭即和平」的內在含義。

　　溫斯頓停止了閱讀。遠處，一顆火箭彈雷鳴般爆炸了。獨自在沒有電幕的房間裏讀禁書的極樂感覺仍未消逝。獨處和安全是種身體上的感覺，不知為何，它跟身體上的疲累感、扶手椅的柔軟感以及窗外吹入的微風拂在臉頰上的感覺摻雜在一起。那本書讓他讀得入迷，或者説得更準確一點，它給了他安心的感覺。從某種意義上説，那本書上所寫的內容沒有甚麼是他不知道，但那正是它吸引人的部分原因。如果他有可能把自己的零亂思想整理出來，書上所説的正是他會説的東西。它是由另外一個跟他具有類似思想的人寫出來的，但在能力、系統性和無畏精神方面，此人比他強許多倍。在他看來，最好的書本是告訴你一些你已知事情的書本。他剛剛翻回第一章，就聽到茱莉亞走上樓梯的聲音，他從椅子上起身去迎接她。她把褐色工具包扔到地上，一下子撲進他懷裏。他們超過一星期沒見過面了。

　　「我拿到了『那本書』。」鬆開她後溫斯頓説。

　　「噢，你拿到了嗎？好。」她沒有多大興趣地説，幾乎馬上就在油爐旁邊跪下來開始煮咖啡。

　　直到在牀上躺了有半小時後，他們才回到這個話題。傍晚的涼意剛好可以讓他們蓋上牀罩。樓下照常傳來熟悉的唱歌聲和靴子走在石板路上的摩擦聲。溫斯頓第一次來時看到的那個強壯的紅胳膊女人幾乎是院子裏的固定風景，只要太陽不落山，她似乎沒有一個鐘頭不是在洗衣盆和晾衣繩之間走來走去，嘴裏不是塞着晾衣服的夾子，就是在興致勃勃地唱歌。茱莉亞側躺着，像是已經快睡着了。他伸手拿過在地板上放着的「那本書」，然後靠牀頭坐着。

「我們一定要讀讀它。」他説,「你也得讀。所有兄弟會的成員都得讀。」

「你讀吧。」她眼也沒睜地説,「讀得大聲點。這樣最好了。你可以邊讀邊解釋給我聽。」

時鐘指向六點鐘,即十八點,他們還有三、四個小時。他把書本擱在膝蓋上,開始讀了起來。

第一章
無知即力量

有史以來,很可能自新石器時代結束以來,世界上一直存在三種人:上等人、中等人和下等人。他們以很多方式再往下細分,有過無數不同的名稱,他們的相對數量以及相互態度都因時代而異,然而社會的基本結構卻從未改變。即使經過翻天覆地和似乎不可逆轉的變化之後,同樣的格局總是重新得以奠定,就像無論往哪個方向推得再遠,陀螺儀都會恢復平衡一樣。

「茱莉亞,你醒着嗎?」溫斯頓問道。
「對,親愛的,我聽着呢。往下讀,寫得太棒了。」
他繼續讀下去:

這三個階層的目標永遠不可調和。上等階層的目

標是保持其地位，中等階層的目標是跟上等階層調換地位，下等階層的目標，如果有——因為他們被苦工壓得喘不過氣，只是斷斷續續地意識到他們日常生活之外的事情，這已經成為他們恆久的特點——就是要消滅所有差別，創造出一個人人平等的社會。因此具有相同主要特點的鬥爭貫穿了整部歷史。很長一段時期內，上等階層似乎牢固地掌握着權力，然而遲早會到了這麼一個時刻，他們要麼對自己失去信心，要麼無能力進行有效統治，要麼兩者皆有。接下來，他們被中等階層推翻，中等階層假裝為了自由和正義而鬥爭，因而爭取到下等階層的支持。但是中等階層一旦達到目的，就立刻將下等階層又強行置於原先受奴役的地位，然後自己成為上等階層。很快，新的中等階層從另外一種或兩種人中分離出來，鬥爭又重新開始。三種人中間，只有下等階層從未哪怕是暫時達到過目標。說自古至今從未有過實質上的進步是誇大其辭，即使在現在，雖然處於衰退時期，一般人的生活水平跟幾個世紀前比起來還是有實質性的進步。但無論是財富的增長，還是舉止的文明化、改革或者革命，都不曾向着人類的平等推進過哪怕一毫米。從下等階層的角度來看，歷史性變動所意味的，除了主宰者的名稱變化，從來別無其他。

　　到十九世紀後期，在許多觀察者看來，此種模式的反覆性顯而易見，因此產生了一個思想家學派，

他們將歷史詮釋為循環發展的，聲稱這一點表明了不平等乃人類生活的不變法則。當然，這一學說向來不乏擁護者，但在如今，它被提出的方式是大大不一樣了。過去，等級社會這種社會形式的必要性特別被上等階層宣揚，它被國王、貴族和靠其過着寄生生活的牧師、律師之類的人鼓吹，一般說來，是通過承諾死後可以進入一個想像出來的世界，從而淡化等級社會的嚴峻性。中等階層只要仍在為掌權而鬥爭，便總是使用自由、平等、博愛這些字眼。然而如今的情況是，四海之內皆兄弟的觀念受到目前還沒有、只是希望不久就會掌權的人們的攻擊。過去，中等階層打着平等的旗幟鬧革命，然後當舊的專制一被推翻，就馬上會建立起新的專制，而新的中等階層實際上事先就宣稱要實行專制。社會主義作為一種理論，出現於十九世紀，是可以上溯到古代奴隸起義的一系列思想鏈條上的最後一環，它仍然深深受到舊時代烏托邦主義的影響。然而約從一九○○年以來出現的社會主義的每一變種都多少公開拋棄了建立自由、公平社會的目標。本世紀中葉出現的新運動 —— 即大洋國的英社、歐亞國的新布爾什維主義、東亞國的通常被稱為「崇死」的主義 —— 都有自覺的目標，即保持不自由、不平等永遠不變。這種新運動當然是從舊的發展而來，趨於變得有名無實，對舊的主義中的意識形態只是口頭宣揚而已。然而這三種運動的目標都是抑制

進步，在某個時刻讓歷史止步不前。那種常見的鐘擺式運動將再次發生，然後就停下來。照例，上等階層將被中等階層推翻，後者就成了上等階層，不過這一次，通過有意採取的策略，上等階層將永遠保持地位不變。

　　新學說之所以出現，部分是由於歷史知識的積累和歷史感的增強，那在十九世紀以前幾乎不存在。歷史的循環性前進如今已為人們所了解，要麼說似乎如此。如果說它是可以理解的，那麼就可以篡改。然而最重要也是最根本的原因，是早在二十世紀初，人類的平等已在技術上成為可能。仍然不變的是人們的天賦各不相同，能力也各不相同，有些人得天獨厚，另一些人並非如此。然而到了二十世紀初，已經不再有階級差別或者貧富懸殊的必要。在更早的時代，階級差別不僅不可避免，而且有利。不平等是文明的代價。然而隨着機器生產的發展，此種情形發生了變化。即使人們仍需要做不同種類的工作，卻不再需要在不同的社會及經濟水平上生活。因此，從正在奪取權力的新集團的角度看來，人類的平等不再是個值得奮鬥的目標，而是需要避開的危險。在更遠古的時代，在實際上不可能存在平等公正的社會時，就會相當容易相信其存在。幾千年以來，人們一直夢想有人間天堂，在其中沒有法律和累死累活的工作，人人親如兄弟般在其中生活，甚至在確實從革命中獲益的人

們當中，這種憧憬也有一定的市場。法國、英國和美國革命的繼承者部分相信對於人權、言論自由、法律面前人人平等之類他們自己的說法，甚至其行為某種程度上也受到這些說法的影響。然而到了二十世紀四十年代，所有主要政治思想的主流都是獨裁主義的了。恰恰就在有可能實現時，人們卻不再相信有人間天堂。每一種新的政治理論，不管如何自稱，都導致倒退回等級化和軍事化。從一九三〇年左右開始，在普遍正變得嚴峻的形勢下，那些停止很久的做法，有些停止幾百年了——不經審訊關押、把戰俘當做奴隸、公開處決、刑訊逼供、扣押人質乃至放逐整個地區的人口——不僅變得平常，而且被自認開明和進步的人們容忍甚至辯護。

只是在全球範圍內經過十年國際戰爭、內戰、革命和反革命之後，英社和與其並立的其他主義才成為被全面貫徹執行的政治理論。不過其到來則早被其他許多體制預示過了，那些體制一般被稱為極權主義，出現於本世紀早些時候，而將在大亂之後出現的新世界的輪廓則早就顯而易見，由甚麼樣的人來控制這個世界也同樣顯而易見。新生貴族絕大部分由官僚、科學家、技師、工會組織者、宣傳專家、社會主義者、教師、記者和專業政治家所組成。這些人源自領工資的中產階級和工人階級中的上層，由以壟斷工業和中央集權政府所組成的貧瘠的世界造就，並團結到一

起。跟舊時代相應階層的人們比起來，他們沒那麼貪婪，更不易被奢侈生活所誘惑，更渴望擁有純粹的權力，而最重要的是，他們對自己正在進行的行為有更清醒的認識，在鎮壓反抗方面更有決心。最後一個區別最重要。跟現今的專制比起來，過去的專制並非全力維持，而且缺乏效率。過去的統治集團某種程度上總受到開明思想的影響，對到處存在的控制不住的現象聽之任之，只是關注明目張膽的行為，而且對他們的國民想甚麼毫不關心，甚至中世紀的教會以當今標準衡量，也具有寬容性。之所以如此的部分原因是，在過去，沒有哪個政府能對其公民持續進行監視。然而印刷術的發明使得公眾意見易於控制，而電影和收音機更在這方面推進一步。隨着遠程視像技術的開發，技術進步使得用同一台設備同時接收和傳送變得可能，人們從此無法再過不受干涉的生活。在其他信息渠道都已斷絕的情況下，任何公民，或者說至少每個重要到值得被監視的公民都可能每天二十四小時處於警方監視之下，也二十四小時被置於官方的宣傳聲浪中。這樣，不僅是完全服從於國家的意志，而且在所有問題看法上的絕對統一就史無前例地成為可能之事。在五、六十年代的革命之後，社會照例進行自我重組，分成上、中、下三個階層。但是新的上等階層跟以前的上等階層不一樣，他們並非依本能行事，而是知道怎樣做才能保住地位。他們早就認識到寡頭

政治最穩固的基礎是集體主義。財富和特權如果被集體擁有，捍衛起來也最為容易。二十世紀中葉進行的所謂「消滅私有財產」運動，其實意味着財富集中到了比以前少得多的人們的手裏，不同之處是新的財富擁有者是個集團，而不是許多單獨的人。從單獨個人意義上說，黨員除了很少的個人財產，別的甚麼都不擁有，但在集體意義上，黨擁有大洋國的一切，因為它控制一切，並以其認為合適的方式處置產品。革命之後那些年裏，它幾乎未遭反抗就獲得了這種主宰地位，這是因為整個過程都以集體化為代表。一般人總會設想，如果資本家被剝奪財產所有權，社會主義就肯定隨之而來。毫無疑問資本家被剝奪了財產，工廠、礦山、土地、房屋、運輸工具，他們就被剝奪了一切。因為這些不再是私有財產，那就一定應該是公共財產。作為源於早期社會主義運動的英社，沿用了社會主義的措辭，實際上也執行了社會主義綱領的主要部分，結果既是提前預見到，又是蓄意導向的，那就是經濟上的不平等變成永久性的了。

然而為了長期保持等級社會，問題還要複雜得多。統治集團之所以下台，會有四種情形，要麼被外部勢力所征服，要麼其統治的效率不高，以致大眾發動起來造反，要麼它讓一個強大的、心懷不滿的中等階層得以出現，要麼它喪失了統治的自信和意願。這些因素都不是單一起作用的，作為規律，某種程度上

說，這四種因素全都存在。統治集團如果能防止此四種因素出現，就會永遠掌權。說到底，決定性因素還是統治集團自身的精神狀態。

本世紀中葉之後，上述第一種危險在現實中已不復存在。如今將世界瓜分的三個國家中的每一個，實際上都不可征服，只有通過緩慢的人口變化使其有可能被征服，然而作為一個擁有廣泛權力的政府，很容易就可以避免這樣。第二種危險也只是種理論上的危險。大眾從來不會自發造反，他們也從來不會僅僅因為受到壓迫而造反。確實，只要不讓他們掌握作比較的標準，他們就根本永遠意識不到自己在受壓迫。過去周期性發生的經濟危機毫無必要，如今也不允許發生，但是其他情形，具有同樣大範圍的混亂狀況能夠而且確實會發生，只是不會帶來政治性後果，因為不滿不可能被表達得清晰有力。至於生產過剩的問題──因為機械技術的進步，在我們的社會，這一直是個潛在問題──可以通過連綿不斷的戰爭解決（參見第三章），戰爭也有利於將大眾的士氣鼓舞到必要水平。因此，從我們目前的統治者的角度來說，唯一的真正危險，是從他們自身階層分化出一個由能幹、未盡其才、渴望權力的人所組成的集團，從而產生出自由主義和懷疑主義精神。這就是說，問題在教育，要不斷促進領導集團和緊挨其下的更大的行政管理集團的覺悟，而大眾的覺悟則要以否定的方式來影響。

　　在此背景下，即使一個人原先不了解大洋國社會的主要結構，也能夠推斷出來。金字塔的頂端為老大哥，老大哥永遠正確，無所不能。每次成功、每項成就、每次勝利、每項科學發現、所有知識、所有智慧、所有幸福、所有德行，都被認為是直接在他的領導和鼓舞下取得的。誰也不曾見過老大哥，他是宣傳牌上的一張面孔、電幕裏的一把聲音。我們可以合理地確信他將萬壽無疆，至於他何時出生，已經成了很不確定的事情。老大哥是黨選擇用來向世界展示自己的一個形象，他的作用是作為熱愛、恐懼、崇拜的焦點，在對象是某個人而非某個機構時，這些感情更易於產生。老大哥之下是內黨，人數限制在六百萬，或者說不到大洋國人口的百分之二。內黨之下是外黨，如果內黨可以稱之為國家的大腦，外黨就像國家的手。再往下是愚昧的大眾，習慣上稱之為「無產者」，可能佔全部人口的百分之八十五。我們前面所做的社會分類中，無產者是下等階層，因為赤道地區的被奴役人口經常在征服者之間易手，不是永遠或者必要的組成部分。

　　從原則上說，這三個集團的成員並非世代相傳。內黨黨員的後代理論上並非生來就是內黨黨員。能否當上內黨或外黨黨員，要在十六歲時通過考試決定。也不存在任何種族歧視或任何明顯的一個地區控制另一個地區的現象。黨的最高層有具有猶太人、黑人、

南美人血統的黨員，每個地區的行政管理者總是從那一地區的居民中挑選出來的。大洋國的所有居民都沒有自己被別人從一個遙遠的首都殖民的感覺。大洋國無首都，其名義上的元首，是一個無人知其行蹤的人。除了英語是通用語言，新話是官方語言，所有其他方面都未實行集中化。它的統治者不是靠血緣關係聚攏在一起，而是靠着信奉同樣的教義。確實，我們的社會是分等級的，而且分得很嚴格，是按照乍一看似乎是世襲的脈絡分等級。不同階層之間發生的互相流動情況，比在資本主義甚至是工業前時代都要少得多。黨的兩個分支之間有一定數量的人員換位，但目的只是把意志薄弱者從內黨剔除出去，並提拔外黨那些野心勃勃的人，以使其不致造成危害。無產者實際上得不到提拔，其中最具天賦的，有可能成為傳播不滿的核心人物，他們只會被思想警察盯上並消滅。但此種狀況並非一定永遠不變，而且並非原則問題。黨不是原先意義上的階級，其目的不是將權力交給自己的下一代這樣簡單。如無其他辦法讓最能幹的人留在最高層，它會完全準備好從無產者階層中提拔整整新的一代。關鍵年代裏，黨並非世襲體制這一點很大程度上能化解反抗。老式社會主義者被訓練跟所謂的「階級特權」作鬥爭，他們以為不是世襲的，便不會是永遠的，然而他們不明白寡頭政治的連貫性並不需要在實際意義上世襲，也未能想一想世襲貴族統治總是

短命的，而像天主教會這樣具有吸納性的機構，有時會維持幾百到幾千年。寡頭統治的要旨不是父傳子、子傳孫，而是堅持死者加諸生者的某種世界觀和生活方式。只要它能指派自己的後繼者，統治集團就永遠會是統治集團。黨所關心的不是血統上的永存，而是自身的不朽。只要等級化結構永遠保持不變，至於是誰掌握權力並非重要。

真正說起來，所有我們這個時代特有的信仰、習慣、喜好、情感、精神狀態，都是為了保持黨的神秘性，並防止當前社會的本質被看透而有意使其持續下去。實際的造反行為或者任何造反的鋪墊工作在目前都不可能。完全不用害怕無產者，由其放任自流，他們就會一代接一代、一個世紀接一個世紀地工作、生養、死去。他們不僅沒有造反的衝動，而且不會明白世界可以變成另外一個樣子。只有當工業技術的發展使得有必要對他們進行更高層次的教育時，他們才會變得危險，但是既然軍事、商業以及競爭都不再重要，無產者的教育水平實際上是降低了。無產者有甚麼意見或者沒有甚麼意見都被認為是無關緊要之事，他們之所以被允許享受思想的自由，是因為他們沒有思想。另一方面，在黨員身上，甚至在最不重要事項上最細微的思想越軌，也不能被容忍。

黨員從出生到死亡都在思想警察的監視之下。即使獨處時，他也永遠不能確定他是否真的在獨處。不

管他在哪裏，睡着還是醒着，工作還是休息，洗澡還是在牀上，他都能在不經通知也不知曉的情況下被監視。他的一切行為都不是無關緊要的。他的友情、娛樂、對妻子兒女的行為、獨處時臉上的表情、睡夢時的咕噥講話，甚至怪異的身體動作，都被警惕地、一點不漏地監視着。不只是任何輕罪，而且是任何不管有多不顯眼的古怪行為、習慣上的改變、任何可能是內心鬥爭徵兆的緊張姿態都注定會被發覺。在所有方面，他都不能隨心所欲。另一方面，他的行為不是由法律或者任何清楚寫明的行為規範所規定。大洋國沒有法律，被查到就意味着肯定被處死的行為並未明示為嚴禁之列，持續不斷的清洗、逮捕、拷打、監禁和蒸發這些懲罰手段並非針對實際所犯罪行而使用，而只是為消滅可能在未來某個時候犯下某種罪行的人而使用。對黨員的要求是他不僅要有正確的思想，而且要有正確的本能。許多他被要求擁有的信念和態度從未被清楚地說明，而要想說明白，就必然會將英社的內在矛盾之處赤裸裸地揭示出來。如果他天生是個思想正統的人（新話稱為「好想者」），他在所有情況下不用想就知道甚麼是正確信念或者應有情感。然而不管怎樣，由於在他的兒童時期對他進行過圍繞着「止罪」、「黑白」和「雙重思想」這些新話詞語的精心思想培訓，他不願意，也無力對任何方面想得太深入。

黨員不應該有任何個人情感，而且內心要永遠保

持熱情。他應該生活在仇恨國外敵人和國內叛徒的持續狂熱狀態中，因為打勝仗而歡欣鼓舞，在黨的力量和智慧面前對自身產生渺小感。通過像兩分鐘仇恨會這種活動，他對貧乏的、無法得到滿足的生活產生的不滿被精心導向外部並消散，而有可能導致反抗態度的懷疑感被他很早就形成的內心紀律提前消除。這種紀律中首要的也是最簡單的，甚至能教給小孩子的，就是新話裏所謂的「止罪」。「止罪」意味着在即將產生任何危險思想的關頭，具有馬上停下的能力，如同本能。它包括掌握不了類推、看不到邏輯錯誤的能力，如果某個最簡單的論點對英社不利，就對其進行誤解的能力，還有對可能導致向異端思想發展的思緒感到厭煩或者抵制的能力。簡而言之，「止罪」意味着保護性的愚蠢，但光是愚蠢還不夠，恰恰相反，在廣義上，正統要求一個人像柔體雜技演員控制自己的身體那樣，完全能控制自己的思路。大洋國社會從根本上守着這樣的信條，即老大哥無所不能以及黨永遠正確，然而因為在現實中，老大哥並非無所不能，而黨也並非永遠正確，這就需要在現實問題上不懈地、時時刻刻地彈性對待。此處的關鍵詞為「黑白」，跟新話裏的許多詞一樣，這個詞也有恰好相互矛盾的兩種含義。用在敵人身上，它意味着無視客觀事實、厚顏無恥地顛倒黑白的習慣。而用在黨員身上時，它的意思是在黨的紀律要求如此時，要出於忠誠的意願去

顛倒黑白。但它同時還意味着相信黑就是白這種能力，而且不止如此，知道黑的就是白的，然後忘記他曾相信黑就是黑，白就是白。這就要求一刻不停地篡改過去，這需要一種能夠真正包容一切的思維體系，才有可能完成，在新話裏，這被稱為「雙重思想」。

　　篡改過去有兩個必要原因，其中一個是次要的，可以說，是預防性的。這個次要原因，就是黨員之所以像無產者一樣忍受現狀，部分原因是他沒有可比較的標準。一定要把他和過去切斷，就像把他與外國切斷一樣，因為對於他，有必要相信他比他的祖先生活得更好，而且平均物質享受水準一直正在提高。然而之所以需要對過去進行調整，重要得多的原因是要保證黨的永遠正確性。不只是講話，統計數字和所有檔案都必須不停被更新，以顯出黨在所有問題上的預測都正確，也因為這樣，才可以不承認所有教義以及政治聯盟上的變化。因為改變自己的思想甚至是政策，都等於承認自己有缺點。例如，如果歐亞國或東亞國（不管哪一國）是當今的敵國，那麼這個國家一定永遠都是敵國。如果存在與此矛盾的其他事實，那些事實就必須被篡改，因此歷史一直被重寫。這種每天都在偽造過去的工作由真理部進行，它跟由仁愛部進行的鎮壓及偵察行為一樣，對政權的穩固性都是必要的。

　　過去的易變性是英社的基本教條之一。英社認為

歷史事件並非客觀存在，而僅僅存在於文字檔案以及人們的記憶裏。檔案和記憶在哪些方面一致，那些就是過去。因為黨全面控制檔案，也全面控制黨員的思想，所以過去就是黨想讓它甚麼樣就是甚麼樣。同時雖然過去可以被篡改，但它在任何特定事例上，卻從未被篡改過。因為不管它在當時是需要按甚麼樣子再創造，這一新版本就成了過去，沒有任何不同形式的過去存在過。經常會這樣，當同一事件在一年內被篡改好幾遍，已改得面目全非時，依然存在上述情況。永永遠遠，黨掌握着絕對事實，而且很清楚，這種絕對事實永遠都是現在的樣子。可以看出，控制過去最重要的，取決於對記憶的訓練。確認所有文字檔案都跟目前的正統性相一致無非是種機械行為，然而也需要記住，事件是按照所希望的方式發生的。如果有必要重新安排記憶或者篡改文字檔案，就有必要忘掉自己做過這種事。這樣做的竅門，可以像其他任何一種思考方法那樣學會，絕大多數黨員的確都學會了，既聰明又正統的人更不用説全學會了。舊話中，它被很直白地稱為「現實控制」。新話中，它被稱為「雙重思想」，不過還包括很多別的含義。

「雙重思想」意味着在一個人的腦子裏，同時擁有兩種相互矛盾的信念，而且兩種都接受。黨的知識分子明白他的記憶必須往哪個方向改變，因此他知道自己在玩弄現實，然而通過實行「雙重思想」，也能讓

他心安理得地認為現實不曾被改變。這個過程一定要有意識地進行，否則過程中精確度就不夠，而且它也一定要無意識地進行，否則會帶來一種做假的感覺，因而會有罪過感。「雙重思想」是英社的核心，因為黨最基本的行為，是進行有意識的欺騙，同時又保持目的的堅定性，那需要絕對誠實。講着別有用心的謊言，同時又真心實意相信這些謊言；忘掉一切變得有礙的行為，然後一旦再次需要，又從遺忘中揀回來；否認客觀現實的存在，同時又考慮到被否認的現實，這些都缺一不可。甚至在使用「雙重思想」這個詞時，也需要進行「雙重思想」。因為使用這個詞時，是承認在篡改現實，通過再來一次「雙重思想」，就會清除這種認識，如此循環不已，謊言總跨在真實的前面。最終以「雙重思想」為手段，黨就能夠——我們都明白，可能在幾千年內繼續能夠——左右歷史進程。

歷史上所有寡頭統治者都倒台了，是因為要麼他們變得僵化，要麼變得軟弱，要麼變得愚蠢自大，不能與時俱進地調整而被推翻，要麼變得開明而且懦弱，在需要使用武力時卻讓步，所以也被推翻了。這就是說，他們倒台要麼是有意識導致，要麼是無意識。創造出兩種情況並存的一種思想系統，這是黨的成就，除此之外沒有別的思想基礎能讓黨的統治千秋萬代。如果要實行統治並使之持續下去，就必須混淆現實感，因為統治的秘訣，在於把對自身永遠正確的

信念和從過去錯誤中汲取教訓結合起來。

　　幾乎毋庸置疑，「雙重思想」最高明的實行者，是那些創造出「雙重思想」並知曉它是種超級思想欺騙系統的人。我們這個社會上，對世事最明察的人也是最看不清其本質的人。總而言之，越是理解透徹，越是幻覺重重；越是聰明絕頂，越是頭腦昏庸。一個明顯的例證就是越往上層，戰爭的歇斯底里症就越屬害。對戰爭有着最接近理性認識的人，是被爭奪地區的被統治對象。對他們而言，戰爭無非是持續不停的災難，浪潮一樣來回沖刷他們的身體。對他們來說，哪一方取得勝利完全無所謂。他們明白統治者變化無非意味着他們仍然要幹同樣的活，因為新主人會以舊主人的方式對待他們。地位稍高一點，我們稱之為「無產者」的工人只是偶爾才意識到戰爭的存在。需要時，他們能被刺激進入恐懼和仇恨的狂熱狀態中，然而在被放任自流時，他們可以很長時間都想不起來正在打仗。真正的戰爭狂熱存在於黨內上下，特別在內黨。相信能夠征服世界的人，正是知道那是不可能的人。這種對立面的奇特聯繫——有知和無知，悲觀懷疑和狂熱盲信——正是大洋國社會有別於其他社會的顯著標誌。官方意識形態中充滿自相矛盾之處，甚至有時也看不出有甚麼實際原因需要這樣。因此黨拋棄並貶低以前社會主義運動中採用的每種原則，而且決定以社會主義的名義這樣做。黨宣揚要

對工人階級採取輕視態度，這在前幾個世紀都未曾有過。黨要求黨員穿上制服，那曾是體力勞動者的特別制服，黨如此決定正是出於這一原因。黨有系統地削弱家庭的穩固性，用一個能直接喚起家庭式忠誠的稱呼來稱其領導人。甚至統治我們的四個部的名稱在蓄意混淆事實方面，也揭示了一種厚顏無恥的行徑。和平部負責戰爭，真理部製造謊言，仁愛部負責拷打，富足部則製造飢餓。這些矛盾之處不是偶然，也不是由一般的虛偽所致，而是精心運用「雙重思想」的結果。因為只有通過調和矛盾，才能永遠保住權力，要打破古老的循環別無他法。如果能做到永遠避免人人平等——如果我們已經以高等階層稱之的那些人要永遠保持統治地位——那麼主要思想狀態就必定是受控的瘋狂狀態。

然而仍然存在一個直到現在我們險些將之忽略的問題，這就是：為何要避免人人平等？假設這一過程中的方法已得到正確說明，這種為了將歷史凝固在某一特定時間的不遺餘力、精確計劃的全部努力出於何種動機？

至此，我們就要談到最重要的奧秘。正如我們已經明白的，黨的神秘性，最重要的是內黨的神秘性，是依靠「雙重思想」來實現的。然而比這更深一層就是最初的動機，也就是那種從未被懷疑過的本能，這種本能首先導致奪權，然後引出「雙重思想」、思想

警察、連綿不斷的戰爭和隨後出現的其他必要的那套東西。這種動機實際上包括⋯⋯

溫斯頓感到一陣寂靜，就像察覺到一種新的聲音一樣，他覺得茱莉亞似乎有一陣子沒動靜了。她側躺着，腰部往上光着身子，臉枕在手上，一綹黑髮散蓋在她的眼睛上，她的乳房在緩慢而勻稱地起伏。

「茱莉亞。」

沒有回答。

「茱莉亞，你醒着嗎？」

沒有回答，她睡着了。他合上那本書，小心地放在地板上，躺下來把牀罩拉上來蓋住兩個人。

他想，他仍對最根本的秘密不得而知。他明白怎麼做，卻不明白為甚麼。第一章和第三章一樣，並未告訴任何他以前不知道的事，只是把他已經掌握的知識系統化了。然而讀過之後，他比以前更明白他沒瘋。作為少數派，即使是一個人的少數派，也並不能說明你瘋了。世界上存在着真理和非真理，如果你堅守的是真理，即使要跟整個世界對抗，你也不會是瘋的。正在下沉的夕陽把一縷黃色光線從窗戶斜射進來，照在枕頭上。他閉上眼睛，照在臉上的陽光和挨着他的那個女孩的光滑軀體給了他一種強烈的、催人欲睡的、自信的感覺。他是安全的，一切正常。他嘴裏咕噥着「理智不是個統計學概念」就睡着了，他覺得這句話蘊藏了深刻的智慧。

　　　*　　　　　*　　　　　*　　　　　*　　　　　*

醒來後，溫斯頓覺得自己已經睡了很長時間，可是掃了一眼老式時鐘，才知道那時才二十點半。他躺着迷糊了一會兒，接着下面院子裏又響起一如既往的低沉歌聲：

> 這不過是種無用的幻想，
> 就像四月天般易逝。
> 但是一個眼神、一句話和喚起的夢啊，
> 已經把我的心竊取！

這首傻氣的歌曲流行不衰，仍然到處都能聽到，比《仇恨之歌》還要長命。茱莉亞聽到唱歌醒了，舒舒服服伸個懶腰就下了牀。「我餓了，」她說，「我再煮點咖啡。媽的！爐子裏沒油了，水也涼了。」她端起爐子晃了晃。「裏面沒油了。」

「我估計可以從老查林頓那裏弄一點。」

「奇怪，我肯定油原來是滿的。我要穿上衣服，」她又說，「好像越來越冷了。」

溫斯頓也起牀穿上了衣服。那個不曾疲倦的聲音繼續唱道：

> 他們說時間可以癒合一切，
> 說你早晚都會忘記。
> 但是這些年的笑容和淚水，
> 仍擾亂我的心！

束緊工作服的腰帶後，他踱到窗前。太陽一定是落到了房

子那邊，而不再直射着院子。石板是濕的，好像剛洗過，煙囱之
間的天空藍得那麼鮮艷，他有種天空也被洗過的感覺。那個女人
在不知疲倦地大步來回，衣服夾子塞在嘴裏又取出，一會兒唱歌
一會兒不出聲，晾着一塊又一塊取之不盡的尿布。他懷疑她是不
是以洗衣為生，要麼是為二、三十個孫輩操勞不已。茱莉亞來到
他旁邊，他們一起有點着迷地盯着下邊那個身強體健的女人。他
看着那個女人特有的舉止，她粗壯的胳膊伸向晾衣繩，壯實得像
母馬一樣的屁股往後撅着，他突然第一次想到她是漂亮的。這樣
一個五十歲的女人，由於生養而變得身軀龐大，然後由於幹活而
變得結實有力，直到粗糙到骨子裏，像是長得過了頭的蘿蔔。他
以前從未想過這種身體會是漂亮的，但的確如此。他想，到底為
甚麼不可以説那是漂亮的？那具結實而全無曲線的、花崗岩一般
的軀體再加上粗糙的紅皮膚，它跟一個少女的軀體之間的關係，
與玫瑰果跟玫瑰花之間的關係是一樣的，但為何果實會被認為比
不上花朵呢？

「她真漂亮。」

「她屁股至少有一米闊。」茱莉亞説。

「那是她獨特的美。」

他一隻手輕易地把茱莉亞柔軟的腰部摟了一圈。從臀到膝，
她身體的一側貼着他。他們兩人不會生出孩子來，永遠做不到這
點，他們只能通過説話互相傳遞腦袋裏的秘密。下面那個女人缺
乏智力，她只有粗壯的胳膊、溫暖的內心和多產的肚皮。溫斯頓
想知道她生了多少孩子，可能至少有十五個。她有過為期不長的
花季年華，也許有一年是像野薔薇那樣美麗。然後突然像個受了

精的果實一樣，她長得壯實、紅潤而且粗糙了，接着她的生活就一直是洗衣、拖地、縫補、做飯、掃地、擦亮東西、修理等等，先是給孩子，然後為孫輩，三十年如一日，從未間斷，到頭來，她卻依然在歌唱。不知為何，溫斯頓對她所懷的神秘崇敬感跟煙囪後天空的樣子混合在一起。那片天空蒼白無雲，向無限遙遠的地方延伸着。想來奇怪，對每個人來説，天空都是同樣的天空，無論在歐亞國或者東亞國或者這裏。天空下的人們也幾乎完全一樣，在所有地方，包括全世界，有着上億跟這裏一樣的人們，他們對彼此的存在一無所知，被仇恨和謊言之牆所隔，但仍然幾乎完全一樣。他們從未學會思考，但正是在他們的心裏、肚子裏和肌肉裏，儲備着某一天將推翻這個世界的力量。如果有希望，它就在無產者身上！用不着非得把「那本書」讀完，他就知道戈斯坦最後要表達的一定也是這意思。未來屬於無產者。不過溫斯頓能不能肯定他們能翻身做主人時，對他來説，他們建立起的世界不會跟黨的世界一樣，讓他感覺格格不入？是的，他可以肯定，至少那將是個理智的世界。只要有平等，就會有理智。或早或晚，那都是將要發生的，力量會覺醒。無產者是不朽的，看看院子裏那個勇敢的女人，你就不會懷疑這點。最終他們會覺醒，直到那天到來之時，雖然可能要過一千年之久，他們會克服各種各樣的困難活下來，像小鳥一樣，從一個軀體向另一個軀體傳遞活力，那是黨所缺乏的，也無法消滅的。

「你還記不記得，」他問道，「第一天時，那隻在樹林上對着我們唱歌的畫眉？」

「牠沒在對着我們唱，」茱莉亞説，「牠在自娛自樂。甚至也

不能那麼説。牠只是在唱歌而已。」

小鳥唱歌，無產者唱歌，黨不唱歌。在全世界，在倫敦和紐約，在非洲、巴西和邊界那邊的神秘禁地，在巴黎和柏林的街上，在無限廣袤的俄國平原上的村莊裏，在中國、日本的市場上，每個地方，都佇立着同樣的堅強而且無法被征服的身軀，由於幹活和生養而變得身軀龐大，從生下來一直勞累到死去，卻仍然在唱着歌。正是從她們強壯的兩腿間，總有一天會誕生一個自知自覺的種族。你們是死人，他們擁有的是未來。但如果你能像他們那樣保持軀體活着，讓自己的大腦不死，並把二加二等於四這種秘密教義傳下去，你就能分享到未來。

「我們是死人。」他説。

「我們是死人。」茱莉亞順從地附和道。

「你們是死人。」他們身後響起一把冷酷的聲音。他們一下子分開了。溫斯頓似乎感到五內俱寒，他看到茱莉亞瞪圓了兩眼，她的臉色變成了慘黃色。仍然留在她臉頰上的兩塊胭脂格外顯眼，好像獨立於皮膚之上。

「你們是死人。」那把冷酷的聲音又説。

「在畫後面。」茱莉亞輕聲説。

「在畫後面。」那把聲音説，「站着不許動，沒有命令一步也不許動。」

來了，終於來了！他們除了看着對方的眼睛，甚麼也不能做。去逃命，在尚不太晚前離開這座房屋，他們從未動過這些念頭，不可想像敢於違抗傳自牆上的冷酷聲音之命。只聽見啪的一聲，好像一個鎖扣被扣上，還有打碎玻璃的聲音。那張畫掉到地

上，露出後面的電幕。

「現在他們能看見我們了。」茱莉亞説。

「現在我們能看見你們了。」那個聲音説，「站在房間中央，背靠背。手抱在腦袋後面。不准互相接觸。」

他們沒接觸，但他似乎能感覺到茱莉亞的身子在顫抖，也許只是他自己在顫抖。他只能控制住不讓自己的牙齒打顫，可他的膝蓋不聽使喚。樓下響起了皮靴聲，房內房外都是。院子裏好像擠滿了人，有甚麼東西被人在石板上拖着。那個女人的歌聲突然停止了。又響起物體在地上不斷滾動的聲音，似乎是洗衣盆被扔落在地，從院子這頭滾到那頭。接着是十分混亂的憤怒呼喊聲，最後是一聲痛苦的號叫。

「房子被包圍了。」溫斯頓説。

「房子被包圍了。」那個聲音説。

他聽到茱莉亞在咬緊牙關。「我想我們最好還是説再見吧。」她説。「你們最好還是説再見吧。」那個聲音説。接着，另一把很不一樣的聲音插了進來，那是把細細的文雅的聲音，溫斯頓有種似曾相識的印象。「另外，順便説句不跑題的話：『這兒有支蠟燭照着你去睡覺，這兒有把斧頭把你的頭剁掉！』」

在溫斯頓背後，有甚麼東西撞到牀上。一架梯子從窗口伸進來，壓壞了窗框，有人正從窗口爬進來。上樓梯的皮靴聲也響了起來，房間裏站滿身穿黑色制服的彪形大漢，腳上穿着釘了鐵掌的皮靴，手裏拿着警棍。

溫斯頓不再顫抖了，連眼睛也幾乎沒轉動。只有一件事要緊，別動，保持不動，以免讓他們有理由打你！一個長着像職業

拳擊手的那種扁平下巴、嘴巴只是一條縫的男人跟他面對面站着，用拇指和食指掂着警棍，像是在考慮甚麼事情一樣，把它上下晃着。溫斯頓跟他的視線接觸了一下。他的手正放在頭後，臉和身體完全沒有遮擋，那種裸露的感覺令人無法忍受。那個人伸出白色的舌尖，舔了一下嘴唇，然後走去。又聽見啪的一聲，有人從桌子那裏拿起玻璃鎮紙，把它砸到壁爐底部的石頭上摔成碎片。

那一小片珊瑚 —— 一片小而起皺的粉紅色東西，像是蛋糕上的糖製玫瑰花蓓蕾 —— 滾過了牀墊。溫斯頓想，它多麼小啊，它總是那麼小！他聽到在背後有吸氣的聲音，接着砰的一聲，他的腳踝被狠狠踢了一腳，讓他的身體猛然幾乎失去平衡。有個男人一拳捅在茉莉亞的肚子上，她痛得像把折尺般弓着腰在地板上猛烈扭動着，難以喘上氣來。溫斯頓根本不敢把頭轉動哪怕一毫米，但有時能從眼角看到她那張蒼白的臉龐，正在大口喘氣。即使他自己也是滿懷恐懼，但似乎他身上也能感受到那種痛楚，可是對茉莉亞來說，比徹骨痛楚更緊迫的是要能喘上氣來。然後，有兩個人拉着膝蓋和肩膀把她像麻袋一樣抬走了。溫斯頓瞄了一眼她的臉龐，朝着地，枯黃變形，眼睛閉着，臉頰上仍有胭脂印。那是他最後一眼看到她。

他站在那裏一動不動，還沒有人打他。幾點想法很快自動閃現在他的腦海，但似乎完全不能讓他感興趣。他想知道他們是不是也把查林頓先生抓起來了，也想知道他們把院子裏那個女人怎麼樣了。他注意到尿很憋，也略微感到吃驚，因為他只是兩三個鐘頭前去過。他注意到壁爐台上的時鐘指着九點鐘，也就是

二十一點。可是光線好像太強了。八月傍晚的光線到二十一點時不是越來越暗淡嗎？他懷疑是不是說到底，是他和茉莉亞把時間弄錯了，他們多睡了十二個小時，當時其實是第二天早晨八點半。不過他沒再往下多想，沒有意義。過道裏又響起輕一些的腳步聲，查林頓先生進了房間，那些穿黑制服的人突然變得恭順。查林頓先生的外表也有了些變化。他的眼光落到玻璃鎮紙的碎片上。

「把碎片撿起來。」他厲聲說道。

有人彎腰從命。查林頓先生話裏的土腔消失了。溫斯頓突然意識到剛才從電幕裏聽到的就是這個聲音。查林頓先生仍然穿着那件舊絲絨夾克，但是他一直幾乎是全白的頭髮又變成了黑色，也沒再戴着眼鏡了。他向溫斯頓狠狠盯了一眼，似乎在對他驗明正身，然後就不再多看他一眼。溫斯頓仍能認得他，但是變了個人。他的身體挺得直了，好像比以前魁梧。他的臉龐只有很少變化，但足以讓他面目全非。他的眉毛沒那麼濃密了，皺紋不見了，整個臉部輪廓似乎改變了，甚至鼻子也似乎短了些。這是張屬於五十三歲左右的人警覺而嚴肅的臉龐。溫斯頓生平第一次明明白白地看着一位思想警察。

第三部

1

　　他不知道自己身在何處，大概在仁愛部，然而沒辦法確定。

　　他是在一間天花板很高、沒有窗戶的牢房裏，牆上貼着亮閃閃的瓷磚，隱藏的電燈以冷光照亮了整間牢房，另外還有種低沉的、一刻不停的嗡嗡聲，估計跟換氣系統有關。除了牢門那裏，四面牆上都安裝了條寬度剛好能坐上的長凳或者説擱板。對面有個馬桶，可是沒有墊板。牢房內有四張電幕，每面牆上一張。

　　他感到腹內隱隱作痛，自從被推進一輛沒有窗的囚車帶走以來，就一直感到那裏疼。他也感到飢餓，那是種折磨人的、影響健康的飢餓。他可能有一天時間沒吃過東西了，也可能是一天半，他也不知道——很可能永遠也不會知道——被捕時是上午還是晚上。被捕以來，他就沒再吃過東西。

　　他坐在那條窄窄的長凳上儘量一動不動，雙手交叉放在膝蓋上，他已經學會一動不動地坐着。如果你做出意外的動作，他們會通過電幕喝斥。想吃東西的渴望卻越來越強烈。他最想吃的是一片麵包，他想到工作服口袋裏還有幾片麵包屑，甚或可能口袋裏還有一塊不小的麵包，因為他好像感到有甚麼東西不時磨他的腿。最後，想弄過明白的誘惑壓過了恐懼感，他悄悄把一隻手伸進口袋。

「史密斯！」電幕裏傳來一聲喝斥，「六〇七九號溫斯頓‧史密斯！牢房裏不准把手放進口袋！」

他又一動不動地坐着，雙手交叉放在膝蓋上。被帶到這裏之前，他被帶到另外一個地方待了一段時間，那肯定是巡邏隊使用的一個普通臨時拘留所。他不知道在那裏待了多長時間，不管怎樣，起碼已有幾小時，在沒有時鐘沒有日光的情況下，難以判斷有多長時間。那是個鬧哄哄、臭氣熏天的地方，他曾被關在跟現在這間差不多大的牢房裏，可那間髒得要命，而且總是擠滿十到十五個人。他們大多數是普通罪犯，但其中也有幾個政治犯。他一直靠着牆不作聲地坐着，被身上骯髒的人擠來擠去。他的心思全被恐懼和腹部的疼痛所佔據，對周圍之事興趣不大，不過他還是留意到黨員囚犯和其他囚犯在行為上有極大差別。黨員囚犯總是默不作聲，一副害怕的樣子。普通囚犯倒像誰都不放在眼裏，高聲咒罵看守，在其財物被沒收時奮力還擊，在地板上寫下流話，還把食物藏在衣服裏不知甚麼地方偷偷帶進牢房。電幕裏傳來想維持秩序的聲音時，他們甚至吵得比那聲音還大。另外，他們中間有幾個似乎跟看守的關係很要好，他們會喊看守的外號，並花言巧語從他們那裏騙到香煙，從門上的觀察孔塞進牢房裏。看守對待普通囚犯時，也有一定的寬容，儘管他們必須粗暴對待他們。他們經常談論勞改營的事，大多數囚犯都要被送進那裏。溫斯頓聽明白了，如果能跟別人搞好關係，懂得訣竅，勞改營也「不賴」。勞改營裏有各種各樣的行賄受賄、開後門和敲詐勒索行為，也有同性戀和賣淫行為，甚至還有用薯仔做的非法蒸餾酒。被寄予信任的總是普通囚犯，特別是歹徒和殺人犯，他們

組成類似貴族的羣體。所有髒活累活都讓政治犯來幹。

臨時拘留所裏各種各樣的囚犯走馬燈般來來去去：毒品販子、小偷、強盜、黑市交易者、醉漢、妓女。有些醉漢很兇，別的囚犯不得不合力把他制服。有個身材高大、六十歲左右的女人被四個看守一人抓着一條腿或胳膊抬進來，她仍在亂蹬亂嚷，她的乳房沉甸甸地垂着，一頭濃密的白色鬈髮在掙扎時散開了。幾個看守扯下她用力踢人的靴子，然後把她丟在溫斯頓的大腿上，幾乎把他的大腿骨壓碎。那個女人坐正身子後向看守的背影大聲嚷道：「操⋯⋯雜種！」然後她注意到自己坐得不穩，就滑下溫斯頓的膝蓋坐到長凳上。

「請原諒，親愛的。」她說，「我不想坐到你身上，只是那幾個該死的傢伙把我摞在這兒。他們不知道該怎樣對待女士，對不對？」她停下來，拍拍胸口打了個嗝。「請原諒，我不大舒服。」

她身體往前俯，往地板吐了一大攤東西。

「好點了。」她說着把身子向後靠並閉上了眼睛。「我的意思是永遠別忍着，趁在胃裏還沒消化的時候吐出來。」

她恢復過來，轉過身又看了溫斯頓一眼，似乎一下子就喜歡上他。她伸出一條粗壯的胳膊搭在溫斯頓的肩上並把他扳向自己，她嘴裏的啤酒和嘔吐味直衝溫斯頓的臉龐。

「你貴姓，親愛的？」

「史密斯。」溫斯頓說。

「史密斯？」那個女人說，「怪了，我也姓史密斯。怎麼回事呢？」她又感傷地說：「我有可能是你媽！」

溫斯頓想，她真有可能是他母親，她們兩人的歲數和體形都

差不多，人們在勞改營裏過二十年多少會有點變化，很有可能。

　　別的囚犯沒一個跟他説話。奇怪的是，普通囚犯對黨員囚犯視而不見，他們稱黨員囚犯為「黨棍」，語氣裏帶着輕蔑和不屑。黨員囚犯似乎害怕跟別人説話，最主要的是害怕互相交談。有一次，兩個女黨員在長凳上被擠到一塊時，在一片嘈雜中，溫斯頓無意間聽到她們很快交談了幾句，特別提到所謂的「一〇一房間」，他不知道是甚麼意思。

　　可能在兩、三個小時前，他們把溫斯頓帶到這裏。他腹部的隱痛從未消退，只是有時輕，有時厲害些，他的思緒也隨之開闊或收縮。疼得厲害時，他想到的只是疼痛本身和想吃東西的渴望。感覺好一些時，他陷入恐慌。有時他真真切切預見將要遭遇甚麼事時，他的心頭亂跳，屏住呼吸。他感到警棍打在他的肘部，釘了鐵掌的靴子踢在他小腿上；他看到自己在地上爬行，嘴裏的牙齒被打落，但還在尖叫着請求饒恕。他幾乎沒怎麼想起茱莉亞，沒辦法把心思固定在她身上。他愛她，不會背叛她，但那只是一項事實，他像知道算術規則一樣知道這項事實。他感覺不到對她的愛，也幾乎沒怎麼想她會遭遇何事。他想起歐布朗的時候更多，他還懷着一絲希望。歐布朗肯定知道他被捕了。正如他曾經説過，兄弟會從不營救自己的成員，不過還有剃鬚刀片，他們在能做到的情況下會送進來。看守衝進牢房之前，他或許有五分鐘時間可用。剃鬚刀片帶着灼人的冰冷感覺割進他的身體，甚至拿着它的手指也會被割到入骨。他那種病軀的所有感官全都回來了，即使是最輕的痛楚，也讓他縮着身顫抖不已，他不能確定就算他有機會使用剃鬚刀片，他究竟會不會用。活一時算一時還

更為平常，即使肯定到最後還是要被拷打，多活上十分鐘也好。

　　有時他嘗試計算牢房牆上瓷磚的數量，應該不難，但他總是或早或晚忘了數到多少。更多時候，他琢磨的是自己身在何處和那時是幾點鐘的問題。有一陣子，他確定外面一片光明，再過一陣，他又同樣肯定外面一片漆黑。在這裏，他本能地知道電燈永遠不會關，這是個沒有黑暗的地方。他現在才明白為何歐布朗似乎明白他那句話裏的暗示。仁愛部裏沒有窗戶，他所在的牢房也許在大樓的中心，或者挨着外牆，又可能在地下十層或者地上三十層。在想像中，他把自己換了一個又一個地方，試圖通過身體的感覺，來確定自己是在高高的空中還是深深的地下。

　　外面響起皮靴走路的聲音。鐵門噹的一聲打開，一個年輕警官敏捷地一步跨入。他身穿整潔的黑制服，渾身上下像擦亮的皮革一樣閃閃發光，他蒼白而缺乏表情的臉龐像是蠟製面具。他向外面的看守示意把領來的囚犯帶進來。詩人安普福斯跟蹌着走進牢房，鐵門噹的一聲又關上了。

　　安普福斯左右挪動，似乎覺得有另外一扇門可以出去，然後就開始在牢房裏踱來踱去。他還沒注意到溫斯頓也在當中，他不安的眼神盯着溫斯頓頭上一米的牆上。他沒有穿鞋，又大又髒的腳趾從襪子洞往外伸。他有幾天沒刮臉了，一臉又短又硬的鬍鬚長到顴骨，令他有了副兇逞之徒的樣子，跟他高大而虛弱的身體和不安的動作形成奇特的反差。

　　溫斯頓儘管疲倦，還是坐直了一點身子。他必須跟安普福斯說話，即使要冒着被電幕裏的聲音喝斥的危險。甚至可能想像安普福斯身負夾帶刀片之命。

「安普福斯。」他説。

電幕裏沒有傳來喝斥聲。安普福斯停下腳步，有點吃了一驚。他的兩眼慢慢聚焦到溫斯頓身上。

「啊，史密斯！」他説，「你也在！」

「你怎麼也進來了？」

「跟你説實話……」他在溫斯頓對面的長凳上彆扭地坐下來。「只有一種過錯，對不對？」他説。

「你犯了嗎？」

「我顯然犯了。」

他把一隻手放到前額上壓了太陽穴一會兒，似乎想記起甚麼事。「這種情況是有的，」他含糊地説，「我能想到的有一次……可能就是那次。那一次不謹慎，一點沒錯。我們當時正在為吉卜林[1]的詩歌創作定稿，我在其中一行的末尾保留了『上帝』這個詞，我也是沒辦法！」他抬眼看着溫斯頓，幾乎是憤慨地又説道：「那一行沒法改，那首的韻腳是『棍子』[2]，你知不知道英語裏總共只有十二個詞跟『棍子』押韻？我一連幾天絞盡腦汁地想，但的確沒有其他可以押韻的詞。」他的表情變了，暫時沒了惱怒感，看上去幾乎是高興的。從他又短又硬的骯髒鬍鬚上，綻放出一種知識分子式的激動，是某個學究發現一件無用事實時的喜悦。

「你有沒有想過，」他説，「整個英語詩史都受到英語缺乏韻

1　約瑟夫・魯德亞德・吉卜林（Joseph Rudyard Kipling）：英國小説家及詩人。代表作《叢林故事》、《基姆》等。1907 年獲諾貝爾文學獎。

2　原文為棍子為「rod」跟上帝「God」押韻。

腳這事實的決定性影響？」

沒有，溫斯頓從未想到過這一點，就在當下，這也不能讓他覺得很重要或者有趣。

「你知不知道現在是幾點鐘？」他問道。

安普福斯好像又吃了一驚。「我從來沒想過這個問題。他們可能是兩天或者三天前抓我的。」他的眼睛在牆上掃來掃去，似乎有點想在哪裏找到窗戶。「這種地方白天黑夜沒甚麼差別，我不明白怎樣才能計算出是幾點了。」

他們前言不搭後語地又談了幾分鐘，冷不防從電幕裏傳來要他們閉嘴的喝斥。溫斯頓平靜地坐着，兩手交叉。安普福斯的身軀龐大得沒法舒舒服服地坐在窄凳子上，他不安地扭來扭去，瘦長的兩手一會兒扣着一個膝蓋，然後再換到另一個上。電幕裏傳來命令，厲聲要求他正經坐好。時間在流逝，二十分鐘，一小時 —— 難以判斷。外面再次響起皮靴聲，溫斯頓的心頭一緊。很快，非常快，也許再過五分鐘，也許就是現在，那靴子聲意味着輪到他了。

門打開，那個冷面的年輕警官跨進牢房，手向安普福斯一指。「一○一房間。」他說。

安普福斯被兩個看守夾在中間，腳步蹣跚地走了出去，他臉上隱約顯出不安的樣子，但仍是一副迷惘相。

好像又過了很長時間，溫斯頓的腹部疼得更厲害了，他的心思在同一段軌道上來來回回地轉着，就像一個球每次都掉進同一道狹槽裏。他只能想到六件事：腹部疼痛、一塊麵包、流血和呼號、歐布朗、茱莉亞、剃鬚刀片。這時，他心頭又是猛地一緊，

沉重的皮靴聲越響越近。鐵門打開時，它製造出的氣流帶進一股刺鼻難聞的冷汗味道。帕森斯走進牢房，他穿着卡其布短褲和一件運動衫。

這次溫斯頓吃驚得有點忘了場合。

「你也進來了！」

帕森斯瞥了溫斯頓一眼，眼神裏既不是感興趣，也不是吃驚，而只是痛苦。他開始急匆匆地走來走去，顯然無法靜下來。每次他伸直胖乎乎的膝關節時，那裏顯然在顫抖。他的眼睛圓睜着，像在盯着甚麼，好像他無法忍住不看那不遠處一樣。

「你怎麼進來了？」溫斯頓問他。

「思想罪！」帕森斯幾乎是抽噎着說，他的聲調聽上去一方面是完全服罪，另外還有種不敢相信的震驚感，想不到這個詞居然會用到自己身上。他在溫斯頓對面停下腳步，開始急切地向他訴說：「你不會認為他們會槍斃我吧，對不對，老兄？如果你沒有真的做甚麼事 —— 只是個念頭，那是你無法控制的 —— 他們不會槍斃你，對不對？我知道他們會給我辯解的機會。哦，我相信他們會那樣做！他們了解我過去的表現，對不對？你了解我是甚麼樣的人，我不能算是壞人。不算聰明，這不用說，可是熱心。我一向全心全意為黨服務，不是嗎？我會被判五年就夠了，你覺得呢？要麼甚至十年？像我這樣的老兄在勞改營裏會很有用，他們不會因為我做錯一次就槍斃我吧？」

「你有罪嗎？」

「我當然有罪！」帕森斯嚷道，還奴性十足地看了一眼電幕。「你不是認為黨會逮捕一個無辜的人吧？」他長得像青蛙一般的

臉龐平靜了一點，甚至略微帶上了虔誠的表情。「思想罪是件可怕的事，老兄。」他用教育人的語氣說，「它很陰險，能在你根本不知道的時候控制你。你知道它是怎麼控制我的？在我睡覺的時候！對，這是事實。你看我，一天到晚都在工作，盡我的本分——從來根本不知道我的思想裏有壞東西，後來我就開始說起夢話。你知道他們聽到我說甚麼了嗎？」

他壓低嗓音，好像某人因病況而不得不說髒話一樣。

「『打倒老大哥！』對，我說了！好像說了一遍又一遍。老兄，我這是跟你說，我很高興在我還沒有進一步往下發展前，他們就抓到我。你知不知道到法庭上我會怎麼跟他們說？『謝謝你們，』我會說，『謝謝你們及時挽救了我。』」

「誰檢舉你？」溫斯頓問他。

「是我的小女兒。」帕森斯半是傷心，半是自豪地說，「她從鑰匙孔裏聽到的。她聽到我那樣說，第二天就去巡邏隊報告了。對一個七歲的小傢伙來說，是夠聰明的了，對不對？我一點也不埋怨她，事實上我還為她自豪呢。不管怎樣，這說明我已經把她培養到正路了。」

他又急匆匆地走來走去，向馬桶渴望地瞟了好幾眼。後來，他突然扯下短褲。

「對不起，老兄，」他說，「我忍不住了，憋着呢。」

他的大屁股一下坐到馬桶上，溫斯頓用手捂住了臉。「史密斯！」電幕裏傳來了喝斥的聲音，「六〇七九號溫斯頓·史密斯！把手放下，在牢房裏不准捂着臉！」

史密斯放下手，帕森斯在馬桶上排便，聲音很大，泄得乾

淨。接下來才知道抽水裝置有毛病，牢房裏一連幾個小時都臭氣熏天。

帕森斯被帶走了，更多囚犯被神秘地帶來又被帶走。有個女人被帶去「一〇一房間」，溫斯頓留意到她聽到時似乎要昏倒了，甚至臉色也變了。到後來 —— 如果他是上午被帶來這個地方的，那就是在下午；如果他是下午被帶來的，那就是在午夜 —— 牢房裏剩下六個人，有男有女，全都一動不動地坐着。溫斯頓的對面有個男人，胖得沒下巴，牙齒外露，特別像某種個頭很大、於人無害的嚙齒動物。他那滿是斑點的胖臉臉頰下有很明顯的頰袋，很難不讓人以為他在那裏還藏了點食物。他那雙灰白色的眼睛膽怯地在人們的臉上掃來掃去，接觸到別人的目光時，很快就望向別處。

鐵門開了，又一個囚犯被帶進來，他的外表讓溫斯頓心頭一驚。他是個普普通通、長相猥瑣的男人，也許是個工程師或技術員之類。但是讓人吃驚的是他臉部的瘦削程度。他像一具骷髏，因為瘦小，他的嘴巴和眼睛大得不成比例，而且那雙眼睛裏似乎充滿對某人或某物殺氣騰騰、不可遏止的仇恨。

那個男人在離溫斯頓不遠的凳子上坐下。溫斯頓沒再多看他一眼，那張骷髏一般的痛苦臉龐在他腦海裏的形象卻特別鮮明，以至於好像就在他眼前。突然，他意識到是甚麼回事：那個男人快餓死了。好像牢房裏的每個人在同一時刻，都想到了同樣的事，長凳上出現一陣輕微的騷動。無下巴的男人不停掃視那個臉似骷髏的人，然後內疚地轉過眼，接着又被一種不可抗拒的吸引力拉了回來，盯着他。很快，他在那裏坐不安穩，最後站了

起來，蹣跚地走到牢房遠處，把手深深掏進工作服口袋裏，然後帶着難為情的神色拿出一片骯髒的麵包，送到臉似骷髏的男人面前。

電幕裏傳來暴怒、震耳欲聾的咆哮聲，無下巴的男人一下子跳起來，臉似骷髏的男人迅速把手放到背後，似乎向全世界表明他拒絕了饋贈。

「巴姆斯德！」那個聲音在咆哮，「二七一三號巴姆斯德！把麵包扔到地上！」

無下巴的男人把麵包扔到地上。

「站着不准動，」那個聲音說，「面朝門，不准動。」

無下巴的男人服從了，他那有袋的面頰不能控制地顫抖着。鐵門當的一聲開了，那個年輕警官進來邁到一邊，從他背後，閃現出一個膀闊胳膊粗的矮胖看守。他在無下巴的男人的對面站定，然後在警官的示意下猛力地揮了一拳，這用盡全力的一擊結結實實砸在無下巴的男人的嘴，勁道之足好像幾乎把他打得飛了起來。他的身體一下子從牢房的一頭跌到另一頭，只是馬桶底座擋住了他的身體。有一陣子，他躺在那裏像暈了過去，殷紅的鮮血從他的口鼻裏湧了出來。他發出很微弱的嗚咽或者說是吱吱聲，似乎是在無意識狀態下發出的。接着他翻了個身，歪歪斜斜地以手撐地跪了起來。在淌着的血和唾液中，他的上下兩排假牙全掉了出來。

囚犯全一動不動地坐着，十指交叉放在膝蓋上。無下巴的男人爬回座位。他一側臉龐的下部變得瘀青，嘴巴腫成了不辨形狀的一團肉，呈櫻桃色，中間是嘴巴的黑洞，不時有少量鮮血滴

到胸前的工作服上。他那雙灰白色的眼睛仍在掃視各人的臉，顯得更加心虛，似乎想弄清楚別人因為他丟人現眼而鄙視他到了甚麼程度。

鐵門開了。年輕警官做了個小小的手勢，指着的是那個臉似骷髏的男人。

「一○一房間。」

溫斯頓旁邊有人抽了口冷氣，囚犯中傳來一陣騷動。那個男人幾乎是一下子跪倒在地板上，十指交錯地扣着雙手。

「同志！長官！」他叫道，「別帶我去那裏！我不是甚麼都向您交代了嗎？您還想知道甚麼？我全招認了，全部！只要告訴我您想知道甚麼，我全招認！寫下來我就會簽字 —— 甚麼都行！別帶我去一○一房間！」

「一○一房間。」警官説。

那個男人的臉龐本來已經很蒼白，那時也變了顏色。溫斯頓不敢相信，那絕對是一層青色，不可能弄錯。

「對我怎麼樣都行！」他喊道，「你們已經幾個星期沒讓我吃東西了，乾脆讓我死了吧。槍斃我，吊死我，判我二十五年吧。你們還想讓我把誰供出來？你們只用説是誰，想讓我説甚麼我就會説甚麼，不管是誰，你們怎麼樣處置他我都無所謂。我有老婆還有三個孩子，最大的還不到六歲，您可以把他們全帶走，在我面前割斷他們的喉嚨，我會在旁看，可是別帶我去一○一房間！」

「一○一房間。」警官説。

那個男人發狂似的看了一圈其他囚犯，似乎想到了找替死

鬼的辦法。他的眼睛落到了無下巴的男人被打得開花的臉上，他突然伸出一條瘦削的胳膊。

「您應該帶走的是他，不是我！」他大喊大叫，「您沒聽到他的臉被打以後他說了甚麼話。給我一個機會吧，他說的每個字我都說給您聽。他才是反黨的，我不是。」看守往前跨了一步，那個男人在尖叫，「您沒聽到他說甚麼！」他還在重複，「電幕出毛病了。他才是你們要抓的人，帶他走，別帶我！」

兩個強壯的看守上前要抓住他的胳膊，但就在那時，他往牢房的地板上一撲，抓住了撐着長凳的一根鐵腿，像頭野獸一樣，發出號叫。兩個看守抓住他，想把他扯開，他卻以驚人的力氣不放手。在也許有二十秒的時間裏，他們在拉扯着。其他囚犯一動不動地坐着，手交叉放在膝蓋上，眼睛正視前方。號叫聲已經停止，那個男人除了抓緊，再也沒力氣發出別的聲音。接着他又發出了另一種哭叫，有個看守用皮靴踢斷了他的一隻手指。他們把他拖起來。

「一〇一房間。」警官說。

那個男人被帶走了，蹣跚地走着，垂着頭，捧着被踢傷的那隻手，不再有一絲反抗。

又過了很久。如果那個臉似骷髏的男人是在午夜時被帶走的，那時就是上午；如果是在上午被帶走的，那時就是下午。溫斯頓獨自待在牢房裏，已經有幾小時。窄窄的凳子讓他坐得全身疼痛，不得不經常起身走動一下，這沒有受到電幕的斥責。那一小片麵包還在那個無下巴的男人丟下的地方。一開始，他需要費很大的勁才不去看它，但是不久口渴就更甚於飢餓。他嘴巴

發黏，還有惡臭。嗡嗡聲和恆久的白色燈光令他感覺暈眩和空洞。他要站起來，因為他疼到骨頭裏，無法忍受，但馬上又要坐下來，因為感到太眩暈，不知道還能不能夠站立。每當身體上的感覺稍微可以控制，那種恐怖感就會回來。有時，他懷着越來越小的希望想着歐布朗和剃鬚刀片。如果早晚會讓他吃東西，可以想像他會拿到藏在食物裏的剃鬚刀片。茱莉亞也依稀出現在他的腦海裏。她正在某個地方受苦，也許比他受的苦要大得多。她可能此時正在號呼叫痛。他想：「如果把我的疼痛增加一倍就能救茱莉亞，我會那樣做嗎？對，我會的。」但那只是理智狀態下所做的決定，之所以如此決定，是因為他應該這樣做。他沒感覺到那種疼痛。在這種地方，除了疼痛和預知將有的疼痛，感覺不到其他任何事情。再說，當你真的在承受疼痛時，不管出於何種原因，你還有可能希望再增加自己的疼痛嗎？到目前為止，這問題仍無法回答。

又聽到皮靴聲越來越近。鐵門打開，歐布朗走進來。

溫斯頓一下子站起來，看到歐布朗，讓他震驚得完全忘了應該更謹慎一點。他忘了電幕的存在，這是許多年來的第一次。

「他們也抓到你了！」他嚷道。

「他們很久以前就抓到我了。」歐布朗說，話裏帶着不溫不火、幾乎有歉意的諷刺味。他往旁邊一讓，在他身後出現一個胸部寬闊的看守，手裏拎了根長長的警棍。

「你是知道的，溫斯頓。」歐布朗說，「別再自己騙自己了，你以前就知道……你一直知道。」

對，他現在明白了，他一直就知道，可是已經沒有時間想這

些。他眼睛盯着的，只是看守手裏的警棍。它有可能落在他身上的任何地方：頭頂、耳朵、上臂、手肘……

在手肘！他猛然跪了下來，身體幾乎癱軟，他用手緊捂被打了的手肘，眼前直冒金星。沒想到，真沒想到打一下就能那麼疼！眼前冒過金星之後，他能看到另外兩個人在俯視着他，看守在嘲笑他那扭曲的身體。總算有個問題得到了解答，不管有甚麼理由，你永遠不會希望增加疼痛。對於疼痛，你只抱一個希望，就是想讓它停止。世界上沒有比身體上的疼痛更糟糕的事情，疼痛面前沒有英雄，沒有英雄。他徒勞地抱緊被打傷的左臂在地上翻滾時，這樣想了一遍又一遍。

2

　　他躺在像是張行軍牀之類的東西上，不過離地面更高，他被綁在牀上動彈不得，似乎有比平時更強的燈光正照在他臉上。歐布朗站在他旁邊，目不轉睛地俯視着他，在他的另一側，站着個身穿白袍、手持注射器的人。

　　即使睜開眼睛，他仍然只能逐漸看清周圍的東西。他有種印象，他是從一個很不相同的世界游進了這房間，那裏有點像是個在房間之下很深的水下世界。他不知道在那裏已有多久，自從他們逮捕他之後，他就再也沒見過黑夜或白天。他的記憶也不連貫，有時意識完全停止了，就連睡覺時也是，然後在一段空白期後又重新清醒，然而他無從得知期間究竟已幾天、幾週還是只有幾秒鐘。

　　第一次手肘被打後，噩夢便開始了。他意識到當時發生的全部只是個前奏而已，那是差不多每個囚犯都須經過的常規審問。罪行很廣泛 —— 間諜、破壞之類 —— 不言而喻的是每個人都會招供。招認是種例行手續，拷打則是實實在在的。他不記得他被毆打過多少次以及每次毆打持續多久，總有五六個身穿黑制服的人在同時毆打他，有時用拳頭，有時用警棍，有時用鋼棍，有時用皮靴。很多次他在地上滾來滾去，像頭牲畜一樣將身體扭來扭

去，一直在企圖躲避腳踢，然而沒用，那樣只會被踢得更多，就在肋骨、腹部、手肘、小腿、腹股溝、睪丸、尾骨等地方。毒打沒完沒了，直到最後對他來說，殘酷邪惡而無法原諒的不是看守不停毆打他，而是他無法強迫自己不省人事。許多次他完全嚇破了膽，在毒打開始前就喊着求饒，看到一個拳頭準備再擊打時，就讓他招出真實或想像出來的罪行。很多次他決心甚麼也不説，每個字只能在他忍疼吸氣之間從他嘴裏擠出來。還有許多次，他軟弱無力地想妥協，會對自己説：「我會招供，但不是現在。我一定要堅持到疼痛變得不可忍受時。再被踢三下，再被踢兩下，我就會告訴他們想知道的事。」有時他一直被毆打到幾乎無法站立，然後像袋馬鈴薯一樣，被扔到牢房的石板地上，讓他休息幾小時，然後又被拖出去再毆打。還有些時候休息的時間較長，他只隱約記得那些時候，他要麼在睡覺，要麼在昏迷。他記得住進一間牢房，裏面有張木板牀，有一個從牆上突出來的類似擱板的東西，洗臉盆，還有熱湯、麵包和偶爾有咖啡的幾頓飯。他記得有個粗魯的理髮匠來替他理髮剃鬚，另外還有些身穿白袍的公事公辦、缺乏同情心的人，他們替他量脈搏，測試他的反應，翻開他的眼皮，用粗糙的手指摸他有無骨折，還在他手臂上打針，讓他入睡。

毆打的次數沒那麼頻密了，改為一種精神威迫，當他的回答令人不滿意時，那種隨時會帶回去繼續毆打他的恐懼感。審訊他的不再是身穿黑制服的暴徒，而是黨員知識分子，都是些動作敏捷、戴着亮閃閃眼鏡的矮胖男人，他們輪着審他，一次持續——他覺得有，卻無法肯定——十到十二個小時。這些後來的審訊

者確保他經常處於不太厲害的疼痛狀態，因為他們並非主要靠疼痛來折磨他。他們抽他耳光，扭他耳朵，讓他單足站立，扯他的頭髮，不允許他去小便，用炫目的電燈照射他的臉，直到他的眼淚止不住流出來。他們這樣做的目的，只是羞辱他並摧毀他爭辯和推理的能力。他們真正的武器，是殘酷無情地對他進行沒完沒了的審訊，一小時接一小時，提出迷惑性的問題，讓他說出不想說的話，設置陷阱，歪曲他所講的一切，證明他每次都在撒謊和說話自相矛盾，直到他既因為羞愧，也因為精神疲勞而哭了起來，有時在一次審訊中，他會哭上十幾次。幾乎每次審訊時，他們都會高聲辱罵他，每次回答得遲疑，都會威脅要把他交回給看守。有時他們卻突然改變語氣，稱他為同志，以英社和老大哥的名義向他懇求，不無傷感地問他即使到了現在，他還有沒有剩下對黨的足夠忠誠，希望洗刷自己的罪惡。經過幾小時審訊，他的神經已處於崩潰狀態，就連這種懇求的話，也讓他涕淚交流。最後，那種嘮嘮叨叨的聲音跟看守的皮靴及拳頭比起來，更讓他徹底垮掉。他成了要他說甚麼就說甚麼的嘴巴，讓他簽甚麼就簽甚麼的一隻手。他唯一關心的，是希望知道他們要他招供甚麼，然後在凌辱再次開始前儘快招。他承認自己刺殺了黨的高級幹部、散發煽動性的小冊子、貪污公款、出賣軍事秘密、進行各種各樣的破壞活動等等。他承認早至一九六八年，他就是東亞國的間諜。他承認自己是個宗教信徒，是資本主義的崇拜者和性變態者。他承認自己殺害了妻子，儘管他知道，審訊他的人肯定也知道，他的妻子還活着。他承認許多年來，他跟戈斯坦保持個人聯繫，還是某地下組織的成員，幾乎包括所有他認識的人。招認

一切，牽連所有人，這樣也較容易。再説，這都沒錯。沒錯，他是黨的敵人，在黨看來，思想和行為兩者之間的錯誤並沒有任何區別。

然而也出現了另外一些記憶，孤立地出現在他的腦海裏，就像一張張圍着他的黑色照片。

他在一間不知是明是暗的牢房裏，除了一雙眼睛便看不到別的。近在咫尺，有台儀器正緩慢而有規律地滴滴答答走着。那雙眼睛變得越來越大，越來越亮，突然他從座位上漂浮起來，被那雙眼睛吞沒了。

他被綁在一張周圍都是控制板的扶手椅上，在炫目的電燈下，一個白袍人正在讀控制板。外面傳來沉重的皮靴聲，鐵門噹的一聲打開，那個長着蠟像臉的警官走進來，後面跟着兩個看守。

「一○一房間。」那個警官説。

那個身穿白袍的人沒轉身，也沒看溫斯頓，只是在看控制板。

他坐在輪椅上被推着通過一條極闊的走廊，它有一公里寬，被燦爛的金色光線照亮。他用最大的嗓門哈哈大笑，並喊叫着招供的話。他甚麼都招認，甚至把被拷打時挺住沒説的話也招認了。他把自己一生的全部歷史講給一個已全部知悉的聽眾聽。跟他在一起的有看守、其他審訊者、那個白袍、歐布朗、茱莉亞、查林頓先生等，他們全都一起在走廊裏轉動輪椅往前走，在大喊大笑。某種隱藏在未來的恐怖之事被略過了，沒有發生。一切順利，不再有疼痛，他生命裏最為微末的細節都暴露出來，他被理解並被原諒。

他從木板牀上瞪着天花板，不太肯定是否聽到歐布朗的聲音。整個審訊過程中，雖然從未看到他，但溫斯頓感到歐布朗就在旁邊，只是他看不見而已。是歐布朗在操縱一切，是他派看守毆打溫斯頓，又不讓他們把他打死。是他決定溫斯頓甚麼時候應該痛得尖叫，甚麼時候讓他的痛苦暫緩，甚麼時候該給他食物，甚麼時候讓他睡覺，甚麼時候把藥物注射到他的胳膊，是他提問並提示問題的答案。他是折磨者、保護者、審訊者，也是朋友。有一次——溫斯頓不知道自己是處於藥物作用下的睡眠中，還是在正常的睡眠中，甚或在沒有睡着時——有個聲音在他耳邊低語：「別擔心，溫斯頓，你在我的照料下。我觀察你已經七年了，現在到了轉折點。我會拯救你，我要讓你變得完美。」他不肯定那是不是歐布朗的聲音，但那跟向他說「我們會在沒有黑暗的地方見面」的聲音一樣，那是在另一次夢中，七年前的事。

他不記得審訊是怎樣結束的。先是一段黑暗期，然後就到了現在所住的牢房或房間裏，他這時逐漸看清了周圍的東西。他幾乎完全平躺，無法移動身體。他身體的每個主要部位都被綁緊，後腦也不知怎樣被固定了。歐布朗在俯視他，神情嚴肅並且相當悲傷。從下往上看，他的臉龐顯得粗糙而衰老，有眼袋，從鼻子到下巴都有一些因勞累留下的皺紋。他比溫斯頓想像的還要老，可能有四十五或者五十歲。他的手下有個控制盤，上面有個控制桿，盤上還有些數字。

「我告訴過你，」歐布朗說，「我們再次見面的話，會是在這裏。」

「對。」溫斯頓說。

　　沒有警告，歐布朗的手輕輕一動，一波疼痛感就襲過溫斯頓的身體。這是種令人恐懼的疼痛，因為他不明白是甚麼回事，他感到自己的身體正在承受某種致命的傷害。他不知道自己是否真的在承受那種傷害，也不知道那種效果是否由電流造成，但他的身體扭曲變形，關節正被慢慢扯開。雖然那種疼痛讓他的前額冒汗，但最糟糕的是他害怕自己的脊椎會喀嚓一聲被扭斷。他咬緊牙關，用力通過鼻孔呼吸，試圖儘量保持沉默。

　　「你害怕了，」歐布朗看着他的臉說，「害怕再過一會兒甚麼東西都會斷掉，你最害怕的是你的脊椎會被扭斷。你腦袋裏有幅生動的圖像，就是你的脊椎喀嚓一聲斷掉，脊髓從裏面流出來。這就是你正在想的，對不對，溫斯頓？」

　　溫斯頓沒回答。歐布朗扭回控制盤上的控制杆，那種疼痛走得幾乎和來時一樣迅速。

　　「那是四十。」歐布朗說，「你可以看到，這個控制盤上最高的數字是一百。請你記好了，在我們的全部談話時間裏，我能隨心所欲地隨時用任何一種級數讓你疼痛。你說任何謊話，或者試圖以任何方式搪塞我，甚至顯得比你平日低智，你就會馬上疼得叫起來。明白嗎？」

　　「明白。」溫斯頓說。

　　歐布朗的舉止沒那麼嚴肅了，他沉思地推了一下眼鏡，來回走了幾步。再次開口說話時，他的聲音既溫柔又耐心。有種醫生或教師，甚至是牧師的樣子，苦口婆心地想解釋或者說服別人，而不是在懲罰他人。

　　「我在為你費神，溫斯頓。」他說，「因為你值得。你很清楚

自己有甚麼毛病，你已經知悉了好幾年，儘管你試過想否認。你精神不正常，有記憶缺失的毛病。你記不住真正的事件，你還説服自己，認為你記得別的一些從未發生過的事件。幸好你可以被治好。你自己從來沒將自己治好，因為你不願意那樣做。你需要在意志上再努力一點，可是你不想那樣做。即使到現在，你仍然抱着你的病症不放，自以為那是種德行，我很清楚。現在我們可以舉例説明一下。目前，大洋國在跟哪個國家打仗？」

「我被捕時，大洋國在跟東亞國打仗。」

「跟東亞國，好。大洋國一直在跟東亞國打仗，對不對？」

溫斯頓吸了口氣，他張口想説卻沒説出來，他沒辦法不看控制盤。

「請説實話，溫斯頓，你的實話。告訴我你自以為記得甚麼。」

「我記得直到我被捕前一星期，我們根本不是在跟東亞國打仗，而跟他們是盟國。戰爭是跟歐亞國打的，已經持續四年。在那之前……」

歐布朗用手勢制止了他。

「再舉個例子吧。」他説，「幾年前你有過確實很嚴重的錯覺。你以為名叫鍾斯、艾朗森和魯瑟福的三個曾經是黨員的人 —— 他們在對其罪行完全供認不諱後，因為叛國罪和破壞行為而被處決了 —— 你以為他們沒犯下被指控的罪行。你相信你看到了確鑿無疑的文件證據，可以證明他們的招認都是假的。有一張讓你產生了幻覺的照片，你以為你真的在手裏拿過。那是張像這樣的照片。」

歐布朗的手指間拿着一片長方形的報紙，大概有五秒鐘時間，落入到溫斯頓的視線範圍內。是張照片，是那張照片毋庸置疑，就是那張照片，另外一張鍾斯、艾朗森和魯瑟福在紐約進行黨務活動的照片，他在十一年前碰巧看過，但馬上就毀掉了。它在他眼前一晃，然後又看不到了。但是他已經看到，毫無疑問他是看到了！他極度痛苦地拼命想掙脫，可是不管向哪個方向，移動一厘米都不可能。他暫時忘記了控制盤。他想做的，只是把那張照片再次拿在手裏，或者至少再看一眼。

「它存在的！」溫斯頓叫道。

「不。」歐布朗説。

歐布朗走到房間的另一邊，對面牆上有個記憶洞。他掀起蓋子，那薄薄的一片紙就被一股暖氣流捲走，在火焰一閃之際消失了。歐布朗從牆那邊轉過身來。

「成灰了，」他説，「甚至不是可以辨認出來的灰，是塵土。它不存在，從來沒存在過。」

「可是它存在過！現在也存在！它在記憶裏存在。我記得，你也記得。」

「我不記得。」歐布朗説。

溫斯頓的心沉下去了。這就是雙重思想，他有種徹底無助的感覺。如果他能肯定歐布朗在撒謊，那還不算甚麼，但極有可能他真的忘了那張照片。若真的如此，那麼他也會忘記他否認過記得那張照片，然後忘記了忘記這一舉動。你怎麼能肯定這只是個花招？也許大腦的瘋狂混亂狀態真的有可能發生，正是這想法打敗了溫斯頓。

　　歐布朗在沉思着低頭看他。他有了種教師的樣子，正在不辭辛苦地教一個任性但仍有希望的孩子。

　　「黨的標語中有一條是關於對過去的控制的，」他說，「可以的話，請為我重複一下。」

　　「誰掌握歷史，誰就掌握未來。」溫斯頓順從地重複道。

　　「誰掌握歷史，誰就掌握未來。」歐布朗點着頭說，算是終於表示了認可。「溫斯頓，以你看來，過去是真實存在的嗎？」

　　無助感再次籠罩了溫斯頓。他用眼睛掃了一眼控制盤，他不知道「是」或者「不是」這兩種回答哪種能讓他免遭疼痛之苦，甚至也不知道哪種回答他相信是正確的。

　　歐布朗微微一笑。「你可根本不是甚麼形而上學家，溫斯頓。」他說，「直到這會兒，你從來沒有考慮過存在意味着甚麼。我說得更準確一點吧。過去是有形地存在於空間中嗎？有沒有另外一個地方，一個由實物構成的世界，在那裏，過去仍在進行中？」

　　「沒有。」

　　「過去存在的話，會存在於哪裏？」

　　「檔案裏，那是書面的。」

　　「檔案裏，還有呢？」

　　「腦子裏，在人們的記憶裏。」

　　「在記憶裏，說得很好。可是我們，也就是黨，控制所有的檔案，我們也控制所有的記憶，因此我們控制過去，對不對？」

　　「可是你們怎麼能阻止人們記得事情？」溫斯頓叫道，他再次暫時忘了控制盤。「那是不由自主的，個人控制不了的。你怎

麼能控制記憶?你還不能控制我的記憶呢!」

歐布朗的態度又變得嚴厲。他把手放在控制盤上。

「恰恰相反,」他說,「是你不能控制住它,所以讓你到了這兒。你之所以到了這兒,是因為你在謙恭和自律上做得不夠,不能做到服從,這是理智的代價。你寧願當個瘋子,當一個人的少數派。只有受過訓練的頭腦才能看到現實,溫斯頓。你相信現實是客觀和外在的東西,是獨立存在的,你也相信現實的本質不言自明。當你讓自己迷惑,以為自己看到甚麼東西時,你設想每個人都像你一樣看到了。不過我告訴你,溫斯頓,現實不是外在的。現實存在於人們的思想中,而不是在別的地方。它不在個人的思想裏,個人的思想會犯錯,而且無論如何,很快就會消亡。現實僅僅存在於黨的思想裏,那是集體性的,也是不朽的。無論如何,只要黨認為對,它就是對的。除非從黨的觀點來看,否則不能看到現實。溫斯頓,你必須重新學習,這就是事實。它需要自毀行為和意志上的努力。你一定要讓自己變得謙恭,然後才能變得理智。」

他停頓了一陣子,好像是要溫斯頓領會他所說的。

「你記得嗎?」他又說道,「你在日記裏寫過『自由就是說二加二等於四的自由』。」

「記得。」溫斯頓說。

歐布朗舉起左手,手背對着溫斯頓,拇指藏着,伸出四根指頭。

「我伸的是幾根手指,溫斯頓?」

「四根。」

「如果黨説不是四根而是五根，那麼是幾根？」

「四根。」

說出這個詞後他馬上痛苦地抽了一口氣，控制盤的指針一下子跳到四十五。溫斯頓立即出了一身汗。他使勁地吸着氣，呼氣時，是低沉的呻吟聲，即使牙關緊咬也控制不住。歐布朗看着他，仍然伸着四根手指。他把控制杆又回復原位，這一次，疼痛只是稍微減輕了些。

「幾根手指，溫斯頓？」

「四根。」

指針達到了六十。

「四根！四根！還用說嗎？四根！」

指針一定是指向更高了，但他沒看到，他看到的，只是那張陰沉嚴厲的臉龐和四根手指。幾根手指像柱一樣矗立在他眼前，巨大而模糊，好像在搖晃着，但無疑是四根。

「幾根手指，溫斯頓？」

「四根！停下來，停下來！你怎麼能不停下來？四根！四根！」

「幾根手指，溫斯頓？」

「五根！五根！」

「不，溫斯頓，這樣沒用。你在撒謊，你還在想着四根。說吧！有幾根手指？」

「四根！五根！四根！你想是幾根就是幾根，停下來吧，別讓我受罪了！」

歐布朗的手臂輔着溫斯頓的肩膀，幫助他坐起來。他也許

有幾秒鐘昏了過去，綁着他的繩子鬆開了。他感到很冷，不住地顫抖，牙齒咬得咔嗒咔嗒響，眼淚順着臉頰往下流。有那麼一陣子，他像個嬰兒似的抱緊了歐布朗，奇怪的是，那雙抱着他肩膀的粗壯手臂能給他安慰。他有種歐布朗是他保護者的感覺，疼痛是外來的，來自別人，而歐布朗會讓他免受疼痛。

「你學得很慢，溫斯頓。」歐布朗和藹地說。

「我能怎麼辦？」他哭哭啼啼地說，「我怎麼會看不到在我眼前的東西？二加二等於四。」

「有時候是，溫斯頓。有時候二加二等於五，有時候等於三，有時候三種答案都對。你一定要再努力一點，變得理智是不容易的。」

他把溫斯頓放回牀上，溫斯頓的四肢又被綁緊，但疼痛感已經退去，他不再顫抖了，只剩下虛弱和冰冷的感覺。歐布朗向那個身穿白袍的人點頭示意，那人在整個過程中一動不動地站着。白袍彎下身仔細檢查他的眼睛，摸了摸他的脈搏，耳朵貼在他心口聽，到處敲了敲，然後向歐布朗點點頭。

「再來。」歐布朗說。

疼痛掠過溫斯頓的身體，指針一定到了七十或者七十五。這次他閉上眼睛。他知道手指還在那裏，還是四根。唯一重要的是不管怎樣不能死，要堅持到疼痛結束。他不再留意自己哭了還是沒哭。疼痛又減輕了一些。他睜開眼睛，歐布朗把控制杆回復原位。

「幾根手指，溫斯頓？」

「四根，我想是四根，我能看到五根就會看到五根了。我正

在努力看到五根。」

「你希望的是甚麼，説服我你看到五根還是真的看到五根？」

「真的看到五根。」

「再來。」歐布朗説。

也許指針到了八十至九十，溫斯頓只是斷斷續續記得為何會感到疼痛。他緊閉眼睛之後，一片手指的森林跳舞般動來動去，時而交織，時而分開，一根遮擋着另一根，接着又重新顯露出來。他試圖數數那有多少，不記得為甚麼要數，只知道不可能數清，或者因四和五之間的神秘個體。疼痛又消失了，他再次睜開眼睛時，發現自己仍在看着同樣的東西，數不清的手指就像會移動的樹木，正向兩個方向不斷掠過，交錯，分開。他又閉上眼睛。

「我伸着幾根手指，溫斯頓？」

「我不知道，我不知道。你再那麼做我要死了。四根、五根、六根——不騙你，我不知道。」

「有進步。」歐布朗説。

一個針頭刺進溫斯頓的手臂，幾乎就在同時，一種令人極其愉快、讓人康復的溫暖感擴展到全身，疼痛幾乎已經忘了一半。他睜開眼睛，感激地看着歐布朗，看着那張陰沉而有皺紋的臉——非常醜陋，但又非常聰明——他心裏好像在翻騰着。如果能夠活動身體，他會伸出一隻手搭在歐布朗的胳膊上。他從來沒有像此時這樣真摯地愛着歐布朗，原因不僅是歐布朗讓他不再疼痛。那種舊感覺又回來了，説到底，歐布朗是朋友還是敵人無關緊要，重要的是他是個可以交談的人。也許跟被愛比較起來，

人們更想要的是被理解。歐布朗把他折磨得快瘋了，過不了多久，他肯定會把他送上死路，但那無關緊要。從某種意義上説，那種感情比友誼還要深厚，他們是摯交。總有那麼一個地方，能讓他們面對面交談，雖然真正要説的話可能永遠也不會説出。歐布朗俯視着他，那種表情説明在他自己心裏，可能有着同樣的想法。他開口時，是種平易近人的談話式語氣。

「你知不知道你現在在哪裏，溫斯頓？」他問道。

「我不知道，不過我猜得到，是在仁愛部。」

「你知不知道你到這兒多長時間了？」

「我不知道，幾天，幾星期，幾個月⋯⋯我覺得有幾個月。」

「在你看來，我們為甚麼把人帶到這兒呢？」

「讓他們招供。」

「不對，不是這個原因。再想想。」

「懲罰他們。」

「不對！」歐布朗大叫一聲。他的聲音變化很大，他的臉龐突然變得既嚴厲又表情生動。「不對！不只是為了掏出你的供詞，也不只是為了懲罰你。我告訴你我們為甚麼把你帶到這兒好嗎？為了治癒你！讓你變得理智！我們帶到這裏的每個人沒誰在離開時還沒被治好。你明白嗎，溫斯頓？我們對你犯的那些愚蠢罪行不感興趣。黨對公然的行為不感興趣，我們關心的只是思想。我們不只是消滅敵人，我們還把他們改變過來。你明白我這句話的意思嗎？」

他彎身靠向溫斯頓。溫斯頓從下往上看，覺得他的臉龐看來奇大無比，而且極為醜陋。除此之外，這張臉上還洋溢着得意

和狂熱。溫斯頓的心再次抽緊了。如果可能，他會在牀上再往下縮。他很有把握地認為歐布朗正要隨心所欲地扭動指針。但就在此時，歐布朗轉過身，來回走了幾步，以沒那麼激動的語氣繼續說道：

「你首先要明白的是，在這裏，沒有烈士這個概念。你讀過以前的宗教迫害。中世紀有過宗教裁判所，那是失敗之舉。它以剷除異教為目標，結果卻讓異教永遠扎下了根。在火刑柱上燒死一個異教徒，會有幾千個人站出來。怎麼會這樣？因為宗教裁判所公開把敵人殺死。是在他們還沒有悔悟的情況下，就把他們殺掉。實際上，他們是因為不肯悔悟而被殺掉的。他們之所以被殺，是因為他們不肯放棄他們真正的信念。自然，所有的光榮都歸於受害者，所有的恥辱都歸於把他們燒死的人。到後來，二十世紀出現了所謂的極權主義者。他們是德國納粹和俄國的共產黨。俄國人對異端的迫害比宗教裁判所還要殘酷。他們想像自己已經從過去的失誤中汲取了教訓，至少知道不能製造烈士。在對受害者進行公審時，決意摧毀他們的尊嚴。他們通過拷打和單獨關押擊垮受害者，直到受害者變成人所不齒、畏畏縮縮的無恥之徒，讓他們招認甚麼就坦白招認，把自己罵得狗血淋頭，互相指責，拿別人當代罪羊，嗚咽着請求原諒。然而僅僅幾年後，同樣的事情再次發生了。死去的人成了烈士，他們曾經名譽掃地，也被忘記了。還是那個問題，怎麼會這樣？首先，因為他們的招認顯然是逼供出來的，不真實。我們不會犯下這種錯誤。在這裏，所有招認都是真實的，我們讓它真實。最重要的是，我們不允許死人再還魂反對我們。你別奢想後世會為你平反，溫斯頓。後世

不會聽説過你，你會從歷史的河流中完全被剔除。我們會把你變成氣體，把你注入平流層。你一丁點也不會留下，檔案裏不會有你的名字，活人的腦袋裏也沒有一點關於你的記憶。你在過去和未來的意義上都將被毀滅，你將永遠不曾存在。」

那幹嘛要費事來折磨我？溫斯頓想，一時感到了痛苦。歐布朗停下腳步，就好像溫斯頓把這個想法大聲説了出來。他那張大而醜陋的臉龐又湊近一些，眼睛略微瞇了起來。

「你在想，」他説，「既然我們有意徹底毀滅你，所以你所説或者所做的不會有任何作用 —— 既然如此，我們幹嘛要費事先審訊你？你想的就是這些，對不對？」

「對。」溫斯頓説。

歐布朗微微一笑：「你是圖案上的一點瑕疵，溫斯頓，你是個必須清除的污點。我剛才有沒有跟你説過，我們和過去的迫害者不一樣？我們不滿足於負面的服從，即使對最奴性的服從也不滿足。最後當你向我們屈服時，一定是出於你自己的意志。我們不是因為異端分子反抗我們而消滅他，而是只要他反抗我們，我們就從不消滅他。我們改變他，掌握他的頭腦並重塑他，把他的罪惡和所有幻想都從他的頭腦中除去。我們把他爭取過來，不是在外表上，而是實實在在、全心全意的。在處死他之前，我們把他變成自己人。對我們來説，不可忍受的是世界上存在一個錯誤的念頭，不管它是多麼秘密和無力。即使在處死一個人時，我們也不允許他有任何離經叛道之處。過去，異教徒在走向火刑柱時，仍然是個異教徒，同時還在宣揚他的異端邪説並為之得意。即使那些俄國大清洗中的受害者，在他們走過過道等着捱

子彈時，他的腦袋裏仍然有反抗思想。但是我們在把大腦崩掉之前，先要讓它變得完美。舊專制主義者的命令是『你們不許怎麼樣』，極權主義者的命令是『你們要怎麼樣』，而我們的命令是『你們是怎麼樣』。我們帶到這裏的人再也沒有一個跟我們為敵，每個人都洗乾淨了。就連那三個你相信他們是無辜的可憐的叛國者——鍾斯、艾朗森和魯瑟福——到最後也被我們擊垮了。我參加了審訊工作，我看到他們一步步垮掉，嗚咽着，在地上爬，哭，到最後他們有的不是痛苦或恐懼，而是悔悟之心。到我們結束對他們的審訊後，他們只是徒具人形。除了對他們所犯之事感到悔恨和對老大哥的熱愛別無其他，看到他們那麼熱愛老大哥，我真感動。他們懇求儘快被槍決，以便死時他們的思想仍然乾淨。」

　　他的聲音變得幾乎像夢囈一般，那種興奮和狂熱之情仍然掛在他臉上。溫斯頓想，他沒有裝扮，他不是個虛偽的人，他相信他所說的每一個詞。最折磨溫斯頓的，是他意識到自己的智力不如他。他看着那具巨大而優雅的軀體踱來踱去，一會兒出現在他的視野裏，一會兒不在。歐布朗哪方面都比他強，他有過或者可能會有的想法沒有一樣不是歐布朗早就想到、思考並摒棄過的。他的腦袋包含了溫斯頓的腦袋。但既然如此，歐布朗又怎麼會是瘋狂的呢？一定是他，溫斯頓，才是瘋狂的。歐布朗停下腳步俯視着他，他的聲音再次變得嚴厲。

　　「溫斯頓，不管你向我們屈服得多徹底，你都別心存可以活命的妄想。走入歧途的人沒有一個會被放過，就算我們決定讓你盡享天年，你還是跑不出我們的手心。現在發生在你身上的事將

永遠抹不掉，你得先明白這一點。我們會把你收拾得永世不得翻身，就算你活上一千年，將要發生在你身上的事還會讓你永遠無法忘記。你永遠不會再有普通人的情感，你內心的一切全會死掉，你永遠無力再擁有愛、友誼、生的歡樂、好奇心、勇氣或正直心。你將是空心的，我們把你擠空了，然後用我們自己把你填滿。」

他停下來向那個白袍示意。溫斯頓意識到沉重的器械推到他的腦後。歐布朗在牀邊坐下來，他的臉龐和溫斯頓的處於同等高度。

「三千。」他向站在溫斯頓後的那個白袍説。

兩個感覺有點濕的軟墊夾着溫斯頓的太陽穴。他感到恐懼，感到疼痛 —— 一種新的疼痛。歐布朗把手放在溫斯頓的手上，像是仁慈地安慰着他。

「這次不會疼。」他説，「盯住我的眼睛。」

就在此時，有一聲毀滅性的爆炸，或者説好像是爆炸，不過也説不定是否真的有甚麼聲音。但無疑有過一道炫目的光亮。溫斯頓沒感覺疼痛，只是被放平了。雖然在發生之際，他也在仰面躺着，但他奇特地覺得好像被鎖在那位置上。沒有痛感的可怕一擊把他打得平躺。他的腦子也受到了某種影響。他的眼睛重新能看清事物時，他記得自己是誰，身處哪裏，也認出了正盯着他的那張臉，但在某個地方，有很大片的空白，好像他的腦子被取走了一片。

「很快就不疼了。」歐布朗説，「看着我的眼睛。大洋國正在跟哪個國家打仗？」

溫斯頓想了想。他知道大洋國是甚麼意思，他自己就是大洋國的公民。他也記得歐亞國和東亞國，然而不知道誰跟誰在打仗，事實上，他意識不到有甚麼戰爭。

「我想不起來了。」

「大洋國在跟東亞國打仗，現在你想起來了吧？」

「對。」

「大洋國一直在跟東亞國打仗。從你出生開始，從建黨開始，從有史可查以來，戰爭一直沒間斷地進行着，一直是同一場戰爭。你想起來了嗎？」

「對。」

「十一年前，你編造了一個關於三個因為叛國罪被判處死刑之人的傳奇故事。你自以為看到了能證明他們是無辜的一片報紙。但是現實不存在這樣的一片報紙，是你虛構出來的。後來你越來越信以為真。你現在還記得你第一次虛構的那一刻，記得嗎？」

「對。」

「剛才我向你舉起我的手指。你看到了五根手指，記得嗎？」

「對。」

歐布朗舉起左手伸出手指，只是把拇指彎了起來。

「這兒是五根手指，你看到五根手指了嗎？」

「對。」

有那麼一瞬間，在他頭腦裏的景象變化之前，他確實看到了。他看到五根手指，每根都伸直。然後一切又恢復正常，那種過去有過的恐懼、仇恨和困惑再次紛至沓來。但是有那麼一

刻 —— 他不知道有多久，也許有半分鐘 —— 是清清楚楚、很有把握的一刻。那時，歐布朗的每個新提示都填充了那片空白，成為絕對的真實。那時，二加二很容易可以根據需要等於五，也可以等於三。那一刻在歐布朗把手拿開之前就已經結束。雖然他無法再次體驗那一刻，但他仍然記得，如同一個人會生動地記得許多年前的一次經歷，而當時他其實是另外一個不同的人。

「你現在看到了，」歐布朗説，「不管怎麼樣那是可能的。」

「對。」溫斯頓説。

歐布朗帶着滿足的神情站了起來。在他左邊，溫斯頓看到那個白袍打破一支針劑，抽了一針筒的藥。歐布朗面帶笑容地轉向溫斯頓，幾乎跟以前一樣，他推了一下鼻上的眼鏡。

「你在日記裏寫過，」他説，「不管我是朋友還是敵人都沒關係，因為我至少是個能理解你、可以跟你交談的人，還記得嗎？你寫得沒錯，我喜歡跟你談話。你的頭腦讓我感興趣，跟我的類似，只不過你剛好是精神失常的。我們結束這節談話之前，如果你願意，可以問我一些問題。」

「問甚麼都可以？」

「任何問題。」他看到溫斯頓的眼睛在看控制盤，「已經關掉了。你想先問甚麼？」

「你們把茉莉亞怎麼樣了？」

歐布朗又微笑起來。「她背叛了你，溫斯頓，迅速而且徹底地，我從來沒見過有誰那麼快就投向我們。你若見到她會幾乎認不出她。她的反叛性、欺騙性、愚蠢、骯髒思想……一切都從她的身心裏消除乾淨了，是種完美的轉變，教科書式的。」

「你拷打過她嗎？」

歐布朗避而不答。「下一個問題。」他說。

「老大哥存在嗎？」

「他當然存在，黨也存在，老大哥是黨的體現。」

「他像我一樣存在嗎？」

「你不存在。」歐布朗說道。

那種無助感再次向他襲來。他知道，或者說他能想像到證明他不存在的理由，但都是胡說八道，是文字遊戲。像「你是不存在的」這句話，難道沒包含一種邏輯上的荒謬？不過這樣說又有甚麼用處？想到歐布朗那些把他駁斥得一敗塗地的瘋狂理由，他的頭腦陷入枯竭的狀態。

「我想我是存在的，」他有氣無力地說，「我意識到自己的身分。我出生，我將死去，有胳膊有腿，在宇宙中佔據一個特定的位置，沒有另外一個固體跟我同時佔據同一個位置。在這種意義上，老大哥存在嗎？」

「這無關緊要，他存在。」

「老大哥會死嗎？」

「當然不會，他怎麼會死呢？下一個問題。」

「兄弟會存在嗎？」

「這個嘛，溫斯頓，你永遠也不會知道。就算我們把你審完後決定釋放你，就算你活上九十歲，你仍然永遠不會知道這個問題的答案是『對』還是『不對』。只要你活着，它就是你腦子裏的不解之謎。」

溫斯頓不說話躺在那兒，他的呼吸急促了一些。他還是沒

有問他最先想到的那個問題。一定要問,但他的嘴巴好像說不出
來。歐布朗的臉上有一絲開心的樣子,連他的眼鏡也似乎閃着嘲
弄的光芒。他知道,溫斯頓突然想,他知道我要問甚麼!想到這
裏,他脫口而出:

「一○一房間裏有甚麼?」

歐布朗臉上的表情仍然沒變,他冷冷地說:

「你知道一○一房間裏有甚麼,溫斯頓。誰都知道一○一房
間裏有甚麼。」他向白袍舉起一根手指,顯然這節談話到此為
止。一個針頭突然刺進溫斯頓的手臂,他馬上就沉沉睡去。

3

「你的改造分三個階段。」歐布朗説,「也就是學習、理解和接受。現在你該進入第二階段了。」

跟往常一樣,溫斯頓臉朝上平躺着。最近,他被綁得沒那麼緊了,雖然仍被綁在牀上,但是能夠活動一點膝部,頭能往兩側轉動,還能抬起小臂。控制盤也沒那麼可怕了,如果他夠機智,就能免受那種劇痛。主要在他表現得愚蠢時,歐布朗才會扳動控制杆,有時在他們整整一節談話裏,控制盤一次也沒用上。他不記得他們進行過多少節談話,整個過程似乎難以確定地拖長了 —— 可能有幾個星期 —— 而兩次的距離有時可能是幾天,有時只有一兩個小時。

「你躺着時,」歐布朗説,「經常在琢磨 —— 你甚至問過我 —— 為甚麼仁愛部會在你身上這樣費時費神,你被釋放後,還會感到困惑,基本上是為了同一個問題。你能理解你在其中生活的社會機制,可你不理解根本的動機。你記不記得你在日記本上寫過『我明白怎麼做,但是我不明白為甚麼』?你就是在想到『為甚麼』時,懷疑起自己神志是否清楚。你已經讀過『那本書』,戈斯坦的書,或者説至少已經讀了一部分。它有沒有告訴你以前不知道的東西?」

「你讀過了嗎？」

「我寫的，該說我協助寫的。你也知道，沒有哪本書能由一個人寫出來。」

「它說得對不對？」

「作為說明是對的，它列出的計劃則是胡扯。秘密積累起知識 —— 逐漸擴大啟蒙的範圍 —— 最終導致無產者起來造反 —— 推翻黨的統治。你也料到會怎樣寫，全是胡扯。無產者永遠不會造反，再過成千上萬年也不會，他們沒能力。我沒必要告訴你為甚麼，因為你已經知道了。如果你懷有甚麼暴動的夢想，最好還是放棄吧。黨是無法被推翻的，黨的統治永永遠遠，把這個當做思考的出發點吧。」

歐布朗向牀又走近了一些。「永永遠遠！」他重複道，「現在讓我們回到那個『怎麼做』和『為甚麼』的問題上。你對黨是怎麼做來保證掌權的有透徹的理解。現在你告訴我為甚麼我們要抓住權力不放。我們的動機是甚麼？為甚麼想掌權？說吧。」溫斯頓不說話，他又加上一句。

但溫斯頓還是有一陣子沒說話，一陣疲勞感沟湧而來。歐布朗的臉上又隱約現出那種狂熱神情，他早就知道歐布朗會說甚麼，那就是黨要掌權並非為了自身，而是為了多數人的利益。它要掌權，是因為人民大眾是意志薄弱的膽怯之徒，不能忍受自由或者面對事實，一定要被另外那些比他們更堅強的人統治和有系統地欺騙。人類有兩種選擇，即自由和幸福，對大多數人而言，選擇幸福比較好。還有黨永遠是弱者的保護人，是具有獻身精神的一輩人，為了迎來美好的未來而做罪惡之事，為了他人的幸福

而犧牲自己的幸福。溫斯頓想，可怕的是歐布朗說這些話時，他心裏也相信，這點從他臉上看得出來。歐布朗無所不知，比溫斯頓對世事真相的理解力要超過一千倍，也就是大批人的生活有多麼潦倒不堪，以及黨為了讓他們保持那樣，採用甚麼樣的謊言和暴行。他全都明白，全都盤算過，不過這無關緊要，一切因為最終目的而正當化了。溫斯頓想，你又能拿一個比你更聰明的瘋子怎麼樣？他可以充分聆聽你的論點，卻只是守着他的瘋狂不放。

「你們是為了我們的利益而統治我們，」他有氣無力地說，「你們相信人類不適於自己管理自己，所以……」

他剛開口就幾乎大叫起來。一陣劇痛穿透了他的身體，歐布朗把控制盤上的控制杆推到三十五的位置。

「那是蠢話，溫斯頓，愚蠢！」他說，「你明白你不該說這種話！」

他把控制杆推回來，繼續說：

「現在讓我告訴你這個問題的答案，是這樣的：黨要掌權，完全是為了自身利益，我們對他人的幸福不感興趣，只對權力感興趣。不是財富、奢侈生活、長壽或者幸福，只是權力，純粹的權力。甚麼是純粹的權力，你很快就會明白。我們跟過去所有的寡頭統治者都不一樣，區別在於我們知道自己在做甚麼。所有其他人，甚至跟我們類似的人，都是懦夫和偽善者。德國納粹和俄國共產黨在統治手段上很相似，但他們永遠沒勇氣承認自己的手段。他們偽稱——也許甚至還相信——他們是不情願地取得了有限時間內的權力，在不遠的將來，會有一個天堂社會，那時人人自由平等。我們和他們不一樣，我們知道從來不曾有誰取得權

力是為了放棄。權力不是手段，而是目的。人們不會為了保衛革命而建立獨裁政權。迫害的目的就是迫害，權力的目的就是權力。你現在開始明白我的話了嗎？」

正如以前曾經有過的那樣，溫斯頓被歐布朗臉上的疲憊之態打動了。這張臉是堅強的、易於感動的，然而又是殘酷的，它充滿智慧，還有種克制的熱情，在這張臉前，他感到無助，但那是張疲憊的臉，眼袋明顯，顴骨下皮膚鬆弛。歐布朗向他側過身，有意把那張充滿疲憊的臉靠近他。

「你在想，」他說，「你在想我的臉又老又疲憊。你在想，我一方面談論着權力，另一方面，我甚至擋不住自己身體的衰敗。溫斯頓，你難道不明白個人只是細胞？有了細胞的疲勞，才有機體的活力。你替自己剪指甲會死嗎？」

他轉身走開，又開始來回踱起步來，一隻手放在口袋裏。

「我們是權力的祭司，」他說，「權力是上帝，但目前對你來說，權力只是個單詞而已，現在到了該讓你掌握一點權力的含義了。你必須明白的第一件事就是權力是集體性的，一個人只有放棄不去當一個獨立的人的時候，他才擁有權力。你知道黨的標語：『自由即奴役』。你有沒有想過反過來說也行？奴役即自由。單個的、不受約束的人總會被打敗，人們必然受到約束，那是因為每個人必然死去，這是最大的失敗。可是如果他能完全徹底地服從，如果他能掙脫個體身分的束縛，那麼他就無所不能、永生不死。你要明白的第二件事是權力是對人的權力，建立在身體上的權力不重要，最重要的，是建立在思想上的權力，對於實體，你會稱其為外在的現實。我們對實體的控制已經是絕對性的。」

有那麼一陣子，溫斯頓置控制盤於不顧，用力想坐起來，但他只能痛苦地扭動身體。

「你們怎麼能控制實體呢？」他脫口而出，「你們甚至控制不了氣候或者重力定律，還有疾病、疼痛、死亡……」

歐布朗做了個手勢，讓他不再往下說。「我們控制實體，是因為我們控制了思想。現實是裝在腦袋裏的，你會逐步認識到，溫斯頓。沒有我們辦不到的事，隱身、升空……任何事。如果我想像個肥皂泡一樣浮離地板，我就能做到，可是我不想這樣，因為黨不想這樣。你一定要清除十九世紀關於自然規律的那些想法，自然規律由我們來制定。」

「可是你們沒有！你們甚至不是我們這個行星上的主人。歐亞國和東亞國又怎麼樣？你們還沒征服呢。」

「那不重要，我們會在我們認為合適的時候征服它們。即使我們不去征服，那又有甚麼關係？我們可以讓它們不存在，大洋國就是整個世界。」

「可是世界本身只是一粒灰塵，人類是渺小的，無能為力的！人類才存在多久？在幾百萬年的時間裏，地球上沒有人類居住。」

「胡說，地球跟我們人類一樣老，不會更老。它怎麼會更老呢？除非通過人類的意識來反映，否則一切都不存在。」

「可是石頭裏都是絕種動物的骨頭，是那些根本沒聽說過有人類存在之前的很久，長毛象、乳齒象還有巨大的爬行動物的骨頭。」

「你看過那些骨頭嗎，溫斯頓？你當然沒有，那是十九世紀

考古學家杜撰出來的。有人類之前一無所有,人類之後——如果他會走到終點的話——也將是一無所有。除人類之外,都一無所有。」

「可是整個宇宙都在我們之外。你看那些星星!有些有幾百萬光年之遠,永遠不可能到達。」

「甚麼是星星?」歐布朗漠不關心地說,「那只是幾公里外的火光,我們想的話,就能到達那兒,或者說我們可以毀滅它。地球是宇宙的中心,太陽和星星繞着它轉動。」

溫斯頓又突然動了一下,這次他沒再說甚麼。歐布朗像聽到一個說出來的反對意見一樣繼續說道:

「當然,某些特定情況下並非如此。在大海上航行或者預測日食、月食時,我們經常發現假定地球圍繞太陽轉,星星在億萬公里之外的地方較為方便,可那又怎麼樣?你以為我們不可能創造出兩套天文學體系嗎?星星可以根據我們的需要或遠或近,你以為我們的數學家無法勝任?你忘了有雙重思想嗎?」

溫斯頓在牀上縮着身子。不管他說甚麼,那即時的回答都會像根大頭棒一樣把他砸倒。但他仍然知道,知道他是對的。那種自己的腦袋外甚麼都不存在的信念——是不是肯定有辦法能證明是錯的?那不是在很久以前已被揭露是個謬論嗎?它甚至有個名稱,他忘了是甚麼。歐布朗俯視着他,一絲淡淡的微笑浮現在他嘴角。

「我告訴過你,溫斯頓。」他說,「形而上學不是你的專長。你想找的詞是唯我論,可是你錯了。這不是唯我論,你願意的話,可以稱它為集體唯我論。但不是一回事,恰恰相反。這些

都是題外話，」他又換了口氣說，「真正的權力 —— 我們必須日日夜夜奮力爭取的權力 —— 不是對物體的權力，而是對人的權力。」他頓了一下，有那麼一陣子，他又換上了老師提問一個有希望的學生時的樣子。「一個人怎樣對另一個人實施權力，溫斯頓？」

溫斯頓想了一下。「讓他受折磨。」他說。

「完全正確，讓他受折磨。服從還不夠，除非他在受折磨，否則你怎麼能肯定他服從的是你的意志，而不是他自己的意志？權力就在於對別人施加痛楚和屈辱。權力就是把人們的腦袋撕成碎片，然後再按照自己的決定拼成新的形狀。你有沒有開始明白我們正在創造甚麼樣的世界？它跟先前的改革家設想的愚蠢的、享樂主義的烏托邦剛好對立，它是個恐懼、背叛和痛苦的世界，是個踐踏和被踐踏的世界，是個隨着自身的完善變得不是沒那麼殘忍，而是更加殘忍的世界。我們這個世界的進步將是向更痛苦發展的進步。舊文明聲稱自身建立於仁愛或者公平的基礎上，我們的文明，則建立在仇恨上。我們這個世界上，除了恐懼、憤怒、狂喜和自貶，沒有別的情感。我們會摧毀一切情感。我們已經打破革命以前遺留下來的思想習慣。我們切斷了孩子和父母之間、男人之間和男女之間的聯繫，沒有人再敢信任妻子、孩子或者朋友了，不過將來也不會有妻子和朋友。孩子剛生下來就會從母親身邊帶走，如同從母雞身邊拿走雞蛋一樣。性本能將被根除。生育將是一年一度的例行手續，就像更新一張配額卡。我們將消滅性高潮，我們的神經學者現在正在進行研究。除了對黨的忠誠，不會有別的忠誠；除了對老大哥的愛，不會有別的愛；除

了因為打敗敵人而笑，不會有別的笑。不會有藝術、文學或者科學。在我們是全能的情況下，就不再需要科學了。美和醜之間不再有區別，不會再有好奇心和生命進程的樂趣，所有其他類型的快樂將被摧毀。但是始終 —— 一定別忘了這一點，溫斯頓 —— 對權力的陶醉感始終存在，會不斷增強，也變得更敏感。始終每刻都會存在對勝利的興奮和踐踏一個無力抵抗的敵人時的激動之情。你如果願意想像一下未來是甚麼樣，就設想一下皮靴踐踏在一張人臉上的感覺吧 —— 那會是永永遠遠的。」

他停頓了一下，似乎在期待溫斯頓說話。溫斯頓又一次試圖在牀上縮得更緊，甚麼話也不說，他心裏好像結了冰。歐布朗繼續說道：

「記着那是永永遠遠的。永遠有臉可供踐踏，異端分子以及社會的敵人總是存在的，因此可以一次次打敗他們，羞辱他們。從你落到我們手裏之後經過的一切 —— 那些都將繼續下去，而且還會越來越厲害。偵察、背叛、逮捕、折磨、處決、失蹤，這些都永遠不會停止。這既是個恐怖的世界，也是個狂歡的世界。黨越強大，它的容忍度就越小；反抗越弱，就越變本加厲地實行專制。戈斯坦和他的邪說將繼續存在下去，每一天，每一刻，它們會被粉碎、懷疑、嘲笑、唾棄，但總是會存在。我和你在過去七年裏演出的這場戲將一遍又一遍、一代又一代地演下去，形式會越來越微妙。這裏總會有異端分子任我們擺佈。他會因為疼痛而尖叫，精神崩潰，變得可鄙，到最後他徹底悔悟，從自我中拯救出來，自願爬到我們的腳前。這就是我們正在建設的世界，溫斯頓。這是個一場勝利接着一場勝利，一次凱旋接着一次凱旋的

世界，沒完沒了壓迫着權力神經的世界。我看得出，你開始明白那個世界是怎麼樣的了，但是到最後，你不止理解它就夠了，你還會接受它，歡迎它，並成為其中一部分。」

溫斯頓恢復得有氣力說話了。「你們做不到。」他虛弱地說。

「你這話是甚麼意思，溫斯頓？」

「你們創造不了一個你剛才描述的世界，是做夢，不可能。」

「為甚麼呢？」

「因為不可能以恐懼、仇恨和殘酷為基礎建立一種文明，它永遠不會支持很久。」

「為甚麼不可能？」

「它不會有活力，會解體，會自行毀滅。」

「胡說。你的印象是仇恨比愛更有消耗性，怎麼會呢？即使如此，那又有甚麼關係？假設我們決定讓自己衰老得更快，假設我們調快人類生命的速度，到三十歲時就已衰老，還是同樣的問題，那又有甚麼關係？你難道不明白個體的死亡不是死亡嗎？黨是不朽的。」

同樣，這個聲音又一次打擊了溫斯頓，讓他茫然無助。再者，他害怕如果他堅持不同意，歐布朗會再次推動控制杆，然而他無法保持沉默。他有氣無力地又開始反擊，那不是爭辯，除了對歐布朗所說的懷有說不出的極端厭惡，支撐他的別無其他。

「我不知道……我不管。不管怎麼樣，你們會失敗，某種東西會擊敗你們，生命會擊敗你們。」

「我們控制生命，溫斯頓，在所有層次上都是。你在想像有種所謂人性的東西，它會被我們的所作所為激怒，因此會反抗我

們，不過那是我們創造的人性。人具有無限的可塑性，如果你是回到你的舊想法上，認為無產者或者奴隸會起來推翻我們，那你最好還是忘了那個想法吧，他們是無能為力的，就像動物。人性就是黨，其他都是外在的，不相干。」

「我不管，到最後他們會打敗你們。或早或晚，他們會看清你們的本來面目，然後就會把你們撕成碎片。」

「你看到有證據表明正在發生那種情況嗎？或者任何會是這樣的理由？」

「不，我相信如此。我知道你們會失敗，宇宙中有某種東西 —— 某種精神或者某種法則，我不知道 —— 你們永遠不能戰勝。」

「你相信上帝嗎，溫斯頓？」

「不。」

「那麼會是甚麼，這種會打敗我們的法則是甚麼？」

「我不知道，是人類的精神吧。」

「你覺得自己算是個人嗎？」

「對。」

「溫斯頓，如果你是人，你就是最後一個。可是你這種人已經絕種，我們是繼承者。你明白你是獨一無二的嗎？你在歷史之外，你不存在。」他的舉止改變了，語氣也更嚴厲，「因為我們說謊而且殘酷，你就自以為在道德上高我們一等？」

「對，我認為自己要高一等。」

歐布朗沒說話。這時聽到有兩把聲音在說話，過了一會兒，溫斯頓辨認出其中一把聲音是自己的，那是他報名加入兄弟會的

那天晚上與歐布朗交談的錄音，他聽到自己保證會撒謊、偷盜、造假、殺人、唆使吸毒及賣淫、傳播性病、向小孩臉上潑硫酸等等。歐布朗做了個不耐煩的動作，似乎這番演示幾乎不值得。他轉動一個鈕鍵，那聲音就停止了。

「你起身下牀吧。」他說。

他身上的束縛自動鬆開了，溫斯頓自己下了牀，在地板上搖搖晃晃地站着。

「你是最後一個人，」歐布朗說，「你是人類精神的守護者，你會看到自己的真實模樣。把衣服脫掉。」

溫斯頓解開把工作服連在一起的細帶，拉鏈扣早被扯掉了。他不記得從被捕以來，他有沒有脫過衣服。工作服下，他身上套着骯髒的、顏色有點發黃的破布，勉強還能認出那是殘存的內衣。把衣服脫到地上後，他看到房間遠處有個分為三面的鏡子。他向那面鏡子走去，接着突然停下腳步，不由自主地大哭起來。

「再往前走，」歐布朗說，「站在鏡子前，同時看看側面。」

他停下腳步，因為他被嚇壞了。一個駝背、面色蒼白、貌似骷髏的物體正向他走來，讓他感覺恐懼的，是它的實際外表，而不單是知道那就是他自己這一事實。他又向着鏡子走近了一些，那個怪物的臉好像向前突出了，是因為它彎着腰的姿勢所造成。那是一張絕望的囚犯的臉，有着和禿頂連成一片的寬闊前額、鷹鈎鼻子和似乎被擊打過的顴骨，顴骨上是一雙兇狠而警覺的眼睛。臉頰上佈滿皺紋，嘴巴有種凹進去的樣子。這無疑是他自己的臉，但在他看來，他的臉比內心改變得更多，表現出來的情感跟他所感到的全不一樣。他已經部分禿頂。他最初以為只

是臉色變得蒼白，其實只不過是他的頭皮變蒼白色了。除了手和臉部，他渾身上下一片蒼白，積着陳垢，灰垢下還有處處的紅色疤痕。腳踝附近的靜脈曲張潰瘍處紅腫了一大片，皮膚正在掉碎屑。但真正可怕的，是他身體的消瘦程度。他的肋骨腔窄小得像是骷髏，腿上瘦縮得膝部比大腿還粗。這時他明白歐布朗讓他看看自己的側面是甚麼意思。他脊椎的彎曲度讓他觸目驚心，瘦削的肩膀往前方聳着，好保持有胸腔，只剩骨頭的脖子在支撐頭顱的重量之下好像彎下來了。如果讓他猜，他會認為這是個六十歲男人的身體，而且患了某種不治之症。

「你有時候想，」歐布朗說，「我的臉——內黨黨員的臉——看上去既老又疲憊。你覺得自己的臉又怎麼樣呢？」他抓住溫斯頓的肩膀，把他扭過來，面對自己。

「看看你現在的樣子！」他說，「看看你全身的骯髒樣子，看看你腳趾縫裏的灰塵，看看你腿上讓人噁心的潰瘍。你知不知道你臭得像隻山羊？也許你已經不再注意了。看看你這副瘦削的樣子，看到了嗎？我一隻手就能捏住你的胳膊，能把它像根紅蘿蔔一樣扭斷。你知不知道從你落到我們手裏以來，你的體重少了二十五公斤？就連你的頭髮也在一把把掉，你看！」他在溫斯頓的頭上一下就揪下了一把。「張開你的嘴巴，九、十、十一，還剩下十一顆牙齒。你到這裏時有多少顆？就連你剩下的這幾顆也快掉了。你看！」

歐布朗用有力的拇指和食指抓住溫斯頓剩下的一顆門牙，溫斯頓的下巴掠過一陣刺心的疼痛，歐布朗把那顆鬆動的牙齒連根拔掉，並把它扔到了牢房的遠處。

「你正在腐爛，」他說，「你算甚麼？一袋垃圾而已。現在轉過去再看看鏡子，你看到和你面對面的東西了嗎？那是最後一個人。如果你是人類，那就是人性。現在再把衣服穿上。」

溫斯頓開始用緩慢而僵硬的動作穿上衣服。直至現在，他好像仍未留意到自己有多瘦削和虛弱。他心裏只有一個念頭，他在這裏一定待得比他想像的還要久。他把那些骯髒的破布裏上身時，對自己被毀掉的身體產生憐憫。他還不明白自己在幹甚麼，就跌坐在牀邊的一張小凳上，眼淚奪眶而出。他意識到自己的醜陋和不堪入目，他是穿在骯髒衣服裏的一堆骨頭，正在刺眼的白色光線下啜泣，可是他無法停下來。歐布朗像是仁慈地把一隻手搭在他肩膀上。

「不會永遠這樣的。」他說，「你可以選擇不再這樣的，一切取決於你。」

「是你幹的！」溫斯頓嗚咽着說，「你把我弄成了這樣！」

「不，溫斯頓，是你把自己弄成這樣。這是你決心跟黨作對時，就已經接受了的，這全都在你的第一步裏。所發生的事情，沒有一樣是你沒法預見的。」

他停頓了一下，然後繼續說道：

「我們把你擊敗了，溫斯頓，我們已經把你打垮了。你已經看到你的身體是甚麼樣子，你的思想處於同樣的狀態，我不認為你還剩下甚麼自尊心了。你已經被拳打腳踢過，也被辱罵過；你因為疼痛而尖叫過，在地板上自己的血跡和嘔吐物中翻滾過，哀求饒恕過，背叛了所有人、所有事。你還能想起哪一樣丟臉的事情沒做過嗎？」

温斯頓停止了啜泣，不過眼淚仍往外湧。他抬頭看着歐布朗。

「我沒有背叛茱莉亞。」他説。

歐布朗沉思着俯視温斯頓。「對，」他説，「對，完全正確，你沒有背叛茱莉亞。」

温斯頓的心裏又湧起對歐布朗的奇特敬意，似乎一切都不能摧毀這種敬意。多麼有智慧，他想，多麼有智慧啊！歐布朗每次都理解他所説的話。換了世界上別的任何人，都會馬上説他已經背叛了茱莉亞，因為在拷打之下，還有甚麼是他沒招認的呢？他告訴他所知道的關於她的一切：她的習慣、性格和以前的生活，他鉅細無遺地招認了他們每次見面時所發生的一切，包括他們之間所有的談話，在黑市上吃的幾餐飯、通姦、針對黨所訂的不清不楚的計劃，無所不及。然而從他話裏的本意上説，他並未背叛她。他沒有停止愛她，對她的感情依然未變。歐布朗不需要解釋，就明白了他話裏的意思。

「告訴我，」温斯頓問道，「他們還有多久會槍斃我？」

「可能會很久，」歐布朗説，「你的情況棘手一些，但是別放棄希望，每個人都或早或晚會被治癒，到最後我們才槍斃你。」

4

溫斯頓的狀況好多了。如果每天這個詞還適用，那麼他每天都在長胖，強壯起來。

白色光線和嗡嗡的聲音還是一如既往，但這間牢房比他待過的別的牢房都要舒服。木板牀上有枕頭和牀墊，還有凳子可以坐。他們替他洗了個澡，還允許他適時在鐵盆裏沖洗，還提供沖洗用的熱水；他們給他新內衣和一套乾淨的工作服，替他那靜脈曲張的潰瘍處塗抹鎮痛藥膏，把他剩下的牙齒拔掉，為他新配了假牙。

又過去了幾星期或者幾個月。現在他有興趣的話，還能夠計算出時間的進程，因為好像是按照正常間隔給他送飯。據他判斷，他每二十四小時吃三頓飯，有時候他會琢磨那幾頓飯是白天還是夜裏吃的。食物好得讓人吃驚，每三頓有一頓能吃到肉，有次甚至給了他一盒香煙。他沒有火柴，那個從不說話的看守會為他點個火。第一次吸的時候他感到噁心，不過堅持下來了。這盒煙他抽了很長時間，每頓飯後抽半根。

他們給他一塊白色的記事板，角上綁了根鉛筆頭，一開始他沒使用。就算醒着，他也完全不想動。他經常在兩頓飯之間躺着，幾乎一動不動，有時候在睡覺，有時候會醒着模模糊糊地幻

想起來，這種時候，睜開眼睛太費事了。他早已習慣了強光照在臉上時仍能睡覺，強光好像無關緊要，只是他所做的夢更有連貫性了。他在這段期間做了很多夢，而且總是愉快的夢。他會在黃金鄉，有時他和母親、茱莉亞以及歐布朗一起，坐在廣闊無垠、環境宜人、陽光普照的廢墟之間。也沒做甚麼，只是坐在太陽照射的地方聊着家常話。他醒來後所想的絕大部分是關於他做的夢。現在少了疼痛的刺激，他似乎已經失去思維的能力。他並不覺得無聊，不想與人交談或者分散一下心思。只是獨自待着，不被毆打及審問，有夠吃的東西，渾身上下都乾淨，這完全令人滿足。

漸漸，他在睡覺上所花的時間越來越少，不過仍然不想起牀。他想做的，只是靜靜地躺着，感覺體內正在積聚力量。他會到處摸摸自己，想弄清他的肌肉正在生長，皮膚越來越緊繃，這些都不是幻覺。最後可以確定無疑的是，他正在長胖，他的大腿肯定比膝部粗些了。此後，他開始定期鍛煉，一開始不大情願的。不久就可以走上三公里，那是通過在牢房裏踱步計算出來的。他佝僂的肩膀也挺直了一些。他試圖做更複雜的鍛煉動作，卻既震驚又羞愧地發現有些動作他做不到。他只能走，不能跑，不能把凳子平舉起來，不能單腿站立，每站必倒；他蹲下，把體重集中到腳後跟上，卻發現要忍着大腿和小腿鑽心的劇痛，那只能讓他站着；他俯臥着試圖用雙手撐起身體，但不能，他甚至無法把自己撐起一厘米高。然而又過了幾天後 —— 也就是又吃了幾頓飯後 —— 他連這項壯舉也能完成了，後來他一口氣就能做六次。在他心裏，竟然開始對自己的身體感到自豪，而且時不時

還抱有一種信念，相信他的臉龐也正在長回正常模樣。只是當他正好把手放在禿頂的頭皮時，才會想起曾從鏡子望到那張佈滿皺紋、備受摧殘的臉龐。

他的思想變得更活躍了。他坐在木板牀上，背靠着牆，記事板放在膝蓋上，他開始工作了，有意以重新教育自己為任務。

他承認投降了。事實上，現在他也明白了，早在做出決定之前很久，他就準備好投降了。從他到了仁愛部的那一刻——沒錯，甚至當他和茱莉亞無助地站在房間裏，聽着電幕那刺耳聲音指示他們怎樣做的那幾分鐘內——他已經看透自己試圖以自身對抗黨的力量的輕率及膚淺。他現在已經知道，思想警察就像透過放大鏡看甲蟲一樣看了他整整七年。每一個具體動作，每一句大聲講出來的話都逃脫不了他們的監視，沒有一種思緒他們猜不出來。他們甚至把那粒白色灰塵小心放回日記本上。他們給他放過錄音，展示過照片，有幾張是茱莉亞跟他的合影，對了，甚至還有……他不能再跟黨作對，再說黨也是對的，必然如此。不朽的、集體的大腦怎麼會錯呢？你又有甚麼外在標準來衡量它的判斷呢？理智是個統計學概念，只是個學會像他們那樣思考的問題。只是他握着鉛筆，感覺又粗又不好用。他開始寫下想到的東西，首先以笨拙的大寫字母寫下：

自由即奴役

然後幾乎沒停頓就再寫下：

二加二等於五

　　接下來卻停滯了。他的大腦好像在躲避甚麼，似乎無法集中思想。他知道自己明白接下來是甚麼，卻暫時記不起來。確實記起來時，只是通過有意識的推理，而非自動出現。他寫道：

　　權力即上帝

　　他接受了一切。過去可以被篡改，過去從未被篡改過。大洋國在跟東亞國打仗，大洋國一直在跟東亞國打仗。鍾斯、艾朗森和魯瑟福犯下了被指控的罪行，他從未見過可以推翻他們罪行的照片，從未存在，是他杜撰出來的。他想起來他曾記住相反的事情，但那是錯誤的記憶，自欺的產物。這全都多麼容易啊！只要一投降，其他都順理成章。如同逆流游泳時，不管你如何用力，水流都把你往回沖，可是突然，你決定順流而下而非逆流而上。除了你自己的態度，甚麼都沒變化，命裏注定的事情總要發生。他甚至不知道他為何反抗。一切都容易，只是……

　　任何事情都可能對，所謂自然規則全是胡扯，重力定律是胡扯。歐布朗說過：「如果我想像個肥皂泡一樣浮離於地板，我就能做到。」溫斯頓琢磨出來了：「如果他認為他可以浮離於地板，而我同時認為我看到他這樣做，那麼這件事就發生了。」突然，就像淹沒於水下的一大塊殘骸露出水面那樣，一個想法突然浮現在他的腦海：「它不會真的發生，而是我們想像出來的，是幻覺。」他馬上壓住了這個念頭，其謬誤之處顯而易見。它預先假定在某處，在個體外部存在一個「真實的」世界，其中發生着「真實的」事情。然而又怎麼會存在這樣一個世界？事情全發生在大

腦裏，不管是甚麼，只要在大腦裏發生，就真的發生了。

他輕而易舉就清除了那個謬見，沒有受其誘惑，但他仍然意識到，他永遠不該動這種念頭。大腦應該在危險思想冒頭之際便生出一個盲點，這個過程應該是自動的、本能的，在新話裏，被稱為「止罪」。

他開始鍛煉自己學習止罪，他向自己提出幾個觀點，「黨説地球是平坦的」，「黨説冰比水重」，然後訓練自己看不到或者理解不了與其矛盾的觀點。這並不容易，它需要很強的能力和即時反應。例如，像「二加二等於五」這樣一句陳述所引出的算術問題，就非他的思維所能解決。這也需要大腦類似體育運動那樣活動，在某刻能運用最精細的邏輯，而在下一刻變得意識不到最基本的邏輯錯誤。愚蠢像智慧一樣必要，也同樣難以學到。

同時，他的腦袋裏部分也在推敲他們何時會槍斃他。「一切都取決於你自己。」歐布朗這樣説過，然而他知道不能靠有意識的行為讓這天提前到來。可能在十分鐘之後，或者十年之後。他們可能把他單獨關押好幾年，可能把他送進勞改營，可能像有時會做的，釋放他一段時間。完全有可能的是，被槍斃之前，他被逮捕和被審訊的整套情節都會重演一遍。唯一可以肯定的是，死亡從來不會在某個預期的時間到來。傳統做法 —— 未曾説出口的傳統做法，不管怎樣你會知道，但從未聽別人説起 —— 就是他們會從後槍斃你，總在腦袋後，沒有警告，就在你順着走廊從一間牢房走向另一間時。

某天 —— 不過「某天」不是正確的用詞，只是因為它可能在某個深夜，或可以説曾經 —— 他陷入奇特而極其愉快的幻想。

他正順走廊走着，等待子彈到來。他知道子彈在下一刻就要到來。一切都解決了，消除了，和解了。不再有疑惑，不再有爭辯，不再有痛楚，不再有恐懼。他的身體健康而強壯，他輕快地走着，因為感動而快樂，有種走在陽光下的感覺。他不再走在仁愛部裏那道長長的白色走廊上，而是在一條陽光普照的過道上，有一公里闊。走在那裏，他好像處於藥物作用下的極度興奮中。他在黃金鄉，走在野兔咬食的牧場的一條小徑上，他能感受到腳下短短的、富彈性的草地和照在臉上的溫暖陽光。牧場邊上是榆樹，在微微顫動，盡頭某處是那條溪流，鯪魚在柳樹之下的綠色池塘裏懶懶游動着。

突然，他變得驚恐萬分，汗水順着他的脊樑一下子流下來。他聽到自己在大聲喊叫：

「茱莉亞！茱莉亞！茱莉亞，我的愛人！茱莉亞！」

有那麼一陣子，他有極其強烈的幻覺，就是茱莉亞出現在他面前。她不僅出現了，而且到了他體內，她進入了他的皮膚肌理中。那一刻，他對她的愛比他們在一起並且自由時還要強烈得多，他也知道在某個地方，她還活着，而且需要他的幫助。

他又躺回牀上。他做了甚麼？那軟弱的一刻會讓他的苦役增加多少年？

又過了一陣子，他聽到外面響起皮靴聲。他們不可能不對這樣的發作進行懲罰。如果他們以前不曾知道，這次則是知道了，也就是他正在違反和他們之間達成的協議。他服從黨，卻依然仇恨黨。過去，他在順從的外表下掩藏着異端思想，現在又後退了一步。他在大腦已經投降，卻希望自己的內心深處保持不

變。他知道自己做錯了，卻寧願做錯。他們會明白的，歐布朗會明白，在那愚蠢的一聲叫喊裏，全招認了。

　　他只能從頭開始，也許需花上幾年時間。他摸摸自己的臉龐，想讓自己熟悉新的模樣。他的臉頰凹陷，顴骨很尖，鼻子變平了。另外，從上次看到自己的鏡中模樣以來，他領到了一副新的假牙。在不知道自己的模樣時，不容易保持難測的表情，不管怎樣，僅僅控制外表還不夠。他第一次認識到，要想保住秘密，必須把它藏得連自己也不知道。你必須時時知道它就在那兒，然而不到需要時，你必須永遠不讓它以任何方式進入你的意識。從此以後，他必須不止要想得正確，還必須感覺正確，夢得正確。同時，他也必須把自己的仇恨鎖在體內，它就像個有形的球體，成了身體的一部分，卻跟他的其餘部分沒有聯繫，類似囊腫。

　　有一天，他們會決定槍斃他，不知道何時發生，但發生前的幾秒鐘應可猜到的。總是從後的，正在走廊上走着時，只要十秒就夠。那時，他體內的世界會翻轉過來，然後突然之間，不說一句話，沒有停下腳步，臉上的表情一點沒變，偽裝突然撤下。砰！仇恨的炮轟開火了。仇恨會像熊熊大火一樣充滿他，幾乎就在同時，砰！子彈來了，太晚了，或者太早了。他們會在改造他的大腦之前把他崩成碎片，那種異端思想會不受懲罰，未曾悔悟，永遠在他們的掌握之外。他們會完美地崩一個洞。死時仍然仇恨他們，這就是自由。

　　他閉上眼睛。這比接受一條思維準則還要困難，是個自我貶低、自我糟塌的問題，他一定會投入最最骯髒的污穢中，而最可怕、最令人厭惡的會是甚麼？他想到了老大哥。那張巨大的面

孔（因為經常在海報上看到，他總覺得有一米寬）好像自動浮現
在他腦海，他長着濃密的黑色八字鬍，眼睛跟着人轉來轉去。他
對老大哥的真實感情是甚麼？

過道裏響起了沉重的皮靴聲，鐵門噹的一聲打開了，歐布
朗走進牢房，他身後，是那個長着蠟像臉的警官和身穿黑制服的
看守。

「起來，」歐布朗說，「過來。」

溫斯頓站在他面前，歐布朗把雙手放在溫斯頓的肩膀上，死
死盯着他。

「你有過欺騙我的想法，」他說，「那是愚蠢的。站直，看着
我的臉。」

他頓了一下，然後又以更溫柔的聲音說：

「你在進步，在思維上，你只有很小的毛病，只是情感上沒
進步。告訴我，溫斯頓，記着，別撒謊，你知道我總能識別謊言，
告訴我，你對老大哥的真實感情是甚麼？」

「我恨他。」

「你恨他，好，那麼你該進入最後一個階段。你必須熱愛老
大哥，單是服從還不夠，你必須熱愛他。」

他鬆開溫斯頓，把他向着看守輕推了一下。「一〇一房間。」
他說。

5

在他被關押的每個階段，他都知道——或者説他似乎知道——他在那幢沒有窗戶的大樓裏的位置，也許在氣壓上有些微差異。看守毆打他的那間牢房在地下，歐布朗審訊他是在高處靠近樓頂的地方。現在這個地方是在地下許多米，在最下。

這間牢房比他待過的大多數牢房還要大，但他沒注意周圍的情況，只注意到他正前方有兩張小桌，每張上都鋪了綠毛布。其中一張離他只有一兩米，另外一張還要遠些，靠近門口。他被直直綁在一張椅子上，緊得讓他不能活動分毫，連腦袋也不能。有個類似墊子的東西從後緊緊夾着他的腦袋，迫使他往正前方看。

有一陣子，他獨自待着，後來鐵門打開，歐布朗走進來。

「你曾經問我，」歐布朗説，「一〇一房間裏有甚麼。我曾告訴你，你是知道答案的，每個人都知道。一〇一房間裏的東西是世界上最可怕的。」

鐵門又打開了，走進一個看守，手裏提着一個鐵絲編織的東西，是盒子或籃子之類。看守把它放在遠處那張桌子上。因為歐布朗所站的位置，溫斯頓看不到那是甚麼。

「甚麼是世界上最可怕的？」歐布朗説，「這因人而異。可能

是被活埋，或者被燒死，或者被淹死，或者被釘子釘死，或者是別的五十種死法。然而對有些人來說，最可怕的可能是很普通的東西，根本不致命。」

歐布朗往旁邊挪了一點，溫斯頓得以清楚看到桌子上那件東西。它是個長方形的鐵籠，有個把手。固定在前端的，是個看上去像劍擊面罩的東西，凹面向外。雖然相距三四米，他仍能看出籠子被分隔成兩半，間隔裏都有某種動物。是老鼠。

「以你而言，」歐布朗說，「世界上最可怕的正好是老鼠。」

溫斯頓第一眼看到籠子，立刻有預感般全身震顫起來，另外還有種不太清楚的恐懼感。他突然明白籠子前端安裝面罩狀東西的意圖，他感到五內俱寒。

「你不能那樣做！」他聲音嘶啞地高聲喊道，「你不會的，不會的！那不可能！」

「你還記得嗎？」歐布朗說，「那些在你夢裏經常會有的恐慌時刻。你前面有堵黑牆，還有你聽到的喧鬧聲。牆那邊有某種可怕的東西，你知道你明白那是甚麼，可是你不敢把它們拖出來。牆那邊是老鼠。」

「歐布朗！」溫斯頓盡力控制自己的聲音說，「你知道不需要這樣的。你想我幹甚麼？」

歐布朗沒有直接回答，再次開口時，他帶上有時會表現出的老師神態。他沉思般望向遠處，像是在跟溫斯頓身後的聽眾講話。

他說：「疼痛並非總能奏效，有時候一個人能夠承受疼痛，甚至到死的那一刻也能。然而對每個人來說，都有種不可忍受的東西，一種想都不敢想的東西，跟勇氣和怯懦無關。你從高處摔

下時，抓緊一條繩子並不是怯懦的行為；你從深海裏游上來，往肺裏吸滿空氣也不是怯懦的行為，只是種不可違背的本能。老鼠也一樣。對你來說，牠們不可忍受，是你無法承受的一種壓力，即使你希望能承受也無法做到。那會讓你幹甚麼你都會答應的。」

「可那是甚麼，是甚麼？我不知道是甚麼，又怎麼能做呢？」

歐布朗提起籠子，放到近處那張桌子上，把它小心翼翼地放在桌布上。溫斯頓能聽到自己血脈賁張的聲音，有種他正在孤絕地坐着的感覺，在空曠而廣袤的平地上，在一片沐浴在陽光下的平坦沙漠，所有聲音隔着沙漠從極其遙遠的地方傳入他耳中。然而裝着兩隻老鼠的籠子離他不到兩米。那是兩隻碩大的老鼠，老得鼻口部分已經變得鈍平而兇猛，毛呈褐色而不是灰白色的。

「老鼠，」歐布朗仍像對着無形的觀眾一樣說道，「雖然牠不過是嚙齒類動物，但也是肉食性的。你明白這一點。你也曾聽說這個城市的貧民窟裏發生過的事。在一些街區，婦女不敢把她們的嬰兒一個人留在家裏，五分鐘也不行。老鼠肯定會襲擊嬰兒，只要很短的時間，就能把嬰兒啃得只剩骨頭。老鼠也會襲擊生病或者快死的人，牠們有驚人的智力，知道一個人甚麼時候是無助的。」

籠子裏突然傳出一陣吱吱的尖叫聲，在溫斯頓聽來，像是從很遠的地方傳來。兩隻老鼠正在打架，想衝破隔離網互咬。他還聽到了絕望的低沉呻吟聲，好像也不是他發出的。

歐布朗拎起籠子，拎起來時，他按下了籠子上的某個東西，傳來一聲脆響。溫斯頓發狂似的想從椅子上掙脫，他身體的每

一部分，甚至他的頭部，都被固定得不可移動。歐布朗把籠子拿近，離溫斯頓的臉不到一米。

「我已經按下了第一個控制杆。」歐布朗說，「你也明白這個籠子的構造。這個面罩會緊緊扣到你頭上，不留一點空隙。我按下另一個控制杆，籠門就會滑開，這兩個正在挨餓的東西會像子彈一樣竄出來。你有沒有見過一隻老鼠跳到空中的樣子？牠會跳到你的臉上並一直鑽進去。有時候先咬眼睛，有時候會從顴骨直鑽進去，咬掉你的舌頭。」

籠子又移近了，越逼越近。溫斯頓聽到一連串尖叫聲，在他頭上的空氣中響着。但是他在跟自己的恐慌激烈鬥爭。想，想，甚至在最後一刹那，想是唯一的希望。突然，那畜生難聞的霉味直衝他的鼻孔。他有種想嘔吐的強烈感覺，幾乎讓他昏倒，眼前一片漆黑。有那麼一刻，他精神錯亂，像頭尖叫的動物。然而在一片漆黑中，他知道只有一個辦法可以救自己，他一定要把另外一個人 —— 另外一個人的身體 —— 放在他和老鼠之間。

這時，面罩的邊緣大到能擋住外界，讓他看不到其他東西。鐵絲門離他只有兩隻手掌那麼近，兩隻老鼠知道接下來將如何，其中一隻跳上跳下，另一隻比溝渠老鼠大得多，老得已經脫毛，牠粉紅色的爪子搭在鐵絲柵上站着，在猛嗅。溫斯頓能看到牠的鼠鬚和黃色牙齒。他再次陷入那種黑色的恐慌感中，他看不見東西，毫無辦法，腦子裏空空如也。

「在中華帝國，這是種常見的刑罰。」歐布朗以他好為人師的一貫方式說道。

面罩逼向他的臉，鐵絲在拂拭他的臉頰。接着，不，那不是

解脫，只是一丁點的希望。太晚了，或已太晚了。但他突然明白在全世界只有一個人，他可以向其轉移他所受的懲罰 —— 只有一個軀體，他可以將其推到自己與老鼠之間。於是他狂亂地喊了一遍又一遍：

「咬茱莉亞！咬茱莉亞！別咬我！咬茱莉亞！我不管你們把她怎麼樣。撕碎她的臉，把她啃得只剩骨頭。別咬我！咬茱莉亞！別咬我！」

他往後倒去，往極深的地方落下，遠離了老鼠。他仍被綁在椅子上，但已穿過地板向下墜落，穿過樓上的牆壁，穿過地球，穿過海洋，穿過大氣層，進入外層空間，進入星際深淵，一直跟老鼠遠離，遠離，遠離。他遠去了許多光年，但歐布朗仍站在他旁邊，溫斯頓的臉頰上仍有鐵絲的冷冷觸感，然而從裹着他的黑暗中，他又聽到一聲金屬相碰的咔嗒聲，他知道籠子門關上了，沒有打開。

6

栗樹咖啡館裏幾乎空無一人。一道黃黃的陽光從窗戶斜射進來，照在落滿灰塵的桌面。那是十五點的人少時刻，電幕裏傳出細細的音樂聲。

溫斯頓坐在經常坐的角落位置，盯着一隻空玻璃杯。他不時抬頭掃一眼對面牆上的一張巨大的面孔。「**老大哥在看着你**」，那是下方的標題。一個服務員主動過來往他的杯子裏斟滿勝利杜松子酒，又拿過一個瓶塞中間插了根管子的瓶子，往酒裏倒進幾滴液體並晃了晃。那是加了丁香味的糖精，是這家咖啡館的特製品。

溫斯頓在聽電幕裏傳來的聲音。這時只是在播放音樂，但隨時可能有來自和平部的特別公報。來自非洲前線的新聞令人極為不安，他整天不時為之擔心。一支歐亞國的軍隊（大洋國在跟歐亞國打仗，大洋國一直在跟歐亞國打仗）正以驚人的速度向南推進。午間的公報沒有明確提到任何地區，但很有可能剛果河口已經是戰場。布拉柴維爾和利奧波德維爾[3]有陷落的危險。人們沒必要看地圖，才了解這意味着甚麼。不只是即將失去中部非

3　利奧波德維爾：剛果民主共和國（原國名扎伊爾）首都金沙薩的舊稱。

洲的問題，就連大洋國的領土也受到威脅，這在整場戰爭中是第一次。

　　一種強烈的情感在他心裏燃燒起來，然後又消退了，說是恐懼並不確切，而是種說不清楚的激動之情。他不再想關於戰爭的事。這段時間，他從來不能長時間把心思集中到一件事情上。他端起酒杯一飲而盡，跟往常一樣，這讓他打了個寒顫，甚至還有點噁心。那種玩意太可怕了，丁香和糖精本身就讓人噁心欲吐，但還是蓋不住那濃濃的油味。而最糟糕的是杜松子酒的氣味——他一天到晚身上都有這種氣味——在他腦海裏不可避免地與某種東西的氣味混和在一起，那是⋯⋯

　　他從未點明那是甚麼，即使想到時也沒有，只要有可能，他一直避免去想它們的樣子。它們是他部分意識到的東西，近在眼前逗留着，那股氣味在他鼻孔裏久久不去。酒意泛上來時，他張開紫色的嘴唇打了個嗝。自從獲釋以來，他長得胖了些，也回復了以前的膚色，甚至不僅僅回復了而已。他的面貌有起色，鼻子和顴骨上是粗糙的紅色，甚至他禿頂頭皮的顏色也還算不上是粉紅色的。另一個服務員不用吩咐就拿來一張棋盤和最新一期的《泰晤士報》，並已翻到有象棋殘局的那頁。然後看到溫斯頓的杯子已空時，拿來酒瓶又替他斟滿，不需要吩咐，他們知道他的習慣。棋盤總是準備好讓他玩，他所坐的那張位於角落的桌子總是為他留着。甚至當咖啡館裏坐滿人時，他仍是獨自坐在那張桌子前，因為沒人願意被看到跟他坐得較近。他從來懶得數他喝了幾杯。過上或長或短的一段時間，他們會送上一張髒紙，說那是賬單，但他覺得他們總少算他錢。就算他們多收也沒甚麼

關係，他如今錢總是夠花。他甚至還有一份工作，是個掛名的閒職，卻比他以前的工作收入還多。

電幕裏播放的音樂停了，接着響起一把說話聲，溫斯頓仰起腦袋聽。沒有來自前方的公報，只是來自富足部的一則簡短通知。好像上個季度，第十個三年計劃中關於鞋帶的生產指標超額完成了百分之九十八。

他研究了一下象棋殘局，開始擺上棋子。那是個棘手的殘局，要用到兩隻馬。「白方先走，兩步將死對方。」溫斯頓抬頭看着老大哥的肖像。總是白方將死對方，他以一種模糊的神秘感思考着。總是如此，從無例外，就是如此安排好的。自從開天闢地以來，在所有象棋殘局中，黑方從未贏過。難道這不是象徵着正義永遠會而且無一例外會戰勝邪惡嗎？那張巨大的面孔也盯着他，它充滿了沉着的力量。只有白方是重要的。

電幕裏傳來的聲音停頓了一下，然後以一種不同的，嚴肅得多的聲調說：「特此提醒，要準備好在十五點三十分收聽一項重要通知。十五點三十分！這是最重要的新聞！注意不要錯過。十五點三十分！」接着又響起叮叮咚咚的音樂聲。

溫斯頓心頭一動。那會是來自前方的公報，直覺告訴他將要來的是壞消息。關於在非洲慘敗的念頭一整天都時不時出現在他腦海裏，給他帶來一小陣一小陣的激動。他似乎真的看到歐亞國軍隊像一隊隊螞蟻擁過從來未被攻破過的邊界，向非洲下方的尖角擁去。為甚麼沒有可能以某種方式包抄他們呢？他的腦海裏出現了西非海岸的鮮明輪廓。他拿起白方的馬在棋盤上移動，那裏就是合適的位置。正當他看着黑壓壓的軍隊向南挺進時，他也

看到另外一支神秘集合起來的軍隊突然插入他們後方，將其陸路及海路聯繫全部切斷。他覺得只要他願意，他可以無中生有地令一支部隊出現，然而需要迅速行動。如果他們控制整個非洲，在南非好望角建起機場及潛艇基地，大洋國就會被一分為二。這也許會帶來某種後果：失敗、解體、世界的重新分割，還有黨被摧毀！他深吸一口氣，百感交集的感覺，但準確點說不能算是百感交集，而是一層疊一層的感覺，也不好說哪層感覺是最基本的，在他心裏翻騰着。

那陣感情波瀾過去了，他把白馬放回原位，但這時他無法認真思考棋局的問題。他又走了神，幾乎是無意識地在桌面的塵上寫道：

2+2=5

「他們進不了你的內心。」她曾經說過，然而他們有能力進入你的內心。「在這裏發生在你身上的事將永遠抹不掉。」歐布朗曾經說過，那是實話。你無法恢復某些事情，還有自己的行為，你內心的某些東西被毀掉、燒掉並且烙掉了。

他見過她，甚至跟她說過話，那樣做不會有甚麼危險，他似乎本能地知道他們現在對他的所作所為不再感興趣。他們兩人如果誰願意，他能和她再次見面。實際上他們曾碰巧遇到，那次在公園裏，在三月裏寒冷刺骨、天氣惡劣的一天。當時的地面像鐵塊一般冰硬，小草似乎全死光了，到處看不到一個花蕾，只有很少幾株番紅花費力地露出頭來，卻被風摧殘得凋零不堪。他當時

正在腳步匆匆地走着，雙手冰冷，眼裏還流着淚，就在那時，他看到她就在前方不到十米遠。他馬上看出她變了，但說不上來變了甚麼。他們幾乎沒有表示地擦肩而過，接着他轉身，也不是很急切地跟在她身後。他知道那不會有危險，沒有誰會注意他們。她沒說話，而是斜向穿過草地，似乎想擺脫他，後來好像又接受了他在旁邊。不久，他們到了一帶蓬亂無葉的灌木叢邊，既藏不了身，也擋不住風。他們停下腳步。那天冷得很，風呼嘯着掠過樹枝，撕扯着零星幾朵髒兮兮的番紅花。他摟住了她的腰。

那裏沒有電幕，但肯定藏有米高風，另外他們也能被看到。那無關緊要，一切都無關緊要。他們想的話，可以躺到地上做。想到這裏，他的身體因為極度厭惡而變得僵硬。她對他緊緊摟着她未做出任何反應，甚至也沒有努力掙脫。他現在知道她有甚麼變化了。她臉上多了點黃灰色，還有一道長長的疤痕，從前額一直到太陽穴，然而主要變化不在此，而在於她的腰部變粗了，而且令人驚訝地變得僵硬。他記得有一次在一顆火箭彈爆炸後，他曾幫忙從廢墟中拖出一具屍體。當時讓他震驚的，不僅是那具屍體那難以置信的重量，還有其僵硬程度和收拾的難度，使得與其說是血肉之軀，倒不如說更像一塊石頭。如今摸着茱莉亞的身體感覺也是如此，他想到她皮膚的肌理跟他見過的肯定也大不一樣了。

他沒有試圖去吻她，他們也沒說話。他們又穿回草地後，她第一次正面看了他一眼，但那僅僅是為時極短的一瞟，充滿了鄙視和厭惡。他不知道厭惡純粹是由於往事引起的，還是同時因為看到他那張浮腫的臉龐，以及由於颶風而讓他不斷流下的淚水所

致。他們坐到兩張鐵椅子上，並排但不是緊挨着。他看到她就要開口説話。她把笨重的鞋子移開幾厘米，有意踩斷一根樹枝。他注意到她的腳似乎變得寬了。

「我背叛了你。」她直言不諱地説。

「我也背叛了你。」他説。

她厭惡地掃了他一眼。

「有時候，」她説，「他們會用一種東西威脅你，一種你無法忍受的東西，甚至是想不到的東西，你會説：『別對我那樣，對別人那樣吧，對誰誰那樣吧。』事後，你也許假裝説那只是個計策，之所以那樣説，是想讓他們停下來，並非真的那樣想。可那不是真的。發生那件事時，你確實是那樣想的。你認為沒有別的辦法可以救自己，你完全願意通過那種方式救自己。你想讓它發生在另外一個人身上，你根本不在乎別人受甚麼罪，在乎的只是你自己。」

「你在乎的只是你自己。」他附和道。

「在那之後，你對另一個人的感覺就變了。」

「對，」他説，「你感覺不一樣了。」

似乎沒有更多的話可説。他們薄薄的工作服被風吹得貼緊身體，他們幾乎同時覺得不説話坐在那裏是件尷尬事，另外坐着不動也太冷了。她説了要去趕地鐵甚麼的，起身就要走。

「我們一定要再見面。」他説。

「對，」她説，「我們一定要再見面。」

他遲遲疑疑地跟着她走了一小段路，在她後面落後半步。他們沒再開口説話。她也不是真的想甩掉他，走的速度卻剛好能

避免讓他跟她並排走。他已經決意要跟着她一直走到地鐵站，但是突然，覺得這樣在寒風中跟在別人身後走似乎既無意義，又無法忍受。他強烈地想躲開茉莉亞再回到栗樹咖啡館，那裏好像前所未有地具有強烈的吸引力。他想起他那張位於角落的桌子，還有報紙、棋盤以及長喝長添的杜松子酒，最主要是那裏很暖。又過了一陣子，也不完全出於意外，他任由一小羣人把他和茉莉亞隔開了。他想趕上她，接着又放慢腳步，轉身向反方向走開。他走了五十米，回頭看了看。那條街上的人不多，卻已經看不清她在哪裏。十幾個匆匆走着的人，哪一個都有可能是她，可能她那變粗也變僵硬的身軀從後來看已經認不出了。

「發生那件事時，」她這樣說過，「你確實是那樣想的。」他的確是那樣想的，他不僅那樣說了，而且希望那樣。他希望是她而不是他，被任由……

電幕裏傳來的音樂聲變了，一個刺耳的嘲弄音符，一個預警音響起來了。接着 —— 也許並未發生甚麼，也許只是種類似聲音的記憶 —— 一把聲音唱道：

在綠蔭如蓋的栗子樹下，
我背叛了你，你背叛了我……

他眼裏湧出淚水，一個經過的服務員看他的杯子空了，就拿着酒瓶又走過來。

他舉起酒杯聞了聞。每喝一口，那種難喝程度沒有減輕，反而更甚，然而它已經成為他生活中不可缺少的東西，就是他的

生命、死亡和再生。是杜松子酒讓他每天夜裏變得不省人事，每天早晨也是靠它恢復精力。他很少能在十一點前醒來，醒來時難以睜開眼睛，嘴巴發炎，脊骨也好像斷了，如果不是有前一天晚上放在牀邊的酒瓶和茶杯，他甚至不可能坐起來。中午幾個小時裏，他會表情呆滯地坐着聽電幕裏傳出的聲音，酒瓶就在手邊。從十五點到打烊時間，他是栗樹咖啡館的固定顧客。不再有人理會他幹甚麼，沒有喚醒他的哨聲，沒有電幕來警告他。有時，也許一星期兩次吧，他會去真理部的一間佈滿灰塵，似乎被棄置的辦公室裏幹上一點工作，或者說所謂的工作。他被分配到某個委員會下分委員會的分委員會，第一個委員會是為處理編纂第十一版《新話詞典》中遇到的次要難題而成立的無數委員會之一。他們負責編製所謂中期報告，然而他從未查清楚他們要報告的是甚麼，好像跟逗號應該放在括號內還是括號外有關。這個分委員會裏另外還有四個人，情況都跟他類似。某些天裏他們會聚到一起，然後馬上又分開，他們互相坦白承認實際上沒有甚麼事情可做。但是還有一些時候，他們幾乎是熱切地着手工作，極盡表現之能事，填寫記錄，起草從未完成的備忘錄。他們為按說需要爭論的事情而爭論，越爭論越複雜、越深奧，為定義各執一詞，跑題千里，爭吵，甚至還威脅要向上級報告。後來突然，他們都沒了精神，圍坐在桌子前眼神暗淡地互相看着，就像聽到雞鳴的鬼魂一樣。

　　電幕沉默了一會兒。溫斯頓又抬起頭。公報！不過沒有，只是換播音樂而已。他閉上眼睛就想起非洲地圖，軍隊的動向以示意圖顯示出來：一條黑箭頭垂直插向南方，一條白箭頭往東水

平切去，穿過黑箭頭的尾部。像是為了尋找安慰，他抬頭看着那張肖像的沉着面孔。有沒有可能第二個箭頭根本不存在？

他的興趣減退了。他又喝了一大口酒，撿起白方的馬試探着走了一步。將。但是顯然走得不正確，因為……

一段記憶又自動浮現在他腦海，他看到一個點着蠟燭的房間，裏面有張鋪着白色牀單的大牀，還有他自己。他是個九歲或十歲的小男孩，正坐在地上，在搖着骰子盒興奮地笑着，他母親坐在他對面，也在笑。

那肯定是在她失蹤前一個月的事。那是個和好的時刻，溫斯頓忘了肚子裏從未停止的餓意，對她有過的愛意暫時復甦了。那天的事他記得很清楚。外面電閃雷鳴，大雨如注，雨水順着窗櫺嘩嘩流着，室內暗得無法看書。他們兩個小孩子在那間陰暗狹窄的臥室裏厭煩得無法忍受。溫斯頓又是哭啼，又是哀求，徒勞地想多要一點食物，在房間裏煩躁不安，把所有東西都東拉西扯，還踢護牆板，直到鄰居敲打隔牆，而那個比他還小的孩子在斷斷續續地哭着。最後母親說：「聽話，我去給你買個玩具，一個好玩的玩具，你會喜歡的。」然後她就走進雨裏，當時附近零星還有幾間小雜貨店。她回來時手裏拿了個紙盒，裏面裝了一副蛇梯棋[4]。他仍然能聞到淋濕了的棋盤的氣味。那副棋做得很糟糕，棋盤裂了，小木頭骰子切割得不好，難以躺平。溫斯頓不高興也不感興趣地看着它，但後來母親點了根蠟燭，他們坐在地

4　蛇梯棋：一種棋類，棋盤上標有蛇和梯的圖案，棋子走到蛇頭一格時要退至蛇尾，走到梯腳一格時可進至梯頂一格，以先抵終格者勝。

板上玩了起來。不久，當那個小圓片帶着希望爬到梯頂，然後又一滑而下到了有蛇的地方，幾乎回到開始處時，他變得興高采烈而且大聲笑着。他們玩了八盤，他贏了四盤。他那長得很小的妹妹年幼得不明白怎麼下棋，卻也靠着枕頭坐在那裏笑，那是因為別人都在笑。他們在一起開心了整整一個下午，像他早期童年時那樣。

他嘗試努力忘掉這一個場景。那是種虛假的記憶，他有時會受到虛假記憶的困擾。只要知道其本質，就無關緊要。有些事情曾經發生，有時則沒發生。他轉過身看着棋盤，再次拿起白方的馬。幾乎就在同時，它咔嗒一聲掉到棋盤上，他嚇了一跳，似乎有根大頭針插進了他的身體。

一聲尖厲的小號聲刺破空氣。公告來了！勝利！新聞之前響起小號總意味着勝利。一種電流般的震顫掠過咖啡館，就連服務員也嚇了一跳，也豎起耳朵。小號聲之後是十分高亢的噪音。電幕裏傳來一把激動的聲音，在急促地唸着，但是剛一開始，就被外面雷鳴般的歡呼聲淹沒。新聞在街頭奇跡般不脛而走。他勉強能聽到電幕裏播放的，明白事情正是按照他所預測的發生：一支巨大的海上艦隊秘密集結起來，對敵人後方進行了突襲，白色箭頭切過黑色箭頭的尾巴。勝利的語句不時從一片喧囂中冒出來：「大規模的戰略調動……完美的協同作戰……完全擊潰……俘敵五十萬……對士氣的徹底打擊……控制整個非洲……向戰爭的結束推進了一大步……勝利……人類歷史上最輝煌的勝利……勝利，勝利，勝利！」

溫斯頓的腳在桌子下痙攣性抽動着。他沒有從座位上起來，

然而在腦子裏，他在跑着，飛快地跑着，跟外面的人羣一起，歡呼得雙耳欲聾。他又抬頭看着老大哥的肖像。駕馭世界的巨人啊！抵擋亞洲羣氓的中流砥柱！他想到十分鐘之前——對，僅僅十分鐘之前——在想着前線的消息不知是勝利還是失敗時，他心裏還有些模糊的感覺。啊，不止是一支歐亞國的軍隊被消滅了！從他進了仁愛部的第一天以來，他身上發生了很多變化，但是最終的、必不可少的、康復性的變化卻從未發生過，直至這一刻。

電幕裏的聲音仍在滔滔不絕地播報關於俘虜、戰利品和屠殺的消息，外面的喊叫聲卻低了一些。服務員轉身又開始工作，其中有個拿着酒瓶走來。溫斯頓依然沉浸在喜悅的白日夢中，沒有注意到服務員正在斟滿他的酒杯。他在內心裏既沒再奔跑，也沒再歡呼，他又回到了仁愛部，一切都被寬恕了，他的靈魂像雪一樣潔白。他站在法庭的被告席上，招認一切，牽連每個人。他在鋪了白瓷磚的走廊上走着，感覺像是走在陽光下。一個持槍看守在他身後。那顆期待了很久的子彈正射進他的大腦。

他抬頭盯着那張巨大的面孔，他用了四十年才了解到隱藏在那兩撇黑色八字鬍下的微笑。哦，殘酷啊，不必要的誤解啊！哦，頑固啊，從那個博愛的胸懷處自行放逐自己！兩顆杜松子氣味的淚珠從他鼻側流了下來。不過那樣也好，一切都很好，鬥爭已經結束，他戰勝了自己。他熱愛老大哥。

附文　新話的原則

新話為大洋國的官方語言，是為滿足「英社」（Ingsoc）或稱「英國社會主義」（English Socialism）的意識形態需要而發明的。一九八四年時，還未能達到人人將其作為講話或寫作的唯一一種交流工具。《泰晤士報》上的重頭文章是用新話寫的，但那是只能由專家操筆完成的精心傑作。按計劃，到二○五○年左右，新話將最終替代舊話（或者按照我們所稱是「標準英語」）。同時新話正穩步替代舊話，所有黨員傾向於越來越多在日常生活中使用新話中的詞及語法結構。一九八四年時使用的新話版本以及在第九、第十版《新話詞典》中體現出來的新話是臨時性的，其中包含許多過剩的詞以及舊詞形，那些以後都將在被廢止之列。在此我們要討論的，是新話的最終和完善的版本，體現在《新話詞典》第十一版中。

新話的目標不僅是提供一種表達工具，用以表達對英社的忠實信徒來說適於擁有的世界觀及思維習慣，而且要讓其他任何思考模式變得不可能存在。新話的目標是當新話徹底被採用而且舊話被遺忘後，任何異端思想 —— 即與英社原則相悖的思想 —— 將完全不可能被想到，至少在思想尚依賴話語表達的情況下將是如此。新話的詞彙之所以如此構建，目的是讓黨員在希望合適地表達每種意圖時，都能精確而且常常是十分敏銳地表達，而排除了所有其他意圖存在以及通過間接途徑使其得到表達的可能性。要想做到這一點，部分是靠發明出新詞，但主要是靠消滅一些不合需要的詞，以及清除被保留下來的單詞的非正統含義，而且只要可能，將所有次一層的含義都全部清除。舉個簡單的例子，「free」這個詞在新話中仍然存在，但只能用在「this dog is free from lice」（這條狗身上不長蝨子）或「this field is free from weeds」（這塊田裏不長野草）這樣的陳述中，而不能用到這個詞的舊含義，即「politically free」（政治上自由）和「intellectually free」（思想上自由）。因為政治自由及思想自由即使作為概念都已不復存在，因而有必要不以名稱稱之。而且遠不限於廢止那些確實具有異端性質的詞，詞彙總量被認為是為減少而減少，凡是並非一定用得到的詞，都不允許存在。發明新話的目的，不是為了擴展思想的範圍，而是為了縮小它，將可供選擇的詞彙數量減到最少，能夠間接有利於達到這一目的。

新話建立在我們所掌握的英語的基礎上，然而有許多新話的句子，甚至那些不含有新造詞的句子對於我們當今操英語的人來說，也幾乎不可理解。新話的詞彙分成不同類型的三類，以 A 類詞彙、B 類詞彙（又稱複合詞）、C 類詞彙稱之。較簡單的辦法是分別討論三類詞彙，有關這種語言在語法上的獨特性，可以在討論 A 類詞的那部分論及，因為同樣的規則對這三類詞彙都適用。

A 類詞彙：A 類詞彙包括日常生活中進行各種事情時需要用到的詞，這些事情包括吃、喝、工作、穿衣、上下樓梯、乘車、栽培花木、烹調等等。這類詞幾乎完全是由已有的單詞組成的 ── 像「hit」、「run」、「dog」、「tree」、「sugar」、「house」、「field」等 ── 不過跟我們當今的英語比起來，這些詞的數量特別少，對其定義卻嚴格得多，所有含糊不清以及其他多層含義的都被一概清除。在能夠做到的情況下，新話中的這類詞彙簡單地說，就是一個斷音，表達的是一個在理解上清晰無誤的概念。

完全不可能使用 A 類詞彙進行文學寫作或進行政治及哲學性討論，其用途就是表達簡單及意圖明確的想法，一般說來涉及的是具體事物或者身體動作。

新話的語法有兩個突出特性。第一，不同時態幾乎完全可以混用。這種語言中的任何一個詞（從原則上說，這一點甚至適用於像「if」或「when」這類非常抽象的詞）都能用作動詞、名詞、形容詞甚至副詞。在詞根相同的情況下，動詞和名詞之間無任何詞形變化，這條規則本身導致許多舊詞形被消滅。以「thought」一詞為例，它在新話中不存在，而被「think」一詞所代替，該詞既充當名詞，又充當動詞。在此情況下，不遵循語源學的規則，但在有些情況下，決定保留原來的名詞形式，在另外一些情況下則保留原來的動詞形式。甚至在兩個含義相近的名詞或動詞沒有語源學聯繫的情況下，其中之一經常被廢止。例如根本沒有「cut」這個詞，它的含義完全被名詞兼動詞「knife」所包括。形容詞是通過給名詞加「-ful」這樣的尾碼，副詞是名詞加尾碼「-wise」而得到。因此，例如「speedful」的含義就是「rapid」，「speedwise」的含義就是「quickly」。我們目前所使用的某些形容詞，像「good」、「strong」、「big」、「black」、「soft」都被保留下來了，然而這些被保留下來的單詞的總量很少。人們很少需要用到這些詞，因為幾乎所有的形容詞含義都可以通過在名詞兼動詞後面加「-ful」而得到。除了很少幾個已經是以「-wise」為結尾的詞，現在的所有副詞一個都不會被保留下來，副詞無一例外都將以「-wise」結尾。例如像「well」這個詞，它會被「goodwise」所代替。

另外，任何單詞 —— 這在原則上也適用於新話語言裏所有

的詞——都能通過加「un-」首碼而使其具有否定意義，或者通過加「plus-」首碼進行強調，或者如果為了進一步強調，可以加上「doubleplus-」這樣的首碼。因此，例如「uncold」的意義是「暖和」，「pluscold」和「doublepluscold」的意義分別是「很冷」和「極其冷」。跟現代英語一樣，也有可能通過利用像「ante-」、「post-」、「up-」、「down-」等首碼對幾乎任何單詞的含義進行更改。可以看出，通過這些方法，能對詞彙總量進行極大刪減。例如既然有了「good」一詞，就沒必要保留「bad」這樣的詞，因為「ungood」同樣可以表達所需意義——事實上還要更好。凡是在兩個詞天然互為反義詞的情況下，都需要決定兩者之中哪個將被廢止。例如，「dark」這個詞可以被「unlight」所取代，或者「light」也可以被「undark」取代，如何選擇，視喜好而定。

　　新話語法的第二個突出特點是它的規律性。除了下面提到的幾種例外情況，所有詞形變化都遵循同樣的規則。因此，所有動詞的過去式和過去分詞都同樣以「-ed」結尾。「steal」的過去式是「stealed」，「think」的過去式是「thinked」，全部新話語言中都是這樣，所有像「swam」、「gave」、「brought」、「spoke」、「taken」等舊詞形都被廢止。所有複數都視情況而定加「-s」或「-es」。「man」、「ox」、「life」這些詞的複數形式是「mans」、「oxes」、「lifes」。形容詞的比較級和最高級無一例外都是加「-er」和「-est」（「good」，「gooder」，「goodest」）。不規則變化和像加「more」和「most」這種結構，都在被廢止之列。

　　僅剩的仍被允許進行不規則變化的詞是名詞、關係形容詞、指示形容詞及副詞，除了「whom」已被當做多餘詞去掉，以及像

「shall」、「should」所代表的時態已被取消之外 —— 這些時態的用法都已被「will」和「would」所包括 —— 所有這些詞都仍按以前的舊用法使用。另外，出於迅速及易於說出的需要，仍存在一些不規則變化。如果一個詞不易發音，或者有可能讓人聽不準，就會根據該事實本身，被當做是個壞詞，因此考慮到悅耳因素，偶爾會在一個詞中間加上別的字母或者保留舊詞形。但這種需求主要體現在 B 類詞彙中。至於為甚麼易於發音這麼重要，下文會解釋清楚。

B 類詞彙：B 類詞彙都是為了政治目的而有意創造出來，也就是說，這些詞不僅每個都具有政治含義，而且創造這些詞的目的，就是讓使用這些詞的人具有合乎需要的思想態度。如果未能全面理解英社的原則，就用不好這些詞。對有些詞而言，可以翻譯成舊話，甚至可以用 A 類詞彙翻譯出來，但通常都需要大段的釋義，而且總會造成這些詞所具有的言外之意的喪失。B 類詞彙是種口頭速記，總是把一系列概念放進幾個音節之中，同時又比一般語言更準確、更有力。B 類詞彙都是複合詞[1]，由兩個或兩個以上的單詞，或者幾個單詞的部分組成，以一種易於發音的詞形結合而成。由此產生的混合詞都會是名詞兼動詞，遵循一般的變形規則。舉個簡單的例子，「goodthink」的含義大致就是「正統」，或者在用作動詞時，含義就是「以正統的方法思考」。這個單詞的變形如下：名詞兼動詞，「goodthink」；過去

1　複合詞：像「speakwrite」這樣的複合詞當然也存在於 A 類詞彙中，但這些只不過是為了方便起見的縮寫，並沒有意識形態色彩。

式及過去分詞，「goodthinked」；現在分詞，「goodthinking」；
形容詞，goodthinkful」；副詞，goodthinkwise」；動名詞，
goodthinker」。

B 類詞彙完全不是按照詞源學方案造出來的。構成 B 類詞
彙的單詞可以是任何時態，以任何順序排列，以及按照任何方式
修改，目的是使這些詞易於發音，而且同時也能說明其出處。
例如，在「crimethink」一詞中「think」在後，而在「thinkpol」
一詞中它在詞首。後一個單詞「police」少了第二個音節。因
為達到悦耳這點更困難，B 類詞彙中的非常規詞形比 A 類詞
彙中出現得還要多一些。例如說，「Minitrue」、「Minipax」、
「Miniluv」三詞的形容詞分別是「Minitruthful」、「Minipeaceful」
和「Minilovely」，這只是因為「-trueful」、-paxful」和「-loveful」
略微難於發音。然而從原則上說，所有 B 類詞彙都可以變形，而
且都以完全同樣的方式變形。

B 類詞彙中有些詞的含義非常隱晦，未能在整體上掌握這
種語言的人很難理解這些詞。例如拿《泰晤士報》的重頭文章中
「Oldthinks unbellyfeel Ingsoc」這典型一句來說，用舊話把它表
達出來的最簡短的說法是「那些其觀念在革命之前就形成的人們
對英國社會主義無法擁有感情上的充分理解」。然而這種翻譯不
完整。首先，為理解上面所引新話的全部含義，人們必須充分理
解「Ingsoc」的含義；其次，只有精通英社的人，才能充分體會
到「bellyfeel」一詞的全部力量，它意味着如今難以想像的盲目而
且熱情的贊同；還有「oldthink」一詞，它與邪惡和墮落牢牢掛
鈎。但是新話中的某些詞彙具有特殊功用──「oldthink」就是

其中之一 —— 與其說這些詞在表達含義，倒不如說在消滅含義。這些詞 —— 數目不多，這是必要的 —— 將自身的含義擴展，直到自身包含了一連串單詞，這些單詞由於已被完全包含在一個綜合術語中，因而可以被拋棄並忘掉。新話編纂者要面對的最大困難不是創造新詞，而是創造出新詞後，確定其含義為何，也就是說在造出這些詞後，確定其取消的是哪類詞。

我們已經看到以「free」為例的一詞，有過異端含義的詞有時為方便起見被保留下來，但被清除掉不合適的含義。像「honour」、「justice」、「morality」、「internationalism」、「democracy」、「science」和「religion」一類的無數單詞簡單地說，是被消滅了。少數幾個表示總稱的詞包含了這些詞，通過包含而將其消滅。例如，所有圍繞自由和平等概念的單詞都被「crimethink」這個詞所包含，所有圍繞客觀和理性主義的詞都被「oldthink」這個詞所包含，要想更精確一點則是危險的。黨員被要求具有的世界觀跟古代希伯來人的世界觀類似，那些人不需要知道很多別的事，只需要知道除了他那個民族，別的民族崇拜的都是「假神」就夠了，他們不需要知道那些神叫做「Baal」、「Osiris」、「Moloch」、「Ashtaroth」之類。也許知道得越少，就越正統。他們知道耶和華和耶和華的誡條，與此類似，黨員知道甚麼是正當行為，也非常模糊地籠統知道不正當行為可能是甚麼樣的行為。例如，他們的性生活完全由新話中的「sexcrime」和「goodsex」兩個詞所約束。「sexcrime」概括了所有種類的性犯罪，包括淫亂、通姦、同性戀及其他變態行為。沒必要將其一一列舉，因為它們同樣應受到懲罰，而且原則上說懲罰都是死

刑。C 類詞彙中 —— 由科學技術方面的單詞所組成 —— 可能需要為某些性失常行為命名，但一般人用不着那些詞。他們知道「goodsex」是甚麼意思，也就是男人跟他妻子之間為了生出孩子這唯一目的而進行的性交，女方身體上沒有快感，其他所有別的都是「sexcrime」。新話中，很少有可能在認識到某個念頭是異端念頭後還能繼續往下想，除了能想到它是異端念頭這一點，其他所需之詞都不存在。

B 類詞彙在意識形態上都並非中立，很多是委婉語。例如，像「joycamp」（勞改營）或「minipax」（和平部，即戰爭部）所指的幾乎與其表面意思恰恰相反。另一方面，有些單詞所表現的，是對大洋國社會本質的赤裸裸而且有着蔑視意味的理解。以「prolefeed」為例，它的含義是黨給予無產者的垃圾娛樂以及欺騙性新聞。還有另外一些詞褒貶均有，用到黨身上是指「好的」，用到敵人身上是指「壞的」。另外還有大量單詞，乍一看不過是些縮寫，其意識形態色彩不是來自其含義，而是構造。

只要有可能，一切具有或可能具有任何政治重要性的詞都被放進 B 類詞彙。所有組織、團體、學說、地區、機構或者公共建築的名稱都無一例外，都被削減成一個為人熟悉的詞形，即一個易於發音的單詞，具有盡可能少的音節，又能保存原來的詞源。例如在真理部，溫斯頓・史密斯所在的檔案司（the Record Department）被稱為「Recdep」，小說司（the Fiction Department）被稱為「Ficdep」，電幕節目部（the Teleprogrammes Department）被稱為「Teledep」，諸如此類。這樣做並非單純為了節省時間。甚至在二十世紀的頭幾十年

裏，電報式簡明語言已經是政治語言的特徵之一。人們也注意到在極權主義國家和極權主義組織中，使用這種縮略語的傾向最為明顯，例如這些詞：「Nazi」、「Gestapo」、「Comintern」、「Inprecor」、「Agiprop」。一開始，採用縮略語是本能行為，但在新話中則是目的明確地使用。他們認識到通過對某個名稱進行縮略，削除不用縮略語時會產生的其他聯想，該名稱的含義就會被窄化而且被微妙地改變。例如，「Communist International」（共產主義者國際組織）這個詞能讓人聯想到一幅由全人類友愛、紅旗、街壘、卡爾·馬克思和巴黎公社所組成的畫面；另一方面，「Comintern」一詞僅代表一個結構嚴密的組織和一種明確的教義，它指的是像一張椅子或一張桌子這樣一聽即明、別無他義的東西。「Comintern」這個詞能被幾乎不假思索地說出來，「Communist International」則能讓人在說出時，必定有至少是片刻的躊躇。同樣，「Minitrue」所引起的聯想比「Ministry of Truth」要更少，而且更易於控制。這不僅能夠解釋為何會有盡可能使用縮略語這種習慣，而且可以解釋為何人們不遺餘力讓每個詞易於發音，以致做得有些過分。

在新話中，除了含義精確這一點，最重要的就是悅耳，必要時，總是不惜違反語法來遷就這點。這也正體現在那些發音短促、意義明白的單詞上，因為這些詞最重要的目的，是政治性目的，它們可以被說話者迅速說出，並在其大腦內激起的迴響最小。B類詞彙甚至因為個個很類似，而顯得更有力。幾乎無一例外，這些單詞——「goodthink」、「minipax」、「prolefeed」、「sexcrime」、「joycamp」、「Ingsoc」、「bellyfeel」、「thinkpol」及

無數別的單詞——都只有兩個或三個音節，重音均勻落在第一和最後的音節上。使用這些詞，有助於形成一種急促而含糊的講話風格，它既單調，又不抑揚頓挫，這也正是目的所在，用意就是讓講話時——特別在講到並非中性的主題時——儘量接近脫離意識。日常說話時，無疑需要——或者說有時候需要——先想後說，然而當一個黨員在被要求做出某個政治性或道德性判斷時，他會像一架機關槍射出子彈一樣，自動噴射出正確的意見。他所接受的訓練讓他可以做到這點，新話語言給了他一種幾乎萬無一失的工具，這些詞的構造——由於跟英社精神相一致的刺耳發音以及一定程度上的不堪入耳之處——更是讓他用得得心應手。

　　還有項事實是可供選擇的單詞很少。跟我們如今的詞彙量相比，新話的詞彙量極小，而且經常還會想出一些減少詞彙量的新方法。確實，新話跟幾乎所有其他種類語言的區別之處，在於其詞彙量每年都在縮減，而不是增多。每減少一次，就是前進一步，因為可選用的詞彙越少，進行思考的誘惑就越小。希望最後能達到這樣的目的，即可以直接從喉嚨裏滔滔不絕地講話，完全不需用到高一級的大腦中樞。這一目標在新話中以「duckspeak」不加掩飾地承認了，這個詞的含義就是「像鴨子那樣嘎嘎叫着說話」。如同 B 類詞彙中為數極多的單詞，「duckspeak」在含義上褒貶均有。在那些嘎嘎講出的意見屬正統的情況下，它除了讚美沒有別的意義，而當《泰晤士報》上稱黨內某位演講家是個「doubleplusgood duckspeaker」時，就是對其熱情洋溢、殊為難得的褒揚。

C 類詞彙：C 類詞彙是對另兩類詞彙的補充，完全由科技術語組成。這些詞彙跟我們如今使用的科學術語類似，由同樣的詞根構建，但通常也要注意將其嚴格定義，並去掉不合適的含義。跟其他兩類詞彙一樣，C 類詞彙遵循的是同樣的語法規則。C 類詞彙中，有很少幾個會在日常說話或政治講話中用到。對任何一個科學工作人員或者技術員來說，都能在一個專門供他專業使用的單詞表中，找到所需的全部單詞，然而對其他單詞表中出現的單詞，只認識少數幾個而已。只有很少幾個詞在各個單詞表中共有，但是沒有能夠表述把科學當做思維習慣或者思想方法這方面功能的詞彙，不管科學的哪個分支都是如此。確實，沒有「science」（科學）這樣的詞，它可能具有的全部意義都已完全被「Ingsoc」所包含。

綜上所述，可以看出在新話中，除了在很低的水準上，想表達非正統意見幾乎不可能。當然，異端邪說可能以很粗魯的方式說出來，也就是謾罵性的話。例如，有可能說出「Big Brother is ungood」（老大哥不好）這種話，然而在正統的耳朵聽來，如此宣稱無非是種不言自明的荒謬意見，不可能被理由充分的論證所支持，因為沒有所需的單詞。對英社有害的觀點只能以無詞可以表達的模糊方式持有，而且只能以非常廣義的術語稱之，這些術語總括了一系列異端邪說並將其批判，但在這樣做的同時，不需要將其定義。實際上，人們只能在把某些詞非法翻譯回舊話時，才能非正統地使用新話。例如，用新話也許會說出「All mans are equal」（人人平等）這樣的句子，但僅僅和用舊話可能說出的「All men are redhaired」（人人都是紅頭髮）是同一類話。這句話無語

法錯誤，然而所表達的，是個顯而易見的謊言——即每個人在個頭、體重和力量上都相等。政治平等的概念不復存在，這個次要含義相應地從「equal」（平等）一詞中已被清除。在一九八四年，當舊話仍是交流的常用手段時，理論上存在這種可能，即人們使用新話詞語時，仍會記起原來的含義。實際上，對精通「雙重思想」的人來說，避免這種情況毫不困難，然而再過兩代人，甚至這種失誤的可能性也不復存在。對一個在新話是唯一語言的環境下長大的人來說，他不會知道「equal」一詞有過「政治平等」這種次要含義，或者「free」有過「思想自由」這樣的次要含義，正如一個從未聽說過象棋的人不會意識到「王后」和「車」的次要含義。有許多罪行和錯誤他無力去犯，原因僅在於其無以名之，所以想像不到。可以預見，隨着時間的推移，新話的突出特點將越來越顯著——其詞彙量變得越來越少，含義越來越嚴格，將新話詞語用於不正當目的的可能性也日益減少。

　　舊話被一勞永逸地取代時，和過去的最後一縷聯繫就會被切斷。如今歷史已被重寫，但過去的文獻片斷會在這裏那裏存在着，沒有進行徹底的審查。只要人們還會用舊話，他就有可能閱讀。將來，那些片段即使留下來，也會是不可理解、不可翻譯的。除非它指的是某種技術步驟或者很簡單的日常行為，或者在傾向上已經是正統的（用新話來說是「goodthinking」），否則不可能將舊話的任何一段翻譯到新話中。實際上，這意味着凡是寫於大約一九六〇年以前的書本總體上說來，沒有一本能被翻譯出來。革命前的文獻只能進行意識形態上的翻譯——這就是說，在意義和語言上都改變了。拿《獨立宣言》中著名的一段來說：

　　我們認為下述真理是不言而喻的：人人生而平等，造物主賦予了他們若干不可讓與的權利，其中包括生命權、自由權和追求幸福的權利。為保障這些權利，人們才在他們中間設立了政府，而政府的正當權利，則來自被統治者的同意。任何形式的政府一旦對這些目標的實現起破壞作用，人民便有權予以更換或廢除，以建立一個新政府……

　　如果將這段用新話翻譯出來，根本不可能依然保留原意，最接近原意的翻譯，可以用「crimethink」這個詞來概括這一段。完全譯出只能是種意識形態上的翻譯，傑佛遜的話會變成對擁有絕對權力的政府的頌揚之詞。確實，大批過去的文獻都被這樣改頭換面。為了面子起見，保存關於某些歷史人物的記憶是可取的，但同時要把他們的成就變得與英社的哲學相一致。許多作家，如莎士比亞、彌爾頓、斯威夫特、拜倫、狄更斯及其他作家因此正在被翻譯。此項工作完成後，他們原先的作品以及留下來的其他文學作品都會被銷毀。這些翻譯工作進展緩慢而且艱難，預計在二十一世紀前十到二十年內可以完成。另外還有大批僅僅是實用方面的文獻——不可缺少的技術手冊之類——也必須以同樣的方式處理。主要出於留出時間來完成前期翻譯工作的考慮，最終採用新話的年份被定得晚至二〇五〇年。